那么孤单

那么彷徨

赵瑜 / 著

天津出版传媒集团
百花文艺出版社

图书在版编目（CIP）数据

那么孤单 那么彷徨 / 赵瑜著. -- 天津：百花文艺出版社，2016.5
ISBN 978-7-5306-6987-7

Ⅰ.①那… Ⅱ.①赵… Ⅲ.①散文集-中国-当代
Ⅳ.①I267

中国版本图书馆 CIP 数据核字(2016)第 081879 号

选题策划：李勃洋 汪惠仁　　封面设计：任　彦
责任编辑：张　森 田　静

出版人：李勃洋
出版发行：百花文艺出版社
地址：天津市和平区西康路 35 号　邮编：300051
电话传真：+86-22-23332651（发行部）
　　　　　+86-22-23332656（总编室）
　　　　　+86-22-23332478（邮购部）
主页：http://www.baihuawenyi.com
印刷：天津市永源印刷有限公司
开本：787×1092 毫米　　1/32
字数：176 千字　　插页：2 页
印张：9
版次：2016 年 6 月第 1 版
印次：2016 年 6 月第 1 次印刷
定价：29.00元

我的思想演变史（自序）

年少时和哥哥一起看电影，幕布带来了一个陌生的世界。电影里的人穿的衣服、说的话，以及吃的食物，均陌生。这种差异打断了我对世界固有的认知，让我的内心在僻静的乡村接收到了外面的一束光。

在那个饥饿仍然逼迫着我们的时代，外部世界对我来说是无用的。我被身边极其贫乏的事物包围，我关心的是最为基本的生活问题。玉米秆和什么庄稼搭配在一起种会更甜。狗叫三声的时候父亲是不是从外地回来，并带来了我爱吃的食物。夏天的时候，睡在院子里的哪棵树下面蚊子不咬。我关心这些琐碎的事情，吃食、冷暖，或是简单的衣着，这些事情的排序最为重要。

那时的欢喜多是感官的。喜欢春节，春节意味着可以穿上一身新衣服，吃到馒头夹肉。肉，差不多是一个家庭的存折。村子里如果谁家多割了两斤肉，都会在街上多走两圈，让全村的人都看到，他们家比平时多割了肉。然后呢，这家里的孩子在同伴中的地位都会有变化。

这贫穷而封闭的生活现状,既悲凉也安静。愚昧会增加个体快乐的比例,所以,每一个人的童年都是快乐的,包括那些身处苦难中的孩子。

年少时父亲农闲时在外地做工,回来的时候会带少量的零食。那些食物的味道也打开了我日常生活的窄狭。村子里偶尔来的一个帮将死的老人画像的南方人,他的口音以及他随身携带的绘画工具,都延伸了我对世界的理解。或是某年大雨,临近的省份有受灾的逃荒者,像远道来的亲戚,坐在我们家的院子里帮助我们剥玉米,然后,吃了晚饭,又到邻居家里干活,他们不要钱,帮助干体力活,只求有吃的,他们对贫苦生活的包容能力,教育了我。这所有来自外部世界的世事和面孔,均让我慢慢生出一些去远方的冲动。尽管这冲动生成得突然又模糊,却仍然打破了我的日常生活的节奏。

对远方有了渴望或者想象,这是我思想发生改变的开始。

中学在一个离家十几里的小镇上,住校。大约所食用的东西变化不大,思想发生改变的尺寸并不多。唯一变化的,是分数,是年月的累积以及对青春期孤独感的抵抗。那时正流行交笔友,我有了第一个通信的朋友。一个浙江女孩,仿佛并没有交换过照片。那是一个拍照需要去照相馆的时代,拍照意味着端庄、等待,甚至有一种必须要做的仪式感。和一个远方的青春期少女讨论的内容不外乎读书和理想,离恋爱仿佛还有数百米的距离,不必借用照片来挖掘自己的个人史。那种在书信中相互诉说迷惘的单纯真让人珍惜,仿佛,我们的一生只从上帝那里借到为数不多的储量,过了一段时间,用完,人生便开始进入内心混浊的成熟期。

　　大学在离家很近的古城，那城市破败、市井，有一股婚后女人泼妇一般在街头骂人的披头散发味道。也果真，大学在闹市区，前后左右有深巷，入进去，会见到打牌的老人，被老婆骂的男人，和一只手拿着尿罐一只手拿着油条的传奇少妇。我那时在课余时间做家教，一个浙江人，他们用让我吃惊的饮食向我展示了一个外地人的特征。我意识到自己在过往的十多年里，一直是饥饿的，我所吃过的食物过于单一、贫乏，所以，这甚至影响到我对世界的判断。这户浙江人用花样繁多的食物，让我对以前的生活方式有了质疑。

　　我的思想第一次发生了变化，我想留在城市里，甚至是省城或者南方的城市里，我想摆脱饥饿感，它比孤独感来得更持久和热烈。

　　刚工作的时候在省城周边的一个小县城里，小兽一般，多动，热情。但也不过是在笼子里。我从一开始就觉得我迟早要离开那里。工作也好，生活也好，多是浅薄而激烈的状态。这是我在小县城所养成的生活习惯，这种劣质而自作聪明的习惯，一直伴随了我很久，我怀疑现在仍然会有细部的毒素未被清洗。

　　真正思想开始变化的时间是我到省城的那一年，我二十二岁，在省城的一个都市村庄租了一间小房子。每天早晨，在一楼排队上厕所的人会相互埋怨和催促。那么恶劣的生存空间催生了人心的变质。我差一点就堕落在那都市村庄的生活环境里，老是偷偷让电表走得快的房东，隔壁职业可疑的女人房间里的叫床声，以及查暂住证的警察，这些因为生存而扭曲了的人性同样会传染给我，我们。

那时经常出差，将生活的孤独感随身带着，扔在不同的城市里。尽管南方的城市普遍有好的空气和美食，但我依然更喜欢居住在北方，因为方向感。在北方，我看着那些南北东西分明的路，我就觉得自己内心里的磁场是工作了的。

有一年，我出差到武汉，发现这个城市竟然没有方向感，我顿生厌弃，这种磁场失灵的本能如墨水染黑一盆清水，以至于，我对这个城市的其他美好通通忽略。如今想来，是多么狭窄和荒诞，当时却真实发生在我身上。我后来又多次去过武汉，从户部巷的吃食开始，一点点深入到这个城市的内部。偏见在熟悉的过程中消失，我打开自己的同时也否定了过去的自己。我庆幸自己有机会再一次来到这个城市，有机会能修正自己的认知。

有时想，我们每一个人都会有这样的偏见，这偏见若是关于生活的细节，那么还好，我们只是损失了对其他味觉的体验能力，若是这偏见扩大，成为对人的理解和对事物本质的认识，那么，我们便成为一个愚蠢的人，因为自己的偏狭，而拒绝接受普遍验证过的真理。

有时候思想的改变，未必定然是宽阔和正确的。比如利益的诱惑，当我们被赞美，有时候也会被这赞美的掌声牵引着。有很长一段时间，自己并不知道，骄傲且自我满足。我以为自己已经获得成功。我年轻，勤奋，将自己所有的才华都用来换取钱财，并博得生存的宽裕。这一切仿佛都没有错。错的是什么呢？是我的认知，是我对生活的理解。

我所理解的生活在某个细小的部分分了岔。这是一个可以深入讨论的话题,事关价值观的转动和对人生重要性事物的排序。一个人如果在物质丰富的路上走得很快,那么,便容易被物质俘获。或者这样的生活对于家人来说,是一件好事。但是,在精神生活的领域呢,物质的丰富差不多意味着,自己个体爱好的空间越来越窄,直至成为一个梦想的背叛者。

这样的人比比皆是,我们不能谴责那些为了生存而抛弃梦想的人。我个人也认为,一个人只有解决了温饱问题之后才有资格谈论梦想。可是,解决温饱问题之后呢?这是一个路口,是我们人生面向的重要时刻。

和物质做抵抗是最为痛苦的人生的选项,这是舍弃,是逆行,是不配合,但这也是一种冒险。差不多,我们的一生或多或少都会遇到这样的机遇,某个收入很高的工作,或者出租某一段生命去做自己并不喜欢的事,却可以换来物质上的丰富。怎么办?

我给出的答案是,做抵抗者。但有一个前提,是我们还可以过得下去,已经不再饥饿。

这是理想主义的选项,透出反常识的虚假清高。但却会让人在很长时间以后,每忆起这样的抵抗或者说舍弃,都觉得美好,觉得我们曾经努力过,为了个人最为本质的梦。

也有人做了物质的选项,并获得巨大的成功。难道就错了吗?不好评价,如果他因此对自己最心仪的爱好,比如音乐,比如写作,从此失去了热情,天赋在物质获得的过程中被灰尘淹没,那么,我个人觉得是悲伤的。

在世俗生活的评价体系里，他或者是一个成功者，但在我个人的评价体系里，他不过是一个平庸的投降者，是一个被物质俘获的叛徒。

对万物的判断常常是一个轮回，谁也无法自证自己的想法就是绝对正确。这需要和这个世界取交集，也要汲取庸常生活的营养，知道善良，守护爱，遵守规则。

所以，退一步来观察生活和人群，我们会更加宽容，允许成功者自恋，更要理解失败者的努力。成功是一个人的圆满，失败是一个人的尝试。这些都是人生的伴随物，是经历，是以后可以回忆的段落。

轮回是指月圆月缺的变化，是指我们对某件事情由黑白分明到慢慢接受灰色的转变。这个世界早已经超出二元对立的思想维度。同性相爱的事例在数十年前被我们听到，可能觉得荒唐和变态。而现在，我们慢慢尊重，包容，甚至也给予祝福。两性之间的维度正慢慢变得更加宽阔。然而，从不理解，到冷漠地旁观，到尊重，到包容，再到祝福，这和月亮的明灭一样，是人生观和价值观的盈缺。

这样的变化也是我的思想史的变化。不仅仅是人性的宽厚增加了，我开始渐渐修正之前的认知，包括前不久的认知。在修正和补充认识这个世界的过程中，我变得陌生，无措，但也渐渐理性和温和。

我所修正的人生观细小的部分停留在日常生活上。比如，我开始喜欢早期并不喜欢的食物：生姜、香菜和大葱，这些气味独特的植物,在幼小时曾经伤害过我的胃口。现在,我的胃口的记忆松动,开始喜欢食用它们,并能体会到它们各自独特的味道。我的人生也因为食物选择的品种增加了这几种,而变得多彩了。我开始关注公众的事件,远方的一个人受了伤害,我有了想帮助别人的愿望。这种将自己的内心打开,将自己的命运和别人的命运共同置于这个时代的格局的变化,是我在城市生活多年以后才有的变化。我开始越来越不喜欢大而空洞的说辞,开始喜欢细小而确定的承诺。

细小的事情,比如红绿灯,我在很早的时候开始遵守红绿灯。原因是我每天上下班的时候常常坐同事的车,回家的路上,有一个左拐的红绿灯。郁闷的是,当左拐的绿灯亮的时候,斑马线两端的行人和电动车迫不及待地冲到了路中间。我和同事急得摁喇叭,也无效。等到十五秒的左转绿灯结束,行人的三十秒的绿灯亮起,才发现没有一个行人了。而我们的车子是不可能在行人绿灯时左转。所以,每一次,我们都要等一到两个红绿灯才能过得了这个左转的路口。不坐车的时候,我看到红绿灯便不会再闯,我觉得路上的车子每一辆都是我和同事的车子。而那些麻木地过马路的人仍然存在。我不知道,他们的人生观,何时从麻木的集体无意识中解放,成为一个真正地遵守交通规则的人。

除了日常生活的修正,我的思想史的变化,还有大的历史观的变化,甚至是重大的人生观修订。对民族主义的修正,我从一个狭隘的民族主义分子渐渐转变为一个不要国界的世界主义者。对人权和主权观念的变化,我以前深信国家的主权高于人权,现在,我更看重人本身。我觉得国家存在的前提就是尊重每一个具体的人的权利。

我的思想变化的历史和我在全国各个地方行走有密切的关系，也和我所交往的朋友的观点也在变化有关。我想，我们每一个人的存在和确立都依赖于身边的朋友，亲人，甚至是亲密合作的其他人。我们的变化受制于环境和身边的人，同样我们的变化也会改变身边的人。

当我从郑州迁往海口，我首先被海口的空气启蒙，被海口的云朵启蒙，也被海口的人的生活方式启蒙。海口的空气让我感受到了，深呼吸时，肺里所获取的信息是诗意和远方。海口的云朵则直接打开我对现实生活的无力感，是它们帮助我重新建立了对美的认知，让我知道，云朵也可以当作我们心情的银行账号，心情透支的时候，我们可以抬头看看天，存几朵云彩进入我们的心情账户里，油画一般有艺术感。

我用多年的时间从日常生活的错误或经验里汲取养分，慢慢变成现在的自己。我当然知道，我现在仍然打开着自己的抽屉。我需要更多的常识来填补自己，让我的思考变得有普遍的意义，让我的灵魂更加饱满，更加完善。

我背叛了我自己，同时，我也扩大了我自己，修正了我自己。我喜欢这修正的过程，我喜欢现在的我，多于之前的我。

就是这样。

目　录

辑三 思想史

那么孤单，那么彷徨——赵瑜作品

辑一　生活史

记忆碎片:旧光阴之中学时代

之一　麦子

是秋天的事,我去旁边的镇上念高中。印象中,这是欢喜的事。

去镇上有十八里,为上学做的准备是一袋麦子。通知书上也是这样写的,要求新生入学带一袋麦子。那时的高中食堂,是用麦子换饭票的。

父亲提前在院子里晒好了,装在编织袋里,特地对我说,挑了一个瘦的袋子,这样好放在车子的后座上。

第一次上路,是和邻居一个高年级的哥哥一起去的。车子出村不久,父亲捆扎麦子的绳子便松开了。乡间的路多是泥泞,左拐右拐,麦子便从后座位上脱落。

堂哥便下车,将自己车子扎好,道路不平,时而还有过往的拖拉机,我们不小心,便会被溅得一身泥浆。大约是我不大会带重物,那一袋麦子,从家里骑到镇上,掉落了十余次。

我和堂哥一路小心翼翼,吃尽了苦头,到了学校,先去换饭票,是要排很长的队，检验，我的麦子果然合格，被验定为"八五面"，一百斤麦子可以换八十五斤饭票，堂哥的大约没有晒干，是"八〇面"。

饭票是作业本封面用的那种浅牛皮纸，是油印的，分别有一两、二两和四两面值。

食堂是那种旧运动场改造的，没有餐桌，打了饭菜，几个人蹲在地上吃。记忆最深的是面汤，稀水一般，听高一年级的学生说，曾有一次，打汤的师傅一勺下去，捞上来一只死老鼠。

学校里伙食不好，熟悉了环境之后，我们开始到学校外面去吃饭。到学校外面才知道，我们的饭票不但可以买外面小饭馆的鸡蛋面，连理发都可以用。

校外的那些小商店，烟都是拆开来卖。我和班里的一个要好的同学，最后决定将一袋麦子，直接交给了门口的一个小面馆，那时候穷，不舍得吃鸡蛋面，只能吃一碗素面条，一碗面条大概要一斤麦子。

记账簿是一个很破旧的小学生作业本，上面写着老板女儿的名字，二年级六班李婵娟。

于是我和同学的名字便不停地出现在这小学生的作业本上，有时候嘴馋，还想让老板给我们油炸花生米，一粒一粒吃完，恨不能数着数字，吝，晚上睡觉的时候都是笑的。

小面馆老板有一天喝醉酒哭了，因为老板娘风骚，和一个服装店的男人跑了。于是饭馆关门了很长一阵子。

我和同伴们天天去看，一袋麦子放在他那里，才吃了一半，那怎么能行啊。

那时候的小镇尚未有电话等，人与人之间的交往多数都是见面，或者写信。找不到老板，我和同学着急，用彩色的粉笔，在他们家的大门上写了一段话，大概的意思是："老板，我们两个是天天下午来吃面条的二中同学，想知道您什么时候回来，饭馆还开不开，若是不开了，请将剩余的麦子还给我们。"

写好以后仍然每天去看，门上的内容有一个错字，我们还及时地改正了过来。

直到十天后，老板才在我们的留言后面写了一句话：再等一个礼拜，我要去开封找媳妇，回来以后，我多让你们吃五顿饭。

五顿饭就是五斤麦子，我们两个人一人五斤麦子，两个加一块儿就是十斤。

从来没有觉得数学计算有如此快乐的答案，于是我们又在他的留言后面加了一句：那好吧，老板，我们祝你快点找到媳妇，好给我们做吃的。

这种留言又加留言的方式，现在想来，像极了早期的网络论坛，一个人发言后，另一个人跟帖。

大概真的是我们的祝福的话起了作用，一个礼拜后，我和同学又去看，饭馆开了，老板娘在里间切菜，老板在外面忙活，脸上兜着笑，看得出，老板并不怪罪老板娘。

然而，我们的麦子还没有吃完，老板娘便又跑了。老板这一次铁了心肠，不去找了。

直到我们的麦子吃完了，老板娘也没有回来。

老板没有了媳妇，面做得越来越马虎，有一次，我们在面条里发现一只青虫，那老板过来，一口吃掉了，说，是菜叶子里的虫子，好吃。

我们又回到了学校食堂里吃晚饭，那时候男生女生吃饭是分开的。如果有男生女生在一起吃饭，很快就会成为新闻。是啊，恋爱，在那个时候是不允许的。经常在食堂里，正吃着饭呢，学生会的检查人员就会将一起吃饭的男女分开，还要在全校广播上通报批评。

尽管是这样，还是有大量的男生和女生在一起吃饭，检查的学生去问的时候，那女生一脸恼火地站起来，告诉学生会的人说，这是我弟弟好吧。

于是，大家就都笑。笑完，还互相开玩笑，说，姐姐啊，你在哪里？

一袋麦子只能吃三个星期左右。于是，我平均每两个星期回家一次。每一次带麦子回学校，在路上，必会歪倒无数次。照例是有同学作伴的，相互之间，你帮我重新捆扎一下麦子，我帮着你重新摆正一下麦子的位置。

但也并非都是热闹的。常常，在某个周末我回学校的时候，路上未遇到过一个同学。有一天下了雨，麦子被雨淋湿后变沉，编织袋本来就有些光滑，湿了以后就更不好掌握平衡了。过一段坑洼路的时候，麦子从后座位上摔到地上，开了口，麦子撒出来很多。

这场雨淋湿了我整个青春，它让我知道，世界上最糟糕的事情远不是麦子撒在地上。我沮丧地在地上坐了一会儿，一个人扶着车子站起来。然后，蹲在地上，一粒一粒将麦子收进口袋。又扎紧了口袋。当我一身泥泞，带着那沾满了污泥的麦子到了换票处的时候，收麦子的人慌张地帮我接了麦子，一边给我拿毛巾让我擦雨水，一边又温暖地让我喝水。说，麦子过秤后先倒在旁边的地上，按"八五面"。

这突然到来的温暖，让我想到我的父母亲。

高中三年，我整整带了三年的麦子，无数次翻车，撒在路上。冬天时的艰辛更是难以描述。时间是怎样一天天翻页，一天天将我推向现在，现在想来都觉得遥远模糊。

但，每次忆念起中学时代，我最想念的却仍然是带着麦子在路上的时光，那一路的风雨，让我懂得了生活从来都不是简单的陈述句，它充满了比喻。

之二　睡觉问题

睡通铺，是中学时代最拥挤的记忆。

通铺，就是用很多块木板连接在一起，将一个三间房宿舍分成两边。一边睡一个班级。

三十个人睡一个通铺,冬天的时候是好的,尽管要闻到无数人的臭脚,但毕竟拥挤在一起,暖和。可到了夏天,通铺就没有办法睡了,连吊扇也没有。除了热和体臭,还有数不清的梦话。

　　夏天时, 我和几个同学拿着席子到操场上睡。操场上睡满了人,树下面一开始是我们争抢的地方,直到有一天早晨,树下的同学嘴巴里被一只调皮的鸟儿拉了一泡屎,才结束争抢。

　　夏天的夜晚,操场上有几杆路灯,至夜深仍是亮的,那路灯下永远会有借光读书的高三学生。除此之外,体育生们在操场上永远跑不完的圈。

　　到了秋天,早晨起来时露水很大,湿透了我们盖的被单,不得不转移至宿舍。才知道,宿舍里已经被其他班的学生占了。争吵了半天,来了同学介绍,才知道,是亲戚家的孩子。

　　从操场回到通铺里,首先要适应的是呼噜声, 夜到三更的时候,我若起夜,必闻听到千奇百怪的呼噜声,如同一场音乐会。说梦话的人呢也颇有不少,如果哪个男生喊女生的名字,不用说,宿舍里正在睡觉的人,就都会被吵醒。第二天的时候,这说梦话的男生就会买了烟和糖果,给宿舍里的人分发了,好收买我们。

　　睡通铺也不总是坏处,好处也常常有的。比如,常常会有历史学得好的同学坐在那里开讲坛,讲岳飞的故事, 竟然讲得异常好听。一打听,果然,他父亲是个游街串巷说评书的,自幼耳濡目染的,也就有了根底。他讲的岳飞传有他自己意淫的部分,特别惹人欢喜。最重要的是,他喜欢卖关子,每一天晚上入睡前,他讲一段,基本上，都是在最关键的时候，他来一句：欲知后事如何，且听下回分解。

也有音乐细胞发达的男生吹着口琴在那里作曲。自然，是那种边吹奏边唱的那种，都是一些忧伤的调子，有的歌词写得很有个性，我记得有那么几句，宿舍里所有的同学都跟着他哼唱："迷途三角，人生几何，爱情里究竟有多少方程式。"那个多愁善感的音乐系男生，有一次竟然唱着唱着把自己唱哭了，全宿舍的同学都屏住呼吸，用沉默来表达对他之前创作的肯定。事后，才知道，他创作的一首情歌是给班里一个女生的，可是那女生听完以后，一点也没有感动，轻描淡写地打发了他。

那时下雪天也要到操场出操的，有专门负责查人数的同学。我那时候懒惰，到操场上跑一圈，点完人数，便脱队回到宿舍里补觉睡。然而久了，便露出马脚。有一天，班主任突然跑到宿舍里抓人，一起睡懒觉的同学有五六个，每一个人都想出了较为离奇的理由，到我了，我老实地说，昨天晚上旁边睡的同学一直打呼噜，我睡不着，数数字不行，数羊也不行。意外的是，那几个理由提前想好了的同学一个一个地被罚到操场上跑了十圈，我呢，被放行。且允许我和其他同学调换位置睡觉。

然而，刚换了床席位置不久，旁边睡的同学因为睡前抽烟没有将烟头掐灭，将他自己的盖体（被子）烧着了，我和旁边的同学为了帮着扑火，自己的盖体也被烧着了。那厮不敢回家拿新盖体，竟然不脱衣服挤在大家身边睡了很久,可是,秋深夜冷,没有盖体在上面,自然很冷,这小子便开始在后半夜的时候,挨个儿往其他同学的被窝里钻。

这小子姓何,有运动天分,每天晚上睡前必做三十个俯卧撑,若他单独做也就罢了,结果在他的带动下,一排男生和他同时做。这可是有惯性的啊,有一天,就在大家咬着牙齿做俯卧撑数数字的时候,有一排木板大概钉子松了,一个同学当场被折了的木板夹到了头部,出了很多血,好多同学一起将他送到医务室,才算了事。

那个说评书的男生后来不说评书,改为写情书了。写完以后呢,他就给大家在宿舍里读,里面有很多新鲜的句子,一听便知是抄了席慕蓉或者是三毛的,那些句子里的形容词多是台湾腔调的,他连句子身上的泥巴都不洗一下,直接吃下,我们听起来就觉得特别好笑。有时候,他会让我们也提提建议,说,只能提一些高尚的建议,于是,我们一群人就给他提了不少低级趣味的建议,让他的情书写作事业不久就黄了。

最让人担心的,不是半夜打呼噜和说梦话的人,而是梦游的同学。对面的四班有一个瘦瘦的同学,有梦游症。一开始,我们都不信。觉得,人在梦里怎么能控制自己的身体来回走啊,尤其是闭上眼睛,那不走两步就撞到了。可是,四班的这位同学,是个超级梦游者,他竟然有一次梦游,将班里所有人的鞋子都收起来,扔到宿舍外面,然后,又回到铺位上睡着了。天亮的时候,你问他,他一无所知。

我们后来,都觉得他是故意装的,直到有天晚上我们亲眼见到了他梦游。他起床来,把被单当作衣服,在那里来回也穿不上袖子,只好披上被单出去了。结果外面下了雨,他出去便被淋湿了。淋了雨还不醒,还继续在梦里,一身湿漉漉地回来了,也不管身上的水,往被窝里一钻,就睡着了。只是可惜,他钻错了被窝,把旁边同学弄得一身湿漉漉的。

　　我一直比较能熬夜,这所有的习惯,都是在中学时代的通铺上养成的。我有时候,在硬板床上躺下来,在即将入睡的一瞬间,我有时会听到睡通铺时旁边同学的呼噜声,或者梦话,就那样,我进入了梦境。

之三　洗脸的几种方法

　　一念起中学时代的洗脸运动,会觉得自己的脸冰凉。

　　夏天的时候,为了不排队麻烦,我有时候会在晚上接好一盆洗脸水放在床铺下面,结果,多数时间,那盆里的水已经被同学偷偷用了。排队的人实在是太多,而且一到上操的时间,水就会停了。那个时候,自来水是水塔供水,先是将地下水抽到一个很高的水塔里,然后再利用水塔的压力将水压出来。学校经常停水,一则是节约用电,再则是怕到了上早操的时间一些懒学生还不起床。

　　而到了冬天,每天水龙头都会被冻上。

　　没有水,该如何洗脸呢? 一般情况下,我们会将水缸提前一天盛满水,第二天,那水缸里的水冻成了冰块,费一番力气将冰块碎开来以后,我就会用手掌猛搓那些冰块,冰块受热后融化出一些水,然后就用这冰冷的水滴洗脸。有时候,直接用碎冰块拨拉几下脸,洗过脸以后,脸的温度降低到冰块的温度。那种冰一般凉的洗脸方式,让我对冬天始终有一股难以言说的畏惧。

正因着这洗脸太难,总会有一些勤快的学生在晚上的时候,打好一壶开水,第二天一早,用开水浇那些已经冻了的水龙头。可是,浇开之后,天气太冷了,水流着流着,只要有一个人为了节约用水,在刷牙的时候关掉了水龙头,过一会儿再想打开,没门儿,又冻上了。

常常有同学因为洗脸的事情吵架。前面洗脸的同学洗得太久了,后面自然会有意见,三两句话不合,就动了手。也有的,自己洗完了,还要接很大一盆水,往女生宿舍去送给女同学,惹得旁边的男生咒骂。还有狡猾的学生通讯社记者跑着去采访这位送水的男生,到底是给谁送的洗脸水呢。结果,当期校通讯社的油印小报就登出了这个采访,那个女生一下出名。

有时候,实在是太冷了,水龙头冻得实实的,只好不洗脸。去操场跑步,跑得出汗了,用手揉揉眼睛,拨拉一下脸上的汗,就算是洗了脸。当然,等到午饭开饭前,水龙头前自然又排满了人,不是洗碗的,就是洗脸的。

除了化冰块洗脸,还有更加美白的方式,就是用雪来洗脸。那时候大雪过后，半个月也不会融化。每天早晨，都会见到很多同学在校园找一块没有动过的雪地，用手捧了，在手心里揉搓一会儿，然后往脸上拨拉。雪的凉意比冰要小许多，在揉搓雪的过程中，有丰富的想象，像面粉一样的雪在手里融化，之后扑在脸上，雪比水有摩擦力，又比冰块有温度。所以，雪洗脸后，脸上会泛着一层白。同学们之间也相互打趣，你的脸洗得雪白雪白的，这样一说，基本上可以判断出这两个同学用雪洗脸时遇到过。

有一次，学校的水塔要修理，停水两天。洗脸问题又成了重大的"政治问题"，学校呢每天只能定点提供水。一群女学生围着拉水的车子，男生自然就不凑热闹了。可是，脸还是要洗的啊。怎么办，有办法的，学校小卖部的黑板上已经贴出了告示，洗脸水，一毛钱一盆。

还别说，排着队买。一开始，学生们都大方，一个洗一脸盆。后来，连着停了两三天水，开始两个学生共用一盆水。我也是，和同桌共用一盆水。那谁先洗呢，剪刀石头布啊。

我最喜欢的季节还是夏天，虽然说洗脸时仍然要排队，可是，即使早晨起来时间紧，赶不上洗，上完早操以后，也仍然可以洗。

后来，我发现了规律。一早排队洗脸的学生，和上完早操后才去洗脸的学生不同。一早起来排队洗脸的学生，都是学习成绩特别好的，或者是爱讲卫生的女孩子。他们需要一早起来就洗把脸，他们要将脑子提前打开，复习昨天的功课，然后还要预习新的课程。

而上完早操后才去洗脸的同学,多数都是贪睡之人,起来以后,即使去操场上跑操,但是,满脑子里也全是昨天晚上的梦话,甚至有的学生,在操场上跑步的时候还在睡觉。这是真的,我们宿舍,四班的那个爱梦游的家伙,起床后没有洗脸,跟着大部队去操场上排队出操,等到跑完了五圈早操,大家伙儿散了,他还在那里闭着眼睛跑呢。他们班主任追上他,拉住他才知道,他睡着了,在梦游着和大家一起跑步呢。

这件事情,在宿舍里被传了很久。

直到高中毕业的时候,我们一起去照照片,我才向他核实。

他说,是真的,主要是因为没有洗脸。

是啊,洗脸,是一个非常复杂的问题。

之四 恋爱问题

我和一明是一起打水的朋友。怎么说呢,这种友谊的狭隘处,在于,我们不在一个班级,也不在一个宿舍,但是呢,喜欢在晚饭后,上晚自习前,一起去锅炉房打水。用我们平时吃饭用的饭缸,打满满一缸水,水太热,不能着急,就慢慢走,走到小卖部门前的一棵槐树下面,坐在花坛上,说说话。

说什么呢? 我们都喜欢看武侠小说,就说这小说里的事情。他呢,对张无忌十分生气,说他要不是捡到那个武功秘籍,就是一个病人,什么都不会啊。我就笑他太较真了。武侠小说不都是要捡一个秘籍的嘛。

又说他的数学老师提问的方式，一般都是提问了一个学生之后，同桌就要遭殃了。无意中的，他就问我，怎么样，你的同桌学习怎么样。我的同桌是个杨姓女孩，短发，爱笑，学习好。听我说她学习好，一明的脸上有些不自然。再往后，我们的话题，始终就绕着我的同桌进行。直到有一天，他写了一首诗，让我给我的同桌。一明说，他一个晚上没有睡，查了化学元素表和《现代汉语词典》，终于写完了这首诗。

他可真是好笑，诗里净是一些化学元素，这到底是写情诗呢，还是出化学题啊。

显然，我的同桌对他出的化学题不感兴趣，随手扔掉了。他幻想中的关于爱情的化学反应泡汤了。

我的同桌物理学得较好，她不喜欢化学的。我有些遗憾，忘记早一些告诉一明这些情况了，可是等我告诉一明的时候，他已经将他的那首化学诗又抄了一遍，一稿多投到他们班的另外一个女生那里，结果，那女生也正喜欢他。两个一拍即合，热恋起来。于是，我们一起打水的友谊便打了水漂。

那时候，男生和女生都非常隔膜，基本上没有欢乐而融洽的交往，除了彼此知道名字之外，有很多女生连正眼看男生都不敢。也有一些男生上了半个学期，出了教室，认识不全班里的女生。然而，即使是这样，班里的学生，还是谈起了恋爱。

先是一本《简·爱》在女生之间来回流传，有几个女生在自习课上看得泪流满面。然后,那本书竟然是班里一个高个子男生的,那书上写满了男生看书的心得,而某个女孩看了他的心得以后,觉得有了共鸣,于是两个人在某个有月亮的晚上在操场上散步,一个晚上都谈论《简·爱》的事,简单地,两个人就爱上了。

恋爱这件事情,是一个青春期传染病,班里如果有一对男生女生走得亲密,马上会对其他学生进行情感启蒙。

果然,我后面坐的郭子开始行动,他首先在梦里面行动了。在宿舍里,他说了一大堆梦话,把我们一群人惊醒的是他喊他喜欢的女孩的名字。

然而,他喊则喊了,还开始向那个坐在前排的女生问数学题,一而再,再而三,他以为,恋爱就是方程式。可是,那个女孩觉得他太频繁地问问题了,就采取疏远的办法,他再问题目的时候,那女孩看了一下题目,歉意地说,我也不会。

郭子的恋爱思路一下中断,他开始在晚自习以后偷偷地看那女孩的日记。那女生有记日记的习惯,每天花费了多少钱,母亲的疾病,以及她自己的理想。那个时候,谁不在日记里写自己的理想呢?

然而,有一天晚上,郭子突然找到了我,问我,你小小年纪,却很会掩饰,给我老人家汇报一下,你什么时候勾搭上那个谁的?

哪个谁?

我自然大吃一惊,别说勾搭,我连话都没有和她说过几句,怎么可能啊。而且,我在班里,倒也是有一个暗暗喜欢的对象,所以,正无暇他顾。我辩白说，我和那个谁只是坐前后位置，偶尔我的书掉在地上，她帮我捡起来而已。

郭子马上激动地说，看吧，我说呢，你一定是故意将自己的书弄到地上的吧。小孩子都这么狡猾，以后我们这些老人家该如何混啊。郭子长我三岁，一向如此卖老。彼时我在班级里年纪最小，感情的萌芽期长了一些，比起这些天天看《简·爱》的同学，我更喜欢看金庸的武侠小说。

见我不理会他，郭子更激动，对我说，我在那个谁的日记里看到你的名字了，她这些天，每天都写到你呢，她观察你的举动，还悄悄地拿你的武侠小说看，还说喜欢你笑的时候傻乎乎的样子，总之，她喜欢你。

哦？我愣住了。

几乎是在一瞬间，我开始在脑子里快速回放我和那个谁的全部的交往记忆，没有什么，不过是我的书掉了，她帮我捡起来两次。还有一次，在大街上遇到她，我们一起回到学校里。哦，还有一次，她的餐票忘记带了，我借了她一张饭票。

仿佛也没有什么过分亲昵的事情。

郭子看我对他的提醒没有什么强烈的反应，便自顾去写他的情书去了。据说，郭子在那个谁的日记里写了字，那个谁看到了，把那一页撕了，将日记放到了宿舍里。

而自从听郭子说那个女孩喜欢我之后，我有一阵子，走路都特别有精神，总觉得我的身后就跟着那个女孩，她喜欢我，我应该要做出更让她喜欢的样子。

真可笑。

可惜的是,一直到我们高中毕业,那个女孩也并未再和我亲近过。更没有任何关于喜欢的暗示。我常常怀疑是郭子故意编造那个女孩的日记的故事,来骗我。

可是,那孩子又为什么那么生气呢?

我恋爱的事件竟然单方面停留在那个女孩的日记里,而知道的人却又是一个喜欢那个谁的郭子,我却完全不知。这真真是一件不合逻辑的事情。

好玩。

之五　运动会

运动会让结巴一举成名,他一个人帮助我们班级取得了三个冠军,四百米、八百米,和 4×100 米接力。

4×100 米接力赛,他跑最后一棒,和其他几队相比,我们班已经是最后一名。只见结巴接到传递棒以后,弯腰、脚尖蹬地,箭一样射了出去,超过一个人,又超过一个人,我们班里的学生被他的速度震惊了,班主任在操场旁边率全班为他唱歌。最后五十米,他像风一样超过其他两个班级的学生,轻松撞线。为我们班赢得了一个集体项目的第一名。

一时间,他成为运动会全场关注的焦点,班里最漂亮的女生跑过去为他递茶水擦汗,他本来木讷的脸上带着笑,举着奖牌,站在最高处看着我们。

在此之前,结巴在班里一言不发。

因为结巴嘴,他和同学说话便会遭遇嘲笑,所以他从不对任何事情发表观点。即使是课堂提问,老师点到他的名字,他站起来以后,也是低着头,不语,表示不会。

后来,他干脆自己调到最角落的位置,上课无语,下课无语。他贫穷,生活节俭到零消费,从不和其他同学一起分享任何食物或者图书。他长相一般,也不讨女生欢心,每遇班里公共活动便偷偷躲起来,一个人藏在宿舍里翻一本历史小说。

他自卑、敏感,常常在别人开自己玩笑的时候,脸涨得红红的,却又找不到反击的方式,只好一个人到操场上跑步。

几乎班里面每一个人都在操场遇见过结巴,他有时候跑完了步,躺在操场边上的草坪上,那时候天总是很蓝,日子也过得很慢,我们一群人在操场上看高年级学生的篮球赛,看完以后,才发现躺在草坪上的结巴,就大声叫他的名字。他坐起来,朝我们笑一笑,又躺了下去。

运动会之后,结巴天天穿着一身崭新的运动服在班里走来走去,见到女生也不再脸红躲避。甚至,班里一个外向的女生开始给结巴买有营养的零食来讨好他。

他呢,甚至还开始回答老师的提问,尽管他的结巴并没有治好,但他越来越热爱回答问题,甚至和同学们讨论问题。他的观点不再被嘲笑,甚至,有一些观点伴随着他慢节奏说出来,反而更让人觉得可信。

结巴的运动会表现,让班主任也开始重视他,他成了班里的体育委员,每天早晨组织大家出操,他穿着运动服,吹着哨子在队伍的旁边跑,他的步伐均匀,呼吸更是轻松,一度成为班里女生都依赖的对象。

那一阵子,不少男生也开始和结巴一起到操场上跑步,他们一起穿着新买的运动衣,自然,这些男生并不是为了陪着结巴去跑步,而是为了能像结巴一样,证明自己有毅力,希望自己有一天像结巴那样,能引起自己倾心的女生的关注。

然而,跑步毕竟是寂寞的,一开始,觉得新鲜,出了汗以后,一群人英雄一样归来。仿佛真的进行了一场精彩的演出一般。一群人说说笑笑地走进教室,专门往女生多的地方钻,来演示自己的跑步成果。然而,不久便寂寞了,先是娇气的男生受不了奔跑出汗的苦头,撒了,再然后是其他同学贪图和结巴一起分享跑步时被人注目的风光,结果打错了算盘,在长时间的奔跑中,根本就没有人关注他们。更多的人喜欢看操场上打篮球的人。

最后,我在他们都撒出了跑步的队伍之后,开始和结巴一起奔跑。只是,我和结巴奔跑的目的不同,我有一阵子肠胃不好,每每蹲到厕所里,却拉不出来。只好借着和结巴一起跑步,来打通我的任督二脉。

我跑得很慢,每一次结巴跑完了十圈,我才慢慢地跑完两圈或者三圈,又或者是,跑着跑着,我去厕所里拉肚子,完了以后,便回到宿舍里了。结巴呢,便在操场上一直等着我,等到天黑透了,他才回到教室。我呢,已经心情很好地和同桌在讨论人生了。

结巴会将我忘记在操场上的一本书,或者茶杯帮我带回来,一边用力地摔在我桌子上,一边生气地说一句:下次再这样子——你就自己回去拿。

我一边收拾起来自己的东西,一边不领情地说,你这个人真是不讲道理,我明明是扔在操场不想要了,你干什么还非要帮我捡回来啊。既然你从那么大老远地给我拿回来,我只好继续使用了。只是下次你别这样了啊。

果然,他一生气,就结巴得更厉害了。我在那里得意地笑。

不过,我知道,第二天,他准会一早就把我吵醒,并拉着我陪他跑步,他只有这一种惩罚人的办法,别的他不会。

之六 作文课

高二上半学期,我突然喜欢起写诗,自然,是啊啊啊的那种。

一开始在日记里写。多是先写天气、心情。那样的年纪,能有什么要紧的事呢,不过是一丛说不出理由的孤独感,又或者为赋新词的小忧伤。

有一天作文课,老师没有布置题目,让我们自选题目,我为了能有更多的时间看武侠小说,便抄了日记上的一首诗交了上去。

结果,老师大吃一惊。将我叫到了办公室里去,问我是不是抄的。

我说我日记本里写的到处是这样子的诗啊。老师便让我取给他看，我后来想了一想，不能让老师看我的日记本。因为，除了诗歌，我在日记里还画了班里某个女孩子的样子。

只好对老师说，我可以现场就写诗的。老师不信，就命题让我写诗，写什么呢，老师咳嗽了半天，终于想到了，说，你就写咳嗽。我写了四句诗，大概的意思，春天一声咳嗽，同时听到的人会被一朵花叫醒。这都有些病句了，但那个时候写诗就是这个德行，堆砌词汇嘛。好玩的是，老师连声叫好，说，是天才。

之后，老师开始在课堂上读我的作文。我还记得第一次作文被老师当作范文读的时候的感受，我一节课都不敢抬头。在此之前，我在班里并不活跃，因为年纪小，我处处被忽略。即使是文学社，也轮不到我参加。所以，老师在讲台读我的作文，我因为兴奋而羞涩，甚至有想要逃走的被注目感。

我显然高估了老师夸奖我的受关注度，这和结巴在运动会上一跑成名不同。写个作文，对于我们这样一个文科班，实在算不了什么。更何况，什么叫好作文，什么又叫差作文，实在难以有合理公允的公式来套。

关于作文被老师朗读之后并没有得到重视的失落感，让我意识到审美的差异，以及优秀的多元。原来，我总以为作文一好，便可以垄断班里男生的优越感，哪知完全失效。因为，作文课一周才一次，而其他的科目多的是，每一天都有被老师表扬的数不清的学生。

我不能过于依赖一次作文课堂的成功。不久，我开始向外面的报纸投稿。但基本是泥牛入海。更让我气馁的是,班里有一个女生在一本作文刊物上发表了一封写给她母亲的信。她一下子成为班里作文课的权威。

我只好照着她发表的那本刊物的地址,连续寄了三篇稿件。可是,依然,泥牛入海。

绝望会摧毁人的自信,有那么一阵子,我在日记里也是自卑的。连作文也不愿意好好写。果然,作文课上连续多次不再读我的作文。读的自然是那个女生的,她喜欢写信,仿佛,有一次作文课,她给十年以后的自己写了一封信,老师一边读,一边赞叹她的想象力。

是的,我被这样一个词语击中,想象力。我不是天天晚上睡觉之前都练习这些吗?那个年纪,天天有太多的想象力找不到地方储存,正好,我可以写到日记里,或者作文里。

我写了一篇天马行空的作文,大概是说学校食堂的椅子上刻满了字,有一天,那椅子会说话了,说的内容就是刻到他身上的那些字。结果,那椅子一句一句地说,全是一些下流的话。难道,这就是我的中学时代吗? 我在作文里这样反思。

这篇作文被老师当作范文读了,并推荐到我们的校刊上发表,再后来,我投稿到省里的一本青年刊物,竟然也发表了。因为发表时附了我的通信地址,我收到数以百计的交友信件。

给一些同样热爱文学的同龄人回信,让我的孤独感少了许多。

作文课又恢复了我的范文时代,只要是我写的作文,照例都是要朗读的。还有一次,语文老师身体不好,她点了班里一位女生的名字,让她来朗读我的一篇写中秋月亮的作文。那女孩的声音像月饼一样,是甜的,读完了,我自己都被那篇作文感动了。我第一次知道,即使是自己写的文字,在另外的人的朗读中,也会有陌生感。

宿舍里有一件感人的事情,我会写到作文里。又或者,在餐厅里发生了一些什么让我难忘的细节,我也会写成作文。甚至是班里的男生和女生的友谊,那模糊又美好的友谊总能让我们的青春充满了温暖。有一阵子,班里只要上作文课,课前,就会有同学跑过来,问我,你又写了什么? 又或者,他们关心班里发生的某件事情,我是不是写到了作文里,他们想听到老师朗读我的作文。

作文课,终于成了我个人骄傲的一个频道,在作文课上,我找到了自己的自信。甚至,这也是我写作的开始,从这个时候,我开始热爱文学,我懂得在文学的书写中将自己与正在进行的日常生活隔离,我为自己的这些发现感到庆幸。

在青春期潮湿而又孤独的时光里,我感谢作文课上的那些赞美和羡慕,是这些虚荣又充实的生命细节将我一点点剥离出那个年纪,我开始在自己的写作中思考未来,并渐次打开自己的视野。

那么孤单和彷徨

之一　分数

那年夏天，我的父亲带着我去开封一个远房亲戚家里做客。很曲折的亲戚关系，让我对伦理结构有了新的认知。

从亲戚家里出来，父亲不停地给我灌输人情世故里最为实惠的观念，说是："分数够了，也不一定能被录取，这种事情多的是，你玲姐考中专考上两次，都没有被录取，说是从高分到低分，谁去查啊，都是被别人顶了。所以，找人还是很重要的。"

我那时性格怪异，敏感而自尊。连续几年的高三复习，让我对中学宿舍里的气味有一种天然的反感，一想到如果念不了大学，仍然回到高三的复读班里，我就觉得人生无趣。

那是 1995 年夏天，我十九岁。

我面临的现实是，我已经复读了两年的高三。第一年复读，喜欢给远方并不相识的女孩写信。显然，我的文笔得到了锻炼。那年我开始发表作品。第二年复读,去了山东某县的高中,因为某个女生,莫名地和人打了一架。我犹记得冬天的麦田里,我被人一脚踢翻在地。心想,金庸的小说真是害人啊,我记得清楚的那些绝招,完全用不上。

除了这些,还有我的父亲。是的,在他的口中,我是聪颖过人的尖子生。从小学至高中,过五关斩六将,从未失败过。高考呢,就是轻敌了,没有睡好。

父亲喜欢反复向别人描述我的将来,总觉得我一定会一考而中,将来骑着高头大马回来。他很享受他的描述,仿佛,他每多描述一次,我就更接近那样辉煌的事实。

然而,那一年,高考分数出来以后,我仍然没有过本科线。

几乎,我听到父亲的内心里一声气球泄气的声音。我以为父亲会因此失去描述我将来的兴致,哪知他丝毫不减。在他向邻居进行的描述里,我距离本科录取线只差四分不是一份耻辱,而是一种骄傲。是啊,同年,初中毕业的妹妹,报考了一个四年制的中专,学费昂贵。我只好放弃了志愿栏里委托培养、走读自费等等选项,直接报考了所属地的开封师专,在报考志愿的栏里,中文系有一个填写不下的全称:汉语言文学教育专业。

父亲带着我拜访的亲戚,在我所报考的师专做中层,却并不负责招生。他和父亲谈论双方共同认识的人,我坐在他们家的沙发上,得以观看城市人的生活内部,那是我第一次看到家庭生活的环境可以如此整洁、干净。

父亲并未得到准确的答案。在他的内心里，我相信是这样的逻辑，他已经托过熟人了，如果仍然没有被录取，那么，他努力了。

父亲的焦虑如今想来已经模糊，大抵是他常常向人说起我的分数，总分多少，单科分数又多少，他呢，用这样关心我的方式来抵御他自己的焦虑。

不久后，我便接到了录取通知书。父亲终于找到了情绪释放的出口，他把一切都归在那个远房亲戚的帮忙上。经由他的描述，仿佛，这份录取通知书，是远房亲戚跑到学校里，帮我填好后寄给了我一样。

高中读了五年，细想一下。不过是和一些学科老师的斗争。有一阵子喜欢上历史，是因为历史老师的模样好看，她的好看，差不多是我对异性审美的一种启蒙。还有一阵子喜欢写作文，是因为老师读谁的作文，班里的女生便会多看这个男生几眼。种种过往都掺杂着丰富的荒诞。每一次想到小镇上的那所高中，以及校园外的一些聊斋志异，我都有一种被囚的感觉。我那时候，已经开始写诗。

是啊，像我这样一个不务实际的人，不写诗，怎么能荒废掉我那么多青春期的心事。

父亲奔走着为我办理粮食关系的转移。这是二十世纪九十年代仍然存在的一种特权，不论是进了工厂当工人还是上了大学，粮食关系是需要转的，我上了大学，那么，便从农村生产自足的粮食关系变成了"商品粮"。

1995年9月，我到开封师专中文系报到。将行李放到宿舍，领取生活用品和教材后，坐在教室里，看到课桌上放着一张校报。校报上一行大标题让我吃了一惊，上面写着：本校今年录取最高分为653分。这不正是我的分数吗？

我想起整个夏天都担忧焦虑的父亲，悲伤不已。

之二　断草诗社

《断章》是卞之琳的一首诗的名字，我呢，初学，模仿着写，大概也写了四句，投稿参加一场比赛。不久，便接到获奖通知，大概是我获得了优秀奖，如果想要证书，需要交二十元的证件制作费用。

自然是骗人的征文大赛。最让我伤心的是，通知我获奖的人，写得一手难看的字，竟然将我投稿的诗歌标题也弄错了，通知书庄重地写着：你的诗歌《断草》。

这是断草诗社的缘起。

师专校园小极，便于我串门。天知道我从哪里来的热情，一个教室一个教室地去做宣传，在别人的黑板上写下大大的四个字"断草诗社"，然后站在讲台上大谈我的理想。

那时候理想真多，都种在诗里。

我最著名的诗歌作品的标题叫作《饥饿的天空蓝蓝的》，已经忘记写了什么，当时教授我们写作课的教师姓寇，负责编辑校报，在班上读我的诗,读完以后,说,不懂。但还是发在了校报上。一时间,有很多人赞美。

我自封为断草诗社的社长,见到人便问询:你写诗吗？这调查收到不少白眼,得到的答案多是否定的。师专的学生来源多是乡村,写诗,对于他们来说,是一种病患。

还好,我在班里看到一个瘦小的人,写乡土气息浓郁的诗,大概有这样的句子:母亲将思念一针一针地缝进衣服里。这应该算是诗了,虽然有些学生腔,但我们不正是学生吗？我看完了他抄在日记本上的几十首诗后,决定任命他为主编。

他叫宋长安,喜欢照镜子,自吹自擂。那个时候,我们对爱情的理解极浅,从小说里看来的那些感受并不能解惑。而长安却已经尝过爱情的滋味,他在老家有了恋爱对象。

这种对女性身体的熟悉在长安这里并未呈现出他的经验的老到,他对女生最大的尺度不过是说我的坏话,来讨好前来找我探讨人生的其他系的女生。

做了诗社的社长,第一件想要做的事情不是去帮助其他热爱写诗的女同学,而是装骄傲。这一点,我自己也颇觉得怪异。总之,我百般地疏远那些前来问询的诗社社员们。长安每每这个时候勇敢地冲上前,对着那女生说:赵瑜这厮,从来都是羞涩。

青春期的躁动都在诗歌里发泄了,那个时候,我用诗歌梳理一切,饥饿、身体的欲望、贫穷、敏感而自尊的日常,等等。当然,我也用诗歌歌颂必要的一切。班里有一位城市女孩,她会弹古筝。有一天,她将自己的古筝带到了教室里,给我们弹了一曲《渔舟唱晚》,她弹完了,我给她写的一首诗也写完了。那风花雪月的字句,是如何在音乐的伴奏下流淌出来的呢?如今已经一无所知,只知道,我大声叫她的名字,当着全班同学的面,将我的诗歌送给了她。

照理说,故事应该从这里开始的,可是,我根本不懂诗歌以外的表达方式。我也不可能动不动就给一个女孩子写诗吧。那么好了,我只能孤独地坐在图书馆里看小说,我在很多张借书卡上写上自己的名字,甚至突发奇想,会不会有一个女生,因为看我借过的书,而喜欢上我。

可是,这样的心思,只能成为一首诗。

诗社也出报纸的,我和长安,用剪刀剪好打印的稿子,贴在一张大号的白纸上,然后拿出去复印。一开始的两期,更是纯手工,我们找了书法好看的学生,直接抄在纸上复印。这些诗歌报很快在学生们之间传阅,也贴在学校的阅报栏里。深夜的时候,每每有别的系的女生站在灯光下阅读。我在一旁静静地看着那个女生,心里想,如果我上前去自我介绍,说这份报纸是我编的,该有什么样的结果。

终于有一次,是历史系的一个漂亮女生,我知道她的名字。上前去搭讪,我刚自我介绍了一句,说,我是断草诗社的社长。她便自我保护着离开了,离开前,她还说了一句:我不会写诗的,你以前就问过我了。

那种从自信到自卑的情绪转变，我不止一次体验过。

写诗之后，我越来越自闭，曾有一阵子，我刻意地独来独往，去校外的小巷弄里闲走，去龙亭湖畔散步。我经营出非常孤独的形象，试图来吸引别人。我的努力并不成功，原因是我的性格并不内向，我不时向外释放出自己的聪明来，这种释放让我的孤独感慢慢消解，成为大家口中的"诗人的轻佻"，对此，我虽不甘心，却无法修补。

诗最终没有让我自我闭塞，在写诗的过程中，我慢慢找到陌生的自己，飞翔的自己，甚至是庸俗的自己。我在诗歌里做梦，饮食，甚至手淫，我在诗里向遥远的地方飞去。

在诗歌中醒来后，差不多，我也该毕业了。师专两年，有一多半的时间，我沉睡在一首诗里，那首诗羞涩、紧张，却并不哀伤。是啊，青春，都是甜的。

之三 一首情诗

郭闰老师，是那种你第一次见到她，就想给她写一首情诗的人。

她给我的第一印象是，她刚刚从某个小说里走出来，完全没有适应庸俗的二十世纪九十年代，总之，她在我们眼前出现，对我们的审美进行了启蒙。

那时她大学刚毕业不久，不过长我们三两岁，学生的气质并未褪尽,有一股说不出的亲近。

班里的男生,差不多一半都爱上了她。当然,这有些夸张。

郭闰是我们的班主任,她带领我们打扫卫生,我们争着抢她手中的工具,总觉得,这些世俗的事情和她没有关系。她负责轻柔地给我们讲张爱玲就好了。

她教授我们写作课,第一课就给我们讲张爱玲。她喜欢张爱玲,这直接影响到了我。我第二天便到图书馆找张爱玲聊天去了。

我那时对一些事物都有歌颂的热情,给一个枕头写诗,给被雨淋湿的一条内裤写诗,给邻居班里一个胖女生走路的姿势写诗,给太阳落下时一棵树的影子写诗。总之,郭闰老师怕了我,她怕我每一首诗都找她来看,就将她上大学时发表的文字给我看。她原来也参加过诗歌活动,她发在一册叫《羽帆》的内刊上的文字清丽极了。像她说话时的样子。那本书的扉页,有男生签给她的留言,甜蜜着,如实记录着她的某段往事。

同学宋长安从这段留言中窥出秘密,每天和我讨论郭闰老师的爱情。这多少有些无聊,可是,请原谅我们生活的枯燥。这是1995年的河南开封,大街上正在播放达明一派的歌,我们能收看香港卫视中文台的日剧,痴迷地看《东京爱情故事》。没有手机,更没有互联网。那个时候,我们唯一和外界联系的方式是,写信。

好玩的是,郭闰竟然是她的笔名。她本姓张,郭是母亲的姓氏,大概是闰月生的,自己改的名字,就一直沿用了下来。

郭闰老师文章写得好,曾有一篇短文惊讶到当时的我们。我和长安每一次见到她,都会背诵给她听,她呢,每一次都笑而不语。大体有那么一句,我依旧还记着:"伤过痛过,才知道,紧握在手中的并不是拥有。"自然也是一种青春期的情绪,可是在那样缺少鸡汤的年代,这样清丽的句子出现,无疑给了我们内心的滋养。

喜欢累积到一定的高度,如果没有合理的拐角设计,会倒塌的。于是,我决定给郭闰老师写一首情诗。写什么内容呢? 这事真让人忧伤。我和长安商量这情诗应该如何写。后来,我拉他一起写,再后来,我们商量着每人给郭闰写一首情诗。

尽管,我只想让郭闰老师看到我的情诗,但是,我却只能想起这样的方式。

这大概就是青春期的荒诞,明明,是一件自己非常在意的事情,却不知道该如何表达这种在意,反而装作很轻视的样子。

那首情诗都写了什么,如今已经完全忘记,我只记得,我将那首诗,抄了一遍。方格稿纸,完全是一副给郭闰老师投稿的样子。那情诗夹在一本书里几天,一直找不到合适的机会送给她。忽然发现,一向性格外向的我,被一首诗锁在了青春里,紧张,自卑,不安。

我相信写情诗的那个我,和日常生活中的我,不是同一个人,因为,他开始变得不自然,甚至因为有了秘密,而开始内心丰富。一首情诗让我开始变得复杂、陌生。

这也是人生开始加减的起点。还好,郭闰老师非常欢喜地拿走了我给她写的情诗,真想知道她的读后感,但始终没有敢问。我甚至猜测,她一定不会去读。

之后,我突然变得深沉起来,我总觉得,我的青春期,在那一首情诗里结束了。

真的。

之四 舞蹈记

一个乡下人,对于舞蹈的认知,和对于城市文明的认知是一样的。我一直认为,如果一个人学会了舞蹈,那么,他就是城市人。

我说的是交谊舞,就是那种将自己的身体绷得直直的,脚步又放得轻轻的,优美地旋转,移动,近乎歌唱般抒情,近乎飞翔般肆意。

舞蹈,对于一个乡下孩子来说,几乎是一个远房的阔亲戚。站在门外的人,敲门时,总不免紧张。

我就是一个对身体很紧张的人,若是有人注意我走路的姿势,我会变得很没有自信。因为,我长时间生活在庄稼地里,从未抱过任何一棵庄稼舞蹈过。

进入师专后不久,我们开始学习舞蹈。

首先是找舞伴。天啊,谁想过还有这么重要的环节。差不多,第一个舞伴,我们都是没有记忆的,因为就近的原则,我看看两边站着的女生,刚要向身材高挑的那个伸手,哪知那人被人伸手拉了去。

　　再一看,身边全是一些不知所措的男生女生。

　　对于身体的碰触,在那样一个年代,大多数十七八岁的学生还没有打开。我们的性启蒙极晚,靠纸质阅读得来的女性身体想象非常幼稚。所以,当现实世界有女性的身体可以选择(舞蹈其实就是对舞伴身体的选择)时,我们显得慌乱、虚伪、自卑,甚至有种莫名的代入感,很怕被分配到的这个女孩子就是今后自己恋爱的对象。

　　虽然,那个年代,我们对美的认知非常单薄和狭隘,却有一套完美的审美逻辑。我们对美的认知不仅仅停留在容貌上,还停留在气质、内韵,甚至是家世上。这有些好笑,这是一种对美的病态的渴求,也就是说,虽然我们是乡下人,可我们眼睛里美好的东西多是城市文明的。

　　我一眼在舞场上发现了她,问她的名字,答,叫居然。显然是骗人,却也觉得好听。只好笑她,说,你居然叫居然。她调皮,说,你居然不知道我叫居然?

　　她是历史系的,身边布满了讨好的人。在舞蹈教室里,她的姿势最为诱人。她显然不是最漂亮的女生,但是,只要舞蹈老师一喊一二三,大家立即发现自己身体的笨拙。仿佛,舞蹈就是让我们发现自己是多么笨拙的一个人,而居然立即便被大家发现,她的胳膊伸出的动作,她的脚尖漫不经心地迈出的瞬间,甚至是重心调整,腰部扭转的妩媚的样子,一下子将我们吸引了。她对自己的身体是有支配能力的。

是的,她学过舞蹈。

老师也很快发现了她,做任何动作之后,都会让她再给我们做一下示范。她那么青涩的模样,极大地打开了我们对美的理解,觉得,原来,有一种好看,并不是停留在身体本身,而是通过自己另外的专业来体现。

居然,让我们所有人认识到了,舞蹈是这么美好的事情。

舞伴是可以交换的,接下来的时间,居然成为所有男生排队邀请的对象。我自然也排着队等她。

终于轮到了我,我紧张极了,不知道该如何表达自己是一个与众不同的人。我不能告诉她我会写诗,这太庸俗了。我也不能告诉她我是一个热爱幻想的人,这太幼稚了。

总之,我抱着她跳舞的几分钟里,竟没有想出任何一句打动她的话。我连大胆而热烈地看她都不敢。

她转眼便被同班一个帅气男生拥在了怀里,显然,舞蹈也是有天赋的,没过几天,我们便被老师分成了两拨。一拨是身体永远打不开的笨拙的人,一拨是有舞蹈天赋的人。显然,我是那笨拙的一拨。

这样也是有好处的,我们这些笨拙的人,便需要有天赋的人来教。我开始在课外的时间去找居然。

她热情而大方,很熟练地对待我买的饮料和小吃。然后站在她们班级门口用近乎舞蹈教师的语气给我讲身体的柔软度,以及该如何分辨音乐的节奏。

我第一次发现,有一种女孩子,只有在舞场上,我才有机会抱着她。在其他场合,她的磁场完全将我拒弃,成为一个陌生人。

我认真而守时地完成了所有的舞蹈课,却没有学会任何一支舞。我只知道,在舞蹈的时候,我自己多么陌生。我无论如何努力也打不开自己的身体,这几乎是我全部的童年生活所累积的结果。我在玉米地头看守玉米的时候,从未留意过风吹玉米时玉米摇摆的样子,我不关注这些,我只关注玉米地里有没有做坏事的成年人,以及田地里第三垄第十棵玉米棒是不是长饱了,我好掰下来,烤着吃了。

在抱着居然舞蹈的时候,我想,如果我小的时候,抱着那些玉米跳一下舞,就好了,我也一定是一个身体柔软的人,是一个有着舞蹈天赋的人。

后来,学校里又对没有学会舞蹈的学生进行补课,好心的同学特别跑来对我说,居然也在舞蹈班里教舞蹈呢。

我却再也没有兴趣,因为,抱着居然的时候,我才知道,人与人不仅仅是有共同的出生地,或者共同的阅读爱好才会生出好感,身体的磁场,才是最好的试剂。像我这样笨手笨脚的人,注定不会找到合适的舞伴。

终究,我没有学会跳舞。

之五　喜欢的人

不久,身边的人都知道我有了喜欢的女生,看她戴着一顶黄色的毛线帽子,就说我喜欢上一个黄色小帽子。简称,黄小帽。

黄小帽短发,是班里补录的学生。补录生比我们晚到了一个月,我作为临时班长,负责接待她。照例会有一番吃饭睡觉指南式的问询。她眼睛好看,我喜欢看她。她有些羞涩,这让我更有好感。

读书也是这样开始的吧,看一段,觉得好看,就接着往下翻。

黄小帽就是这样的一本书,她的书名不错,叫《黄小帽》。因为晚到了一个月,她这本书没有序言,直接进入我眼帘的,就是她的目录。

这样说有些啰唆,但大体就是这样,她给我的第一印象就是,她不是一个陌生的女孩。我们两个仿佛很有话说。

那就坐在一起说话,讨论老师的声音、同学的性格,以及餐厅里某个窗口的勺子要大一些。还有就是,我会给她看我新写的诗句。她呢,恰切地表达喜欢,甚至还认真地抄在她的笔记本里,以让我放心。是的,她的喜欢是确切的,可以证实的。

我终于发现,她写一手漂亮的钢笔字。她的字是欧阳询的底子，果然，她一捉毛笔我就看到了，耐心，透露着家学。那时，我正喜欢向外面投稿，在草稿纸上写了个草稿以后，会交给她，说，你帮我抄写清楚。

她倒也习惯看我潦草的字迹，仿佛，那一份潦草里，她看到了我日常生活的粗略。有时候，我在图书馆做的一些读书笔记，字迹潦草了，过了些日子我不认得了，会拿给她来看。竟然，她给我用工整的字标注得清清楚楚。竟然，她比我自己还了解我书写的习惯。

这真是一份相互阅读的欢喜了。我那时深信她是喜欢我的。有一次，我往她的书里夹了一封情书，只写了"一封情书"四字。我当时想，我略去的内容，她大概应该猜得到，反正，她熟知我抒情的套路，以及字词的范围。顶多，我会在给她的情书里，多加一些糖果味道的形容词，也超不过她的想象力。

然而，我的省略的内容是我对爱情的想象。我过于矜持和自恋了，我以为，我给她写这四个字，她就应该自己通过合理的想象补充完整里面六百字的甜蜜。哪知，她对我的回答是：书她打开看了，从未发现有小字条啊。

或者她说的是真的，的确她并没有发现我夹在她书里的字条。也有另外的可能，就是，她并没有接收到我自以为是的"情书概略"。

此时已是夏天，她的帽子早已在春天的时候被几声鸟叫声掠走。她因为名字里有两棵树,所以被我的同伴称之为"两棵树"。我还专门为她的新名字写了一首诗,有这样的句子:"两棵树很美丽,我想,我必须是一只鸟,才能飞过树吗?"

同伴们便打趣我说,诗写得不确切,应该是"飞上树"。这些坏人。

我常常想,我和黄小帽的恋爱经历其实是一种简单的合作关系,那便是,黄小帽帮助我抄我写的稿子,我呢,就负责在稿子里偶尔向她倾诉爱慕。然而,她始终却并没有将她抄写的这些好词好句存到她个人的存折里。流水一样,流远了。

青春有时候真让人伤感,两个人相互看着,在内心里相互喜欢着,却在见面的时候说着疏远又礼貌的日常对话。多年过去了,每每想起"黄小帽"这个称谓,我都恨不能找一块橡皮,将那些虚度的时光擦去,将两个人的关系挤在一起,拥抱多么好啊。可是,我们连手都没有牵过。

和两棵树的爱恋终于亲密了一些。有一天,两棵树病了,我得知后,到她们宿舍去探望她。大约是假期,她们宿舍只有她一个人。我坐在她对面的床上,远远地和她说话。

宿舍里没有凳子,我在内心里斗争了很久,也没有坐到她的身边。那一刻,我确切地知道,两个人说话的内容,与距离关系密切,如果我坐在她眼前,说的话一定是亲昵的,隐私的。而坐在对面的床上,我说出来的话,堂皇又客套。每一句话说出来,都让我厌恶自己,让我觉得,我正一步步远离自己的表达。

暑假,我在老家的院子里坐着看书,忽然看到她在我书上留的字,就十分想她,那个时候的想念,执著,浓郁,又专心。可没有电话,只好写信给她。

我用了一下午的时间,写了长长的信。下着雨,跑到乡邮政所,将揣在怀里的信寄出了。总觉得那信上,还有我的体温。骑着自行车到乡邮政所的路上,是我那年走过的最为甜蜜的路。信寄出去以后,我开始想象她收到后的情形,想象她是喜悦的还是不屑的,甚至天天坐在院子里发呆,想着她是不是正在给我写回信。又或者写好了回信,觉得没有写好,又撕掉了,重写。

我没有收到回信。

终于熬到了开学,我奋不顾身地去找她,教室宿舍均不见人。来回上楼梯的过程,我和无数人打了招呼,却不记得一个人的样子。我满腔的热情都集中在,见到她第一句应该问她什么?

信? 那封信? 还是,什么都不说,只是静静地看着她?

可是,耗去了我全部的热情,却也没有找到她。这像极了一个暗喻。我在想她的时候,她并不在场。想念这种事情,最好是频率相同的,不然的话,就会成为双方的烦恼。

到了晚上,见到她,我发现我已经没有话同她讲了。

而她并不知道我前后找她多遍的热烈,她平静地问我暑假都做了什么。我差不多狠狠地告诉她,说,暑假我只写了一封信。

她愣愣地,看不懂我为何如此激动,只是笑。那几天,她忙碌着新一届学生的欢迎仪式,不再是两棵树,倒像是一只鸟儿,一会儿在树上,一会儿在空中飞翔。

我的感情过于浓缩了,被一封信取走了一大半,剩下的部分,在心里慢慢结冰,终于融化成几滴悲伤的眼泪。

某个月夜,我写了一首诗,大意是表达孤独感,抄在自己的日记本里。后来,又自己抄在方格稿纸上,投寄了出去。

我喜欢的人,终于在天凉的时候,又变成了黄小帽。青春期的喜欢终不过是纸上的一场战争,一场大雨就淋湿一切,胜败模糊。

之六 实习

有一天正上课,系里老师接到找我的电话,说是有紧急的事情,让我速到教育报社一趟。没有来得及向老师请假,我便赶到教育电视台二楼的办公室里。原来,主编出差回来,便受了批评。他出差期间,我编的报纸,头版头条新闻标题上有错字,而我没有校对出来。

主编呢,是一个性子很慢的人,善良,不会因为别人出错而逞口舌上的锐利,就那样看着我笑了一下,送了我一本校对的书。

师专二年级,我开始在报社实习。学习报纸的版面设计。那个年代,电脑并没有普及,我的工作只是纸面上的设计工作,在一张报纸的版样上划版,便是版面设计。我要查准确稿件的字数,然后,设计好标题所占的行数,所用的字体以及图片摆放的位置。报纸的版面设计要求很多,比如不能碰题,也就是说,两个标题不能碰在一起。也不能断版,就是两篇文章在一起排版时候底线不能是齐的。

当然,这是旧时版式设计的基本规则,我很喜欢划版。

这份实习的工作几乎决定了我的一生,我开始和报纸关系密切,编辑小报的副刊,并有了最初的审美和判断。

实习最好的体验是,一边我的身份是坐在教室里的学生,而另一边,我在报社,没有人会将我当作学生,他们举行运动会,也将我的名字列到上面。有时候,和主编一起去印刷厂,会遇到不同报社的编辑们,一起相约小聚。主编点完菜,照例要喝点小酒。我呢,也跟着他们学。这些社交场合的举动,是对我呆板学校生活的有益补充。实习让我有了另外的人生体验,我开始有了旁观自己生活的视角。每一次,当我回到教室,看到同学规矩而幼稚的学习生活,会觉得,我已经从一个众多的平庸的层面跳跃而出。

主编喜欢吃带鱼,每次校对完报纸,惯例会在《开封日报》旁边的小饭馆吃饭,他必点红烧带鱼。他吃得专注而微妙,吃过的鱼骨干净而完整,如艺术品,我也学着吃,老是失败,常常将整个带鱼嚼得碎了。生活不就如这带鱼一样吗,很难梳理得干净而完整,我常常用最简单的方式破坏。

有时候也和主编聊一些社会上的事情，我不知自己未来在哪里，常常开始说话时欣喜，结束聊天时悲凉。回到学校，看到那些正沉浸在考试困窘中的同学，才知道，我过早地进入了社会，提前有了生存的痛感，不知是幸福还是不幸。

彼时，城市对我的启蒙已经完成，这种致命的吸引在于，城市充满变化，让人的日常生活变得有目标。而乡村生活却是静止不动的，邻居们的样子是多少年也不会变的，他们养一只羊卖掉，会再买一只。他们种一季麦子收了，会再种一季。就是这样，这种缺少变化的阅读内容，在我十几岁的时候就厌倦了。我不是一个喜欢乡村生活的人。

那么，如何努力留在城市里，成为我的困惑。

在校园里，因为有实习的经验，这让我有了丰富的优越感。除了因为分数高而获得的统招生的生活补助，我还有每学期的一等奖学金，以及在当时还算丰厚的稿酬。在同学的目光里，我是资本家。每一次和要好的同学到校外的小饭馆，看着菜单点菜时，我能体会到，我是一个有社会生活经验的人。

而当我和同学们回到同一个起跑线——就业时，我知道，我的这些优越感，比起那些家境条件好的城市孩子来说，几乎是没有任何蕴含的零。

宿舍里的兄弟们，晚上的时候，喜欢听我讲外面的故事。有什么故事好讲呢，想想都觉得有虚构感，拗不过，只好给他们讲我实习时遇到的一些人。印刷厂里遇到我所在的县的人，一问竟然是宣传部的副部长，也是在那里校对报纸。说了很多话，这对于宿舍的同学来说，总觉得不可思议。是啊，有时候，一个狭窄的空间，或者一个特殊的场所，会将两个人的身份背景抹去。比如澡堂。当所有的人都脱去衣服，那么，对于搓澡的工人来说，肉体背后的身份和他们关系不大，他们搓澡的价格是一样的。同理，在印刷厂校对时，不论我是一个报社的实习生，还是县城里面来的官员，在印刷厂的排版车间，都不过是等着校对的职工而已。这样的讲述，同学们喜欢极了，他们喜欢讨论人生中接近成功的时刻，仿佛多听听这样的励志故事，自己便可以找到成功的钥匙一般。

还有呢，就是，我偶尔会在报社的办公室里值班，每天都会有投稿的人前来，那些人，有的是开封市各个中学的领导们。可是，他们一进入我所在的办公室，就变得谦卑而恭敬。对我一口一个老师。我很是享受，心里想，我如果揭晓我的实习生的身份，他们还会如此小心翼翼吗？

从这些前来投稿的人身上，我感受到了什么是人生的假象。或者，在某些时候，我自己所看到的事实，也像是那些投稿的人一样。所面对的困境也好，所遇到的感情的挫折也好，都不过是源于，我们不了解事实的真相而已。

在那间只有主编和我这个实习生两个人的报社里，我充分体会到趣味和变化。这些经历，这些充满未知的变化，和我们单调的学校生活相比较，充满了社会学的样本。我在晚上的时候讲给他们听，仿佛，他们也跟着我实习了一回，且十分热烈。

实习,给了我旁观我大学生活的机会,让我感觉出大学生活的枯燥,那日复一日没有变化的生活可怕极了,会让人缺少动力,会让很多新鲜的想法在重复中死去。甚至,有很长一段时间,我很害怕自己回到家乡,从此成为一个永远缺少变化和理想的个体。

有欢喜,必也伴随黯然。但是,多一个人生观景的台阶,总会多看到一些景致。于我,实习就是向高处攀爬时停留的一个台阶,在这里,我发现了自己独立表达自己审美的能力,并且因为这样的能力,我开始在贫穷的内心积累自信,积累属于我的见解,以及面对未知世界时的从容。

有关青春的梳理

之一　金水路 17 号

金水路 17 号。最先,是往这个地址寄了一封信,简历。那个时候,我刚工作不久,在郑州旁近的一个小县城里。

简历上的内容到底能写什么呢?如今想来都觉得苍白。可那时并不气馁,正是意气风发的年纪,我也是写满了两页纸的。

应聘编辑是要考试的。数十人考试,考完试以后,在杂志社二楼走了一下,看到一个房间的门牌上挂着"副总编"三个字,隐约记得我看过他的一本诗集。见里面有人,我敲门,几乎是用不容置疑的语气问那人,你是马新朝吧。

那人觉得好笑,但也觉得有趣。出于礼貌,向我伸出手,说,我是。

那是 1998 年 6 月,我二十二岁,莽撞,情商极低。

后来,我常常想,我被杂志社录用,是不是就缘自这一次无礼打扰?因为我毫不掩饰的莽撞,让我的名字在众多应试者里脱颖而出。

不久后,我收到传呼。回过去电话,说让我做好准备,到《时代青年》杂志试用。

这样叙述似乎容易了些。但我的人生就是这样出现转折。在此之前,我师专毕业,进入一家县级小报。我采访养猪专业户,和某个村支书交了朋友,甚至,还对人家的女儿有了好感。差不多,在那个小县城里,我很快便成为一个有才华的人。但是,每到夜晚,我总有一种青春被狭窄的天地所拘囿的感触。我不停地告诉自己,我要走出去,我不属于这样一个小地方。

郑州是大地方吗?我是茫然的。

我犹记得上班第一天的事情:全体去打保龄球。大概是要通过打保龄球的姿势,来判断我们有没有出息。这是我的揣测,因为我的姿势十分蹩脚。

马总编主管我们,开会说,到我们这里工作,有两个要求。一,要会玩。我们是青年杂志,不能出去开会一个个老气横秋的,就要会玩,这样你们才会热爱工作。二呢,不能老看《××日报》。没有说完,我们就笑了。

心里面想,这总编,可真有趣。

那时还流行写信,刚上班的时候,最希望的,便是在金水路17号这个地址后面,出现我的名字。

可是没有。

这其实是一种存在感的缺失，我已经在这里工作了，却没有工作的证据。

于是，我开始给不同的人写信，投稿，给相恋的女人写信，给大学同学写信，给陌生的投稿者回信。我相信，1998年6月至12月，是我这一生手写信件最多的时间段落。

杂志社的地址虽是金水路17号，而院门却开在经五路上。门口挂着很大的牌子，共青团河南省委。

院子小极，入门左转，旧式的木门，常年开着，二楼便是我们杂志社。

那时办公室有一台旧电脑，286的，我学会了打字，晚上的时候。大家都走了，我一个人坐在电脑前写诗。窗子外面是经五路，法国梧桐树上栖着的鸟儿回来了，叫个不停。我觉得一切都挺好的。

诗写好了，照例是要打印出来的。那电脑我并不太会用，编辑的时候，一不小心，摁错了删除键，写好的诗全没有了。

就用手写。

有时候也接陌生人的电话，问一些情感的事情。我呢，端庄着听，不时也给些建议，天知道那些大胆而即时的建议会不会让别人的人生更加混乱。但我并不这样认为。

给读者回信的次数也越来越多，有女孩子正在念大学，寄来了照片。大体也是好看的，我也就收着。等过一阵子，整理稿件的时候,不小心就扔掉了。

那女生通了一阵子信,大约在学校里遇到了相好的男生,便不再写信了。偶尔,我在傍晚的时候想起了她,就凭着印象,给她写了一封倾诉寂寞的信,却并没有回。

这也是常有的事。

杂志社楼梯口的光,在傍晚时很好,有时下班晚,要走了,在楼梯口看到一束光,昏黄中,有一股尘埃在光里弥漫着,便觉得没来由地感动。站在那里,想一会儿什么,却并不连续,遥远的东西在远处,近处的东西,都还没有来得及做。

我推着自行车去修理铺,一路上都想着那光线,总觉得,人生啊写作啊,都不过是这一束光,能给晚走的人提供安魂的空间。

院门口有一株极老的梧桐树,树干上有一个脚印大小的斑痕。我常在那里等人,站在那里,一直等。那时候并没有手机。常常等了半个小时,要来的人还没有来。我便上楼打电话给他,对方也没有手机,同事接电话,说他出来了。

就只好再下楼,继续在那株树下等。那时的时光总是宽裕,等别人半天,也没有觉得焦虑。看看来往的人,又或者随身带一本书,就在路边那样翻着,也不觉得奇怪。

金水路17号,我最好的青春都留在了这里。我也在这里书写了我最好的青春。

之二 版底栏

在杂志社,有一趣味的编辑工作,编"版底栏"。

需要庄重解释一下这个排版术语。正常的十六开本的杂志,一般会将页码数字放在纸页的左右两边,这样,整张纸便有了页眉和页底。而页底就是所谓的版底栏。我们会发布一些"凡人妙语"。怎么说呢,照现在的说法,是缩短了的心灵鸡汤。相对于名人名言,这里是有些小机智的平常人的话语。当然,后来发现不少人抄袭名人名言,或者改编名人名言,这是意外。

其实,最让人惊讶的不是发表这些短句。而是,发表这些短句的同时,会直接将短句作者的地址和邮编一并公布。

二十世纪九十年代末期,写信仍是人们通信沟通的主要方式。由于杂志的发行量极大,所以,每一个发表版底栏的人,都会收到许多陌生人的交友信。

那时节,版底栏的投稿极多,我和美术编辑李桦坐对面。稿子呢,就堆在桌子上,一两个月的工夫,李桦老师便会在对面说,赵瑜,我又看不见你了。

我只好将这些版底栏的投稿处理掉,大多数都卖了废纸了。

做编辑久了,会接到作者寄来的贺卡,或者茶叶,甚至是来办公室拜访。而编版底栏,有时候还会接到作者寄来的喜糖。说是因为在版底栏发表了一句感悟人生的话,便有一个知他温暖的女孩写信给他,寒暑之后,便有了爱情。

然而,喜糖还没有吃完,便收到有人要来炸掉编辑部的恐吓信。说是在我们版底栏看到了一个女孩子的话,写信给她,结果一来二去,竟然被她骗了数千元钱,等到最后一封信,这"女人"竟然是一个男的假扮。上当的读者坐车去通信的地址找那个女人算账,地址竟然是一个邮箱,找不到具体的人,人名是假的。

这故事曲折动人,几近虚构,虽然我们人心惶惶几日,但念念不忘这个被骗的人,究竟会如何治愈自己。

版底栏也不只是发短句子,有时候,也会帮着同行发布一两个书讯,茶馆开业的信息。甚至还有过征婚交友的信息。

但是,鉴于这类信息的来源真实性,我们没有能力鉴定,做了几次以后,便停止了。

那时候,杂志并不发表诗歌等文学作品。常有一些诗歌爱好者,投一些短诗过来,觉得轻飘飘的,夏天的时候读到,或许可以降些温度。偶尔也选发一些。

这一下可真是惹了诗人了,妈呀,本来版底栏的投稿已经渐渐减少了,一刊登诗歌,几乎是一发而不可收拾。

别笑,这不是幽默,这是当时的实情。

有一个开澡堂的人,喜欢写诗呢,不知托了谁的关系,将写的诗歌拿过来了。当时我们传着看,说,这样的诗,要请我们大家洗两次，才能发一个版底栏啊。

那人真是大方，请了三次。

也有正经的诗歌作品，很长的篇幅，我们选了一节，发在了版底栏。结果那人写了信过来说，听人说我在你们这里发表了诗歌，为什么我找不到。

那作者在目录里反复地找，没有找到。我们回信告诉他在版底栏发了。他又复了信件，说是很生气。摘出来发表的那几句，是他那首诗里最差的几句，我们偏偏要选，简直是对他的诗歌的背叛。最重要的是，发表在第二十三页，倒数第二页，上面的广告是治疗性病的广告啊。

我们的确觉得挺歉意的，尤其是关于诗歌上面的广告内容。那些针对男人的隐私广告天天在那里妖言惑众，我们却赶不走。甚至，只能将诗歌这样美好的句子，放在这广告的下面，这如何不让写诗的人伤心啊。

这样伤害别人，终是不好。我们后来讨论了一下，便不在版底栏发表诗歌了。

之三　热线

杂志社有一部热线，每周五晚上对读者开放。

值班的人，不管是男的还是女的，通常要自称是小芳。是的，热线的名字叫作"小芳热线"，得，一听名字，就知道这名字缘起的时代。

热线基本上是倾听读者的故事，做判断和给出药方的机会并不多。所以，难度并不大。

一开始，我们几个新来的编辑，都是要老编辑带着值班的。

周五的夜晚，有时候，下着雨，听着雨声，电话并不多，但每一个来电话的人，都充满着未知，我很是有接听电话的愿望。

想来，一个人内心的尺寸，也正是由于这样的倾听而一点点变化，被窄狭的人的观点提醒，原来，这世界上还有这样想的人。被苦难的人生启蒙，顿时觉得生活无比美好，原来，比我活得悲惨的人，竟然这样多。

打进电话来的人，未必真的是糊涂的，也许，他只是想试一试，找一个陌生人说说话，说完了，也许，一个秘密带给他的压抑就会减半。

我有一次，听一个女人的倾诉，觉得她遇人是那样不淑。她男人的薄情已经到了人神共愤的地步了，可是，等她说完了，她自己说，她知道那男人在外面有了家，有了孩子，她却依然爱他。

那时的我年轻，义愤，却又不便在电话里直接表达。几乎是非常生气地挂了电话，之后长久地不能平静。觉得，这个女人真是贱啊，活该，为什么不能离开那个负心的男人啊？天下的男人都死光了吗？把生活当作琼瑶的剧本来过啊？无聊。

这是我当时对着同事说的话，大体如此。然而，这样的观点不久便作了修正。自然还是因为这热线。随着倾诉者的个人故事的累积,我对某些固定事件的偏执,正慢慢松动,甚至被人性里某些不能确定的细节融化,对是非尤其男女间感情的是非判断渐渐模糊。

冬天的时候,办公室里有暖气,晚上的时候也开着,暖和。周五的时候,本来是两个人值班,也会有其他同事陪着。或者是,四个人打牌。一个人值班。

有时候,四个打牌的人,大概是有人作弊,被逮到了,几个人一起狂欢,而正接电话的人,会立即将电话捂住,把手指伸到嘴上,嘘了几声。

大家便会安静一会儿,过一会儿,又忘记了,又说笑。接电话的人不干了,捂住电话,大声抗议说,人家对方正在哭呢,你们有点同情心好不好。

我接的电话中,也有不少哭泣的人。他们多数都有着相似的经历,在爱情的沼泽地里陷进去了,然而,却被欺骗。不仅如此,还有一些人,在电话里说不清楚的,还会写信来。信里夹寄了她和那个男人的情书,一封一封的,复印件,看得出,那男人是动过真感情的,究竟是什么样的原因,两个人的感情突然就停止了呢?

这是我那个年纪治疗不好的疾病,所以,作为一个热线的主持人,我能给出的答案往往是主观的,甚至是幼稚的。但是,倾诉的人仿佛并不十分在意我的答案,会对我的善良表示感谢,然后呢,又继续他们的生活去了。

通常,如果是男士的电话,会找女编辑来接。男人的电话通常很短,他们说话的条理大概比女生要好一些,在言说的时候,仿佛已经发现了自己的不妥,又或者已经想到了问题出在了哪里,有时候话没有说完,便表示感谢,挂了电话。

而女士的电话,常常在我们完全没有进入语境的时候,对方已经开始情绪化了。女性情绪化会影响表达的,常常是一件本来一句话就可以说明白的事情,结果,说了许多,她也没有找到问题的所在。她陷在自己的往事里,说出来一半,以为听者已经明白了,她自己呢,在自己的忆念里伤感,甚至为自己不能修改的过去哭泣。

所以,通常情况下,一个晚上值班下来,也不过接四五个电话。

那时候,接电话都是有记录的。我常常想,将这些电话的记录复印下来,以后写作或许可以用得上。

随着信息时代的变化,中文传呼机、手机慢慢普及,人的倾诉欲有了更多的出口。我们的热线慢慢停了。

每每想起年轻幼稚的我,在电话的一端接听那些陷入生活苦恼里的男女时,我都会由衷地感激小芳热线,这种超出年纪的训练,让我的情商的数值渐渐升高。从一个单细胞价值观单一的偏执狂,渐变得宽容。

这部热线,几乎是我人生的一个课堂,而上课的人,正是那些充满迷惑的人。

之四　总编们

王总编写散文诗,温和,抒情。

有一次,和王总编一起去书店,我挑书快,看名字觉得好玩,买。又闻闻书的纸张,觉得味道好,买。还有更好玩的,就是看着一本书沾满了灰尘,无人问津,替那书觉得孤独,也买了。

我选了一摞书,可王总编一本书也没有选好,他在那里倒着看一会儿,又正着翻一会儿,又跑到另外一个架子翻一本同名字的书。过了一会儿,将两本书放在一起,比较一会儿,又将其中的一本放回原处。然后,才决定了要买的书。

看我选的书,一摞,壮观。他就温和地笑了笑,说,买书啊,得看书的版本。

我不解,版本?怎么个意思,书不都是一样的吗?肯定是哪本便宜买哪本啊。

我疑惑地问他。他就又将刚才放下的那本书找了出来,让我看,说,这两本书,是同样的内容,我要买的这个版本,贵两块钱,可是,这个精装是锁线的,而且是布书脊。而另一本虽然是精装,却装订得粗糙,这样的书放在架子上久了,会散开的。所以,还是要买一个好的版本。

看我不懂,王总编又普及了一下版本的好处。说,你现在买的一些书,过上一两年,你就不想看了,想扔掉。因为你放在书架上,朋友来看,一看这版本印得太差了,设计得也不好。这样的书没有审美,终究是不能当作长久伴读物的。

我那时虽然爱买书,但终究是囊中羞涩,只挑便宜的是一种现实主义精神。哪知,从此被王总编启蒙,几乎就是从那时开始,在书店里,我也开始比较起版本来。看一下设计,看一下纸张,看一下印刷的精细度。唯有一个缺点没有改,我有时候喜欢闻纸张的味道,有时候会因为一本书好闻,而买下。

马总编写诗,怎么说呢,就是打死他也做不了一个俗人。就是这种。这评价可能有点高。

马总编一开始分管我们杂志。大概是写诗的缘故,他做事的风格简练。

他讲话的风格是这样的:"段海峰这个人,优点还是比较多的。"正等着他说优点呢,结果,他说完了。

马总编对自己要求高,写诗获了奖,不向我们说。我们都觉得这值得敲一下竹杠啊。谁知,他说,这不算什么。有那么一阵子,我们一直搞不明白,马总编到底是真的觉得这个奖无所谓呢,还是压根就是不想请我们吃饭。

他后来还是请了我们吃饭,堵住了我们的嘴。

李总编一开始并不分管我们,他负责杂志社的另一本杂志,叫《流行歌曲》,是的,就是封面很花哨的那种。

李总编是我见过的好人中得分较高的。他的善良已经超出我们对"善良"一词的解释。

刚学会电脑打字不久,我常常晚上在办公室加班写东西,有时候,还想打印出来,带回到住处再看一下,有无可以修改的地方。

可是正在打印,打印机坏了。我那时完全一个电脑盲啊,只知道点鼠标,点完以后的事情为零。打印机吱吱地响,纸不出来。卡纸了,可是,我不懂怎么弄啊。就打电话给李总编,大晚上的,李总编正在吃东西,嘴里一边咀嚼一边说话,听我说电脑出了故障,放下电话就来了。修好了打印,打完了,等完全确认没事了,他才说,我回去了,饭正好凉了。

他还没有吃完饭呢。

还有一件事,那时候,我们普通编辑都没有手机。那时候全球通多牛啊,没有郑州市的身份证号码,有钱你也办不了。怎么办啊,还得找一个郑州市户口的人担保。这是题外的话。

我们常出差,出差的时候,自然要打电话的啊。怎么办,借李总编的手机。那时候,杂志社的效益好。三个总编的手机话费是报销的。可是,总编也有隐私啊。

李总编不仅乐意借手机,还会额外赠送大量的叮嘱。比如在外面吃饭要小心啊,睡觉要小心啊,坐车也要小心啊等等。

三个总编风格截然不同,却都是一等一的文人作派。

王总编在一次讲话中说:"要在别人背后说好话,他一定会听到的。这个人如果正好对你有什么坏心思,听到你的好话,也就放过了。这是多划算的事情啊。"这话简直是真理了啊,这些年来,我虽然没有完全做到,但是,常常念起他的这句话。

马总编在我们新入职时的讲话更是被我多次说起,作为一个杂志的主编,他竟然对我们说:"你们到这个单位来工作,一定要会玩。还有,作为一个青年刊物的编辑,你们不能老读《××日报》。"说这话的时候是1998年,哪一句放在当下,不仍然是启迪意义的常识呢?

李总编是我们杂志社最多才多艺的人,他手风琴拉得好,去卡拉OK,他还会伴舞。王总编和马总编离开杂志社以后,他做社长总编多年,每天骑着电动车上下班。

每年春节的时候,我们见面吃饭,吃完饭,我会坐在李总编的电动车后面,听他说说杂志社的一些事,有些人的名字,我已经不认识了。有些认识的老人已经离世了。

是啊,1998年我到时代青年杂志社工作,2002年我离开,一转眼,已经十二年了。

之五 友谊

春地和我同一张考卷进入杂志社,他喜欢早起。

试用期的时候,他每天将走廊里的卫生打扫完了,我才到办公室。我看看表,天啊,他太早了。可是,试用期啊,他把我逼得只能早一点定闹钟。

他最打动我的,是他的孝顺。这是我的软肋,我愿意和孝顺的人多谈谈人生。

那时候,我们两个都租住在燕庄。有时候,我会到春地的住处蹭饭,觉得他们家的什么都是好吃的。

我那时候生活大约是苦的,租住的房间有十平米,在最南端,中午的时候太阳炙烤,到了下午下班的时候,还是热的。有一次,春地到我的住处吃饭,看到我用酒精炉煮面吃,就一把将我的锅铲扔到了水槽里,说,你为何这样节约,我们出去吃吧。

那是我的生活第一次被别人提醒,也是第一次被家人以外的人怜悯。当时,虽然觉得有些小惭愧,但更多的是感激。

李明天是一个有怪癖的人。

他热爱看恐怖片,家里收藏着数以千计的电影碟片。自然,他还热爱换女朋友。

我租住在关虎屯的时候,与他的住处相距很近。我们在同一个修车摊修车,在同一个早餐摊点吃早饭。我们有太多无聊的时间在一起。

他请我去一个理发店做按摩,出来以后问我,你动人家没有。我哪知他如此无聊,说没有。他便骂我,说,我白花钱请你了。

李明天长我许多岁,却偏不结婚。他和我不在一个编辑部,他在楼上的《流行歌曲》,他拉广告,给某些歌手牵线到电视台做演出嘉宾,甚至有时候也帮着某些歌手发些有偿的新闻。他的日子丰富,比起当时清汤寡水的我,他几乎是中产了。

然而,他终因为自己的爱好广泛离开了杂志社。我和他始终还保留着友谊。仍然在周末的时候,厮混在一起。有那么一段时间,我对电影的一些审美,也得益于他的推荐。

有时候,我会把他当成一个小说人物来看待,我耐心地和他相处,观察他的生活,以便以后能有时间记录下他的生活。然而,多年过去了,他消失在我的视野里,成为一个居家过日子的好男人。

大伟是吃过苦的。

他念大学时开始卖报纸,仿佛,从那一刻开始,他的人生便与卖纸质的东西有了联系。

他负责杂志的发行工作,所以,按规定,他的话特别多。

有一阵子,我们两个一起跑发行,跑,是的,我们一起跑了很多个地方。相互比赛着吹牛,那真是最美好的青春。我们两个在一个小县城里违反交通规则,原因是朋友是县公安局的副局长,我们特别想知道,交警如果拦住了我们的车后,我们说出那个副局长的名字,是否管用。可是,一路上,我们逆行,在人行道上拐弯,做了许多无聊的事情,也没有一个交警来问。二十世纪九十年代的小县城,车辆尚不多,我们的阴谋没有得逞。

我们还将车停到一个县的县委大院里,保安问我们找什么人,我们把声音提高很多,说,来拉屎啊,拉屎! 特别大声。我们的理直气壮搞得那保安十分不好意思,挥手让我们进去大楼。

更荒唐的是,有时我们两个一起去火车站坐车,我在前面走,大伟在后面跟着,他一看到身边有女孩子经过,就会大声喊,他身上带了二十万现金啊,他有钱啊。

然后,就会有不少人停下来,莫名地看着我们,我们两个就一起哈哈大笑。绝对是不疯不青春。

直到有一天，大伟主持了我的婚礼，他当着我父母亲的面，朗读一段青春美文般的亲情文字，让我给我的父亲鞠躬。我看到了父亲眼中的迷茫。

大伟见证了我青春的结束。

结婚后不久，我离开《时代青年》，到了深圳工作，并在某个夜深的寂寞中开始写小说，一直到如今。

差不多，是这样。

海口三叠

之一　龙舌坡

地名有时是骗子,譬如一些地方有"西施胡同",你去寻,会发现,没有西施。然而,在海口,龙舌坡果真是一个坡,沿海府路下去,坡度刚刚好,下去像谈恋爱,有些欢快。上来也不费力,像背着一小段嘱咐,并不沉。

若是往里面走,过几个水果摊,卖烤甘蔗的摊位,便会有一个很大的菜市场,叫作龙舌坡菜市场。

有一个店铺的名称很诱人,曰:未婚谭牛鸡。自然是一家熟食店。海南鸡饭闻名南亚,这里的人对鸡的依赖超过亲人。这有些让人费解,纵是这鸡的谐音里有吉祥的意思,也不至如此吃法。未婚的谭牛鸡仍然是文昌鸡,谭牛是文昌一个镇的名字,所谓文昌鸡,多是指谭牛鸡。也果然,在这个店铺里卖鸡肉的两个年轻人,也显得异常未婚,他们幼稚的面孔和店铺的名字十分搭配。

我常常路过他们,生意自然是好的,一些老主顾一边用手指着要吃的鸡,一边用我不懂的海南方言说一些玩笑话。海南话是介于广东话和闽南话之间,个别字词的发音甚至和日本话雷同。海南人说话,字与字之间喜欢停顿,有时候也会如戏剧中的唱腔,语气词很长, 曲调一般的声音在话语之间来回荡漾。从话语间便可分析出,在数百年前,这个孤悬海外的岛屿,除了蛮荒与孤独,还有达观与悠闲。

第一次入龙舌坡,仿佛是去边上的一家五金店。那是我刚抵海口不久,租住的房子里,很多东西都是坏损的。我去五金店里问询抽水马桶里的部件,得到热情的帮助。那个少年,穿着拖鞋跟在我的身后,拿着我刚刚从他们店铺里买的配件。他说话很大声,每一句话的重音都放在同一处,连续听几句以后,便会发现他的这一特点。他是潮汕人,恨不得把他的家族史一瞬间都讲给我听。

奈何他修理得很快,修好了马桶以后,还反复地演示给我看,等着我赞美他。我如约赞美了他,他便不好意思起来,嘿嘿地笑。他年纪小,小胡子黑黑的,很善意。

而后我去龙舌坡吃饭,买卫生纸,买熟食,买香蕉,买蓝颜色的拖鞋,买石头做的蒜臼,买生活里所需要的或者并不需要的一些物品时,都会路过那间店铺,有时也会看到那个热情的少年,发现,他已经忘记了我,他依旧穿着短裤拖鞋。还有一次,他抽着烟,往西南方向看,若有所思的样子。

往坡下走不远,有一家新开的福建沙县小吃店,红椅子,白桌子,很是干净。老板娘长头发,斯文着和客人说话,衣着也时髦。收钱的时候,看到有些脏的钱,便会皱着眉头,仿佛听到刺耳的音乐。我第一次到她店里吃饭,便看到了她手足无措的样子,她给客人上米线,大约是碗太烫了,她一个不小心,碗摔碎在地上,汤汁流了一地。她的声音尖细,呀呀地叫着,汤汁已经滴在她的长裤上,她立在那里呆若木鸡,一动也不敢动,仿佛触了电。

在门外忙活的老人走过来,用扫帚三下五除二扫了,她呢,仍然愣着。事后,我才知道,那是她第二天营业,第一天,没有卖出一碗东西。

吃了饭后,我通常会再往里面走一下,有一个老太太长期在一个胡同口摆着长相难看的香蕉或者其他水果,价格也便宜,我偶尔光临她。挑选一些好的,在我的联想里,这样老的阿婆坐在这里卖东西,想来是因为家里的子女不孝,又或者贫穷,总之,我想帮助她一下。

她的香蕉也有好看的时候,价格便也贵一些,但我照旧也买她的,她仿佛认识了我,但她并不懂得感激,有一次,她故意把价格说得高一些。我想了一下,想转身走,但还是买了。一直到现在,我仍然常常买她的香蕉吃。

她呢,每一次看到我来了,便会把价格稍稍提高,她觉得我是一个外地人,不懂得本地的行情。我觉得这样真好,能以这样的方式来帮助一个老人。

老人的普通话倒也讲得流利,每一次都会问她几句,她都答得贴切。我知道她有两个儿子,还有一个孙子一个孙女,儿媳妇有班上,孝顺,她身体好,牙齿也硬,有一次她表演吃花生给我看。

过龙舌坡菜市场再往里走，便是一个都市村落，和其他城市一样，这里居住不同版本的小说人物。我喜欢到一个东北人的饼屋里去，买一种鸡蛋葱花油饼，那饼长得好看，金黄色的，像稻田一样的黄，香气袭人。掌刀的是一个精神的年轻人，偏胖，大热天也会戴一顶白帽子，很像酒店里的大厨，他的母亲模样的人在一旁收钱。

买了饼子以后，我喜欢到斜对面一家砂锅米线馆吃一份肉沫米线。我喜欢坐在路边的桌子上看四周的人。米线馆对面是一个冷饮店，老板是一个打扮艳丽的女人，她仿佛时常不在店里，有一次我去那里买一杯咖啡，名字很好听，我忘记了。我闻到老板娘身上的香水味，那味道不大好闻，让我想到一场很努力的床事，总之，我对她印象不大好。

果然，不久，便有个女人站在冷饮店门口骂街了，骂人的女子是良家妇女，虽然骂人的词语并不激烈，但表情极其愤怒。我坐在角落里安静地看，想象着一个庸俗的故事，无端地会想到自己的过去，仿佛有些门关上了，甚至我看到了尘埃落在一些人的面孔上，让人伤怀。

摩托车照例很多，我吃米线的小饭馆是一个很深的巷弄。太阳近落山的时候，巷弄里会出来几个花枝招展的女人，有一个我见得多些，她有时候会坐在我的旁边的一张桌子上，吃米线。她的红指甲很惹人眼。

对面是一个老人摆的修鞋子的摊子，那个老人看不惯她。常常用恶狠狠的眼神盯着她看，我猜测她是个妓女。

但是,她并没有领着不同的男人在我的面前经过,她的年纪大约也不小了,但看得出,她保养得还不错。

她吃完饭以后会坐一辆摩托车离开,开摩托车的人大都认识她,也有个别的男子,手不大老实,会被她一脸严肃地挡开。有一次,她从一辆摩托车上下来,扭着屁股走开了,大约是被污辱了,头低低的,大约是难过了。

菜市场里常常有吵架的声音,菜市场的旁边是一个丁字路,路口有一家音像店,常唱一些让人莫名的歌曲。大约是"十八摸"一类的低俗歌曲,一些下班了的民工路过那里,便会将衣服脱下来,大声地跟着唱几句,然后嘻哈一通,仿佛占了巨大的便宜。

超市里也有音响的,有时候会放邓丽君的歌曲,还有一次,是播放的一个女人模仿邓丽君的声音的唱片,唱的全是最近的流行歌曲,但声音的确很像邓丽君。我便认真地听了一会儿,等我路过那里的时候,差点想进去,问问超市的老板是谁模仿得这么像。但还是没有问。

菜市场里的声音最是嘈杂,不论是路过这里,还是融入这里,都听得真切:切排骨的声音,大鱼从水盆里跳出来的声音,赶野猫的声音,孩子哭泣的声音,用油炸米团的声音,给青笋去皮的声音,讨价还价的声音,用水冲洗酸菜的声音,吆喝着卖基围虾的声音,找钱找错了以后训斥对方的声音,忘记拿东西了被还回来道谢的声音,看到别人东西掉了提醒对方的声音,一直讨论着彩票号码的声音,在手机里甜言蜜语的声音,录音机重复播放的包治百病的广告声音,摩托车和自行车相撞的声音,骂人后动手打人的声音,围观者劝解的声音,挑着水果或海鲜筐子走路急切央人让路的声音,半坡的一个老爸茶馆里传出来的一些隐约的嬉笑声……

走在龙舌坡,你会在一瞬间无端地热爱起生活来。

福建沙县的小吃店依旧是红椅子白桌子,但已经不及开业的时候干净了。我喜欢吃他们店里的炖盅,有炖猪脑、炖猪肾、炖猪肝、炖肥肠、炖牛肉、炖排骨……各式各样,将这些炖盅一股脑儿倒进一份米线或米粉里,便多了营养的美味。

那个老板娘的头发剪得短了,眼睛很大,她依旧是漂亮的,却不再干净了。穿着男式的 T 恤,戴着脏兮兮的袖套,擦桌子时力气很大,地上有一团卫生纸,要是在原来,她一定会从自己的兜里掏出一张纸巾,然后裹住地上的卫生纸团,再扔到垃圾篓里。现在不会了,只见她大脚将纸团踢到了房间里的角落里。

她的额头上的汗也用脏脏的袖套擦拭,在电话里,她也不再斯文了,以前我见过她接电话,声音加了鲜奶一般,黏稠着,有些腻味,声音还拖得长长的:好——吧——我——可——想你——了——嗯——我——知道——你也——要——想我——啊——讨厌……

现在的声音很粗糙,像是被磨破了的镰刀,割起麦子来声音很大:“什么啊,你不许再和那个女人来往了,我给你买,你放假了就来,要是晚上不来,我就去找男人,我说到做到。”

听得出,她喜欢电话里的那个男人。

那个男人果然来了,我正好又去吃饭,那个男人短头发,不胖,笑起来有些幼稚。肤色有些白,一看就知道不大可靠。他帮助老板娘收拾客人吃过的碗碟,女老板便在他的屁股后面讨好他,看起来,实在是幸福。

但没过两天,我又去吃饭,便看到眼睛红肿的女孩子,她是个不会表演的女孩子,坐在门外面一动不动,客人点单了,也都是做饭的老人招呼。

没过几天,那家店铺便关了门。我路过那里时,看到里面的桌子依然白,椅子依然红。我坐在靠里面的位置吃饭,吃完饭,会在龙舌坡到处走上两步,然后回到住处。

还有,我喜欢吃那里的烤甘蔗,温暖的甜,很让人放心。

之二　在自己的房间里旅行

房间里的东西都是杂乱的,我享受这些杂乱。

窗外有孩子叫喊的时候,我会走到阳台上看他们,他们在争一个气球,还有一只小狗跑来跑去。我看到我的一条擦桌子用的毛巾掉在一楼平房的房顶上。

阳台很大。除了晾衣服,我极少来。阳台外面的院子是另外的小区,这些孩子虽然经常嬉闹,我却从来没有见过他们。

回到客厅里坐，电脑照旧是打开的，如果看电视，电脑则会变成黑屏。

我最近喜欢上看电视纪录片《故宫》，用笔做笔记，那些宫殿的名字，屋檐下的某个挂饰有什么特别的意味。不知道为什么喜欢看这些。

前一阵子看斯诺克比赛时，也是这样，要记录下那些术语，譬如高杆推进，譬如弹两库解球。

在一个狭窄的空间里住久了，会对陌生的东西莫名地喜欢。甚至，也会喜欢多说说话，经常话说出口，才意识到，这些话并不适合对眼前的人说，想想，确是寂寞了。人活着，是一件物质守恒的事情，常常一个人静坐，会失去观察其他生活的兴趣。我经常在房间里到处走动，有时候还打电话给远方的爱人，无非是演练自己的敏感。

我把水果放在厨房的一个柜子上，有时候会忘记了，再去看时，依然不坏。我就在日记里感谢它们有耐心。

我的书占据了我到的每一个地方。《易经》放在卫生间里，床头放了"沈从文"和"汪曾祺"，有一个硬皮的散文集子，不怕水，我有时候洗完脚上床，会把脚放在上面。

电脑桌子放了明朝的书，十多册，因为最近查用，所以，书里面夹着电影票、火车票、大润发超市的购物小票、火车站订票电话卡、某旅行社导游电话或是某件衬衫的商标硬纸片。这些用来做标记的卡片常常会在我发呆的时候帮助我想象，火车票是湛江到吉首的，那是我去年和一个女人约会时用的。旅行社的导游面孔模糊了，但是他讲的他的艳遇故事一直徘徊在我的某一段文字里，若有若无。

房屋是旧房子，入门即是卫生间和厨房。每每洗澡时，都会听到楼梯走道里上下楼的声音。于是，每一次都会停下来，等到脚步声远了，才继续把头上的洗发液冲洗干净。

卫生间里的几本书慢慢地被洗澡时的水滴洇湿，变形，我却并不拿走。依旧，每一次坐在马桶上翻看它们。这种恶作剧一样地改变一本书命运的做法，常常让我自己觉得满足。把大家都认为非常好的一本书，一直放在卫生间里，这种阴暗的心理多少表达了主人的狭隘。

好在我更多的时候是躺在床上看书。

有时躺下了，才发觉忘记关卫生间的灯了。便光着身子，跑到卫生间里。关上灯以后，整个房间突然陷入一阵盲目的黑暗里。我便凭感觉向前走，避开地上摆满的鞋子，进入卧室。

这种历险一样的游走经常在夜里发生，有时候，我甚至故意把灯都关了，让夜色一点点涂满我的脸，我的身体，然后再闭上眼睛，进入梦境。

因为，极少有人来。沙发上也堆满了书籍。有时候还会把该洗的袜子，或者是一封远方朋友的来信也放在那里。

不相干的事物摆放在一起总会充满了艺术感觉。我有时候喜欢回放这些物品的来源,日记本是固定在沙发上放着的,有时候看电视看到好玩的故事,会顺手拿过来记下。也有的时候会觉得寂寞,在日记本上写下我今天看到了什么。总之,日记本是必须要在沙发上摆放的,这一点像是主权问题一样,不容讨论。而后是一袋瓜子,生的,我喜欢这个形容词,就买了下来,经常是这样,到书店里买书,有时候不是买内容,而是购买一两个词语。这种习惯影响了我购买其他商品,甚至包括袜子和内裤。

沙发上的物品像是一场恋爱的现状,如果往前推算,会发现,一年前,这些东西像恋爱之前的人一样,各不相干。只是因为偶然的碰撞,才得以合拍。

客厅很小,除了放置了两只沙发、电视机、电脑桌以外,靠窗的位置还放着一张桌子。桌子上摆放着我的部分隐私,譬如药品,譬如零食,譬如剃须刀,譬如茶叶、水杯、眼镜盒、指甲刀、空了的饼干桶、某饭馆的餐巾纸、一两张来路不明的名片、超市收据、物业费通知单、圆珠笔、没有来得及喝的一罐啤酒、过期的健胃消食片……

我偶尔会收拾一下,不过,过不了几天,又会是这样。

我喜欢这样排列自己的东西,让空荡的房间更满一些,这是内心充实的另一种表现。

书房里相对整洁一些。因为我去得少,我把一些喜欢看的书分散在我经常活动的空间里,那么,书房里放着的书多是资料,是买了以后装饰自己的。如果有朋友来了,我会领他到我的书房里看一下。桌子上摆着练习书法的笔墨和纸张,我已经长期不用,那墨已经干涸成板结的黄河滩地,一块一块向上翘着。我写过不少幅字,如今都当作了垫东西的废纸。唯有门口贴的春联还没有完全撕掉,每一天开门的时候,我都会看到自己的字,挺好的。

有一辆自行车,是新的。买了以后只骑过一次。便被我放在了储藏室里。关于这一点,我一直无法对自己进行合理的解释。

我为什么买了这辆自行车,却又放在那里不骑呢?

我想,我大概有收藏一辆新自行车的毛病。

昨天,我煮了粥,没有喝完,我在超市买了枣,也没有吃完。

粥肯定要倒掉了,枣照旧可以吃下去。

在自己的房间里,除了写字之外,差不多,我不过是吃掉一些东西,扔掉一些东西。别无更高明的旅行方式。

之三　按摩师

要空腹。我是知道的。

然后,我趴在床上,头卡在床铺的洞里,等着按摩师用力推拿背部。我做的项目叫作"全身经络调整"。那些负责按摩的技师熟悉人体的脉络及穴位,她们通常从颈部开始,她们的手指一处一处地逼近我的疼痛处。通常情况下,我都会忍住不出声。

向上一些是我的肩膀，向下一些是我的腰椎，向左一些有些痒，用力过大又会疼，向右一些，是的，再向右一些，我知道，技师找到了我最为疼痛的部位。她的手停在那里，忽然发力，我一声呻吟。

作为一个技巧全面的经络调理技师，熟练地找出被调理者的肌肉僵硬或者粘连部位，是她们必须要做的作业。

我趴在那里，想象着她们的动作，斜向铺展开我的身体，然后重力叩打我的中心位置，如此三番地重复，我像是一张铺展开来的纸张一样，清晰地凸现在她的面前。

她的全部动作都是系统的，从上到下，从左至右。

我经常想，如果把她的全部过程录影下来，然后又用技术把我和床铺删除，那么，影像中，只有她一个人在那里舞蹈。

我从没有遇到过和我聊得来的技师，她们多数沉浸在技术里。她们眼里，我已经模糊成时间、身体的部位和下班以后的事情。

我有时候很想知道，一个被工作所完全融化了的人，她们的内心该如何充实。

我想得太多了。有一次，我问正在用力的技师周末做什么。

她说，工作。

我觉得自己有了骄傲的资本，我语气仿佛有些居高临下，说，不休息吗？

她说，我要挣钱，我妈妈得了病。

哦。

我们就说了这些吧,然后就一直沉浸在她的悲伤里。

我们大概也说了其他的,在虚构中,在沉默的内心里,譬如,我相信,我一定问了她母亲的病情,而她却也说不清楚。

她能说清楚的事情很少,她只熟悉人体的经络,却并不了解病理、心情、工作强度、舒适度、饮食营养、性爱次数、郁闷指数等等。

她是八十六号。

我有一次吃饭遇到她,她换了平时的衣服,一直看着我笑。我问她,你认识我吗?

她说,我是八十六号。

我一时语言受阻,我第一次体会到,和一个按摩技师,除了在床铺上趴着和她交流之外,我不知道在其他场合和她说什么。

这真真是一个语言的怪圈,遇到她的时候,我满脑子想的全是背部的疼痛,关于她住在哪里,喜欢吃什么食物,是不是喜欢看韩剧,路过东湖公园的时候有没有被乞讨的孩子追过,等等,均想不起。

我们说的竟然是和我趴在按摩床铺上一模一样的话语。

我想起一个医生,是我小学同学的父亲,每一次见到他,我的屁股都会疼痛。

这是因为有一次他给我打针的时候触动了某个毛细血管,流了血。连恐惧带联想,我觉得那针刺穿了我半个童年的美好,我大声地骂他,真实的演出让围观的人很是看我不起。是啊,我不是那种懂事的孩子,我过于真实,对疼痛有着天生的不能忍耐。

回到八十六号的面前,我们的话围绕着我身体的某一个部位展开,再也无法拓展。

吃完了饭,她离去,我看到她的手提袋上的周杰伦头像,我猜测着她的爱好。她把耳机塞进了耳朵里,消失了。

我听她的话,走路的时候抬高了腿,还有,用热水洗澡。

还买了一瓶活络油。

我趴在床上,看着地板,斜着眼睛看到她的鞋子,她们的鞋子是统一的白色。这一次却发现不是。我问她,你的鞋子怎么换了?

她说,搬东西砸伤了脚,脚趾肿胀得很痛,不得不穿凉鞋。

搬东西?

我们终于把话题转移到了她生活的情节之中,终于不再讨论我的背部,我每隔两个小时应该站起一次,我最好用头写米字等等内容。

她的手一用力。

我一下子回到了我的身体上,脊椎的疼痛让我想起我这两天都做了什么事情,我又一次沉默起来。她很熟悉我的背部地图,她的每一次用力都会提醒我,她找到了需要用力才能舒展的僵硬的肌肉。

仿佛注定了的,我和八十六号,只能就身体的某个部位进行交流。除此之外,她基本上是陌生的。

　　这真是奇怪的事情。

乡村阅微

陪客

蒋涛中午喝了点酒,脸微红,因为眼睛小,总让人觉得他缺少睡眠。我们的亲戚关系说来复杂,各自的爱人是姨姊妹。涛是木匠,手艺好。大约是长年和木头打交道,人也有些木讷,话少。

院子很大,是祖辈留下的老院,建筑的房顶上的一些旧砖瓦是证据。

空地的边上种着大蒜,露出的蒜苗被雪盖了,枯黄。家里没有喂鸡和羊,空空的院子,住满了风,总让我想起某个旧电影的结尾。

落座,寒暄几句,涛便出门去寻我的旧同学,张良涛。中学时,我们曾在一起热闹,见证彼此最不更事的时光。良涛在村庄的偏僻处,相较旧时,胖了。这是时光赠送给我们大家的礼物。仿佛变胖,是一个男人的宿命。

一说话,便回到了旧光阴里,说起某桩无法言说的好笑事时,彼此哈哈大笑。想来,我们的这些记忆都已躲藏在了内心的某个抽屉里。直到遇到这些旧同学，才打开抽屉翻晒。这些记忆多数发霉且模糊，就着一壶茶水，我们开始修补记忆，记忆有时真的需要修补和打磨，是啊，有一些细节，随着彼此的补充，而变得鲜活。

涛叫来我的同学之后，仍然不停地去村里叫人。这是乡下通常的做法，家里来了比较重要的客人，要找来村子里比较有头脸的人来陪客。找来的人，要么在外面混得好，见的世面多，来到家里讲讲外面的遭际，好显得主人家的邻居、亲戚有见识；要么就是村子里门户大的人家，在村子里威望高，很光棍（这里说光棍不是指单身，而是指在村里的地位高）；最差的陪客的人，也是村里面能喝酒的人，这样的人通常是村子里的老师或者厨师，吃得胖，平时闲下来时，爱凑热闹，谁家有喜事忧事都爱掂一瓶酒去道贺，不是为了吃饭菜，而是想找个酒友，喝上几杯。喝到半醉不醉的时候，说一些平时都不说的话。乡下人叫"喷空"。

"喷空"是乡村生活中一项非常重要的精神生活，几个人坐在一起喷空的内容听起来精彩十分，既有附近乡村的古怪稀奇的事情，也有各自在外所闻的一些重大的事情。重要的是叙述语气，这些诚实本分的乡下人，只有在喷空的时候，才会不停地夸大事实真相。使得一些本来合乎逻辑的事情，慢慢远离事情本身，一个人说一个故事，到了第二个人再转述给其他人听的时候，由于夸大了数字和事情的具体细节，而让人听起来像是传说。

听这些人说话，和刷微博的效果非常接近。

这些民间故事的叙述者，在村子里，也都是一些被村民们共同加 V 认证了的世面人。他们说的话，都有着权威性。他们说完一件事情之后，村里人再转述时，怕别人不信，往往，会加一句："谁谁家二叔说的！"

坐在酒桌上的，便有一个人是涛的二叔，不是本家，是邻居辈分。这位二叔，见多识广，讲他在生意场上遇到的人事，语言十分短促，如果直接录音下来，照抄，便是一个方言版的《聊斋》。陪客的人中，有一个年轻帅气一些的邻居，不知该如何称呼。酒喝了没有三杯，老婆便来叫。离席不久后，又回来。他一离开，众人便开始说这位后生的逸事，多是怕老婆的种种尴尬。乡村社会，如果怕老婆，又或者老婆管得严，便成了村子里嘲笑的对象。

陪客的主要内容是喝酒。通常情况下，豫东乡下，如果来了城里的客人，为了表示客人的尊贵，陪客的人都要给来客敬酒。敬酒一开始并不陪喝，先要给客人端酒，端了两杯，第三杯才陪着喝一杯。在旧年月里，酒珍贵，平常人家都喝不起，所以，让客人多喝些，自然表示主人待客大方。可是，现在，酒早已经不再稀罕，而旧规矩不变，总有一些想要客人喝醉后出丑的恶作剧心理。

在酒桌上，如何推托，是一门非常深的学问。那些高明的乡下人，说一些完全无用的套话，总能把客人逼迫，觉得不喝这杯酒就对不起敬酒的人。他们在劝酒时的说辞极尽了谦卑，那些充满了比喻的家常话，让我恨不能马上录音下来。逃过第一杯，逃不过第二杯，只要我端了酒杯，那么，便会有接二连三的理由来敬酒。我总结了一下，喝酒的理由大概如下：第一次见面、家里人健康、和表弟的关系亲密、同在一个城市、都喜欢吃鱼头、孩子一样大、都得过一样的病、对某种虫子都过敏、都是兄弟三人、不喜欢的东西类似……

这乡村的酒桌远超过我们在城市里对 QQ 群的理解，喝酒的理由梳理了这一切。除了几个醉酒的人开始大声叫喊之外，我有些喜欢这乡村的酒桌了。

可是，孩子闹着回家。离席，我知道，这意味着又一次进行人际关系的切割。我想好了的，如果非要让我喝一杯酒，才能离开，我就一饮而尽。

哪知，出乎我的意料。并没有纠缠。而是开始了另外的热情。一群人一边劝我喝茶等一下。一边让在座的某位年轻后生去开车。

乡下人泡茶水，都是将大袋的茶叶，直接倒进暖水瓶里，然后，再往茶杯里倒水。那些喝得微醉的人，每一次倒水都会泼出不少。喝茶的人呢，一口吞了不少茶叶，在嘴里嚼巴嚼巴，就吞咽了下去，就像叨了一筷子凉菜一样。

天气晴好，我自然要将电动车骑回去。可是不行，这有违乡村伦理了，在晚上，又是喝了点酒，所以，必须要用汽车送。电动车呢，明天，涛再起早给送回去。

百般谢绝，也不行。乡村这种过分热情不仅仅体现在语言上，而且体现在动作上，他们几个人，一个拔掉了我的电动车钥匙，一个人拉住我的双手，一个人从电动车上将行李拿好了。是的，我的两只手都被涛的邻居抓住了。他们用善良而热情的方式限制我的行动，这近乎野蛮的善意彻底打动了我。如果我非要固执地不听从他们的安排，那么，僵局将会继续。

好吧，只能屈从这种热情了。从蒋涛的家里坐到我住的大院，共走了七分钟。下车后，又对来送我的人百般表示谢意。

然后打电话给蒋涛，他们仍然在喝酒，电话那端吵成了一锅粥，显然，送走我以后，他们的酒才刚开始喝。

糊涂

在豫东乡村，"糊涂"是名词。是乡村社会赖以生存的主要食物种类，差不多，它伴随一个人的一生。

放风筝的孩子在寨外麦田里应着母亲的叫喝，回应晚饭吃什么，是一句"擦——糊涂"。擦字后面是拉长了的，仿佛孩子在说出的时候已经想到了风箱里的火以及土锅里飘出来的香气。几个坐在一起纳鞋底的妇女看到地里干活的人回家了，相互扯两句闲话，就要散场，最后说的那句也是："赶紧回家擦糊涂，孩他爹夜儿个都说擦得时候不够长，不黏。""擦"字包含熬制玉米糊的关键动作，需要用一柄长勺在锅里画圆，制造波纹。时不时地，还要用勺盛满一勺玉米糊扬起来，观看一下黏稠度。那句"夜儿个"是豫东方言，是说昨天。

糊涂是将玉米打碎成为糁状，然后倒入开水中慢火熬制而成。大约学名称为"玉米糊"，如何转称为"糊涂"，几不可考。"糊涂"在书面用语里是一个指向不明确的哲学用词，一说是智慧不足，看不穿世事，洞不明物理；一说呢，却又是看尽琐碎参透万物后的假装。将这样一味哲学词语当作最为粗朴的饮食，真是趣味之至。

旧乡村,食物的样式单一。那么如何将最为简单朴素的食物做得别致,便会成为乡村审美的谈论对象。比如,我们村东头,有一户木匠家的女人就很会擦糊涂。同样的水同样的玉米糁同样的火候和天气,她做得就是黏糊。绝招是一点点被传播开来的,一开始是她们家的风箱大,水开了,玉米糁刚下锅的时候,要大火。等到玉米糊在锅均匀了,要小火。这是火候,还有观音土,观音土就是锅与土灶间的黏土,长时间被火烤着,焦黄,每一次擦糊涂,木匠女人都会抠出一点,碾碎了,放入糊涂,这些土是碱性的,放入玉米糊汤锅里,自然就多了些香味。

熬制玉米糊,对水的要求极高。在我的老家兰考县,县城东部乡村的地下水便是碱性的,所以,煮出来的糊涂便特别难得。同样是煮,用液化气煮出来的味道,便不如煤炉煮出来的,而最好的滋味,自然要说乡下地锅柴火煮出来的滋味。即使同样是用地锅来煮,加厚的那种锅煮出来的味道就更厚实。因为柴火烧出来的火爆烈,温度比液化气或煤球要高,所以,锅厚一些,才能承受这种温度。乡村的大口锅像极了孕妇的肚子,我总觉得,每一次熬糊涂,都像是一场孕育。想来,这食物之味,本来就是一场孕育与酝酿的过程。

食物的味道是最为文学的表达方式,乡下人虽然不会用华丽的语言描述,但是只要是一沾到嘴唇,他们便知那滋味是经过多长时间熬制出来的。

喝糊涂呢,也是有绝招的。刚刚熬好的糊涂,颜色金黄,盛到碗里,看上去就像一碗黄金一般。不仅喜庆,而且香气弥漫。但是如果着急喝一大口的话,保证会猛地吐出来,因为温度太高,烫得口舌受伤。所以,喝糊涂需要就着碗边,慢慢转着碗边喝。我爷爷是喝糊涂的高手,不论多热的糊涂,只见他半倚在厨房墙根,一只手用筷子夹了一根腌好的脆黄瓜,另一只手端着碗,半转着碗边,左边旋转半周,嗞溜一声,喝了一大口;右边又旋转半周,又嗞溜喝了一大口;这时候,他才顾得上咬一口手上的咸菜。爷爷喝糊涂,从来左半圈右半圈,七八口,一碗糊涂便入了肚。

爷爷不仅爱喝糊涂,也爱烧锅。就是奶奶在上面擦糊涂,爷爷在下面坐着烧火。看着火在火膛里明灭,一边拉风箱,一边闻着糊涂在锅里渐次成熟的味道,也是一种绝好的享受。每一次,我在爷爷的火膛里烧鱼或者花生的时候,爷爷都会不高兴,说我烧的东西破坏了气味,他只能闻到我烤熟的鱼肉或者花生味道,而闻不到糊涂熟好后的气味了。

奶奶在上面用勺子舀了一勺糊涂,扬起来,问爷爷,闻起来怎么样了。爷爷闭上眼睛,由着那香味在鼻子里停留一会儿,吸进肚子里,仿佛要在肚子里消化一番,才说,还不行,还要三把火。

一把柴火塞进锅膛里,需要拉十多下风箱的拉杆,时间呢,也差不多要两分钟,三把火,那就是要五分钟以上。可是,在旧时,我爷爷从来不会用分钟来计时。他熟悉的是农具、庄稼和食物。比如,他说锄了一响地。一响就是一个时间段。又比如,他会说一顿饭的工夫,吃饭就是计时单位。爷爷喝糊涂特别快,快到没有办法来计算时间,所以,爷爷从未说过喝一碗糊涂的时间。关于喝一碗糊涂的具体耗时,我相信,爷爷是糊涂的。

秋天的时候玉米成熟，等打下玉米，晒干磨成玉米糁，季节已经是深秋入冬了。所以，整个冬天，如果去豫东的乡村，会发现每一户人家都喝糊涂。想想都觉得壮观，甚至可以申请吉尼斯世界纪录了。

玉米经夏秋两季成长，到了冬天成为人们日常饮食的主要选择。它不仅给乡民们提供温饱，还提供人们对美好味道的所有想象。

比如，喝糊涂时佐味的小菜便是一种搭配美学。在我们村，普通人家喝糊涂的佐饭小菜，一般是西瓜豆酱。西瓜是入秋后那种笨西瓜，不十分甜。每一次腌西瓜豆酱时，母亲都会让我们这些小孩子帮助，将西瓜最中间的甜瓢吃掉。所以，腌西瓜豆酱对于我们这些孩子来说，是个节日。吃完西瓜中间的部分后，只剩下和瓜皮相连的部分，然后和煮熟晒干的黄豆一起腌制成西瓜豆酱。吃西瓜豆酱时，我最喜欢吃的是瓜籽，腌好以后的瓜籽嚼起来又香又咸，还有一股难以描述的甜味。哥哥自然也喜欢吃，每一次，为了争执几粒西瓜籽而发动战争，是平淡生活的调剂。

除了西瓜豆酱，就着糊涂的小菜还有腌黄瓜和蒜苔。蒜苔我不喜欢吃，黄瓜如果切成丁，放了小磨油，我勉强可入口。如果佐味的小菜是腌制的山姜切成了丝状，咀嚼起来有脆响的节奏，感觉就像是一场口舌交响的音乐会。

我的确喜欢山姜，山姜并不是姜，是一种野生的薯类食物。好玩的是，只要是种过一年，便再也不用过问，每一年，在原地都会生出更多的山姜，以后无论如何深挖都刨不净。山姜就像是一个可以让土地中毒的程序一样,只要你种过一次,每一年便都会收获。

正是因为山姜只要种了便永远也刨不干净,所以,正常的土地里,谁家也不敢种。山姜除了腌菜吃,无其他用途。因为蒸煮不得,所以,山姜从来被农民视为敌人。只有孩子多的人家,会在地头,或者河沟边上种上几棵。然后年年收获不止,且越来越多。也正是因为山姜无论如何刨,第二年都会生出来,所以,邻居们不管谁家种了山姜,都会当作是自己家种的,去刨几块,腌制成咸菜。村里人看到谁手上拿着几块山姜,也会问在哪儿刨的,一说,就成群结队地去刨。村子里谁家种了花生,都会在地里搭个棚子,白天黑夜地看着,怕有人偷花生吃。种了西瓜也是要搭瓜棚的。玉米也是,玉米棒刚刚饱满时,也怕有人嘴馋掰了去煮着吃了,也要让孩子坐在地头看着。孩子们屎尿多,大人都交代好了,尿尿拉屎都不能拉到外人地里,小孩子的屎尿都是最好的肥料。所以,孩子在地头看着,就会不停地往玉米地里钻着尿尿,人家自然就不会去偷了。

而山姜是唯一一个让大家觉得共产主义的食物,分享了别人家的东西,却不用有丝毫的内疚。这在贫穷得连一只小鸡翅膀都要做上记号的乡村里,不能不说是一件温暖的事。

然而,终究,最为温暖我们身体的,是早餐时的那一碗糊涂。

孩子时代的我们,最喜欢糊涂刚刚擦好时的那一刻,疯着站在锅台边上,等着掀开锅盖的那一刻,争抢着吃锅边缘的锅巴。糊涂锅边的锅巴是完整的一圈,焦脆,又有着玉米的香味。是食物贫乏时代最为奢侈的零食。

糊涂喝完以后,锅底会粘着一层厚厚的糊涂泥巴。这个时候,大人们会往锅底涂上一层均匀的西瓜豆酱,然后用炒菜的锅铲抢到自己的碗里,说是特别好吃的锅饼。

随着乡村社会的发展,多数农家早已经换了液化气灶具。但是,烧柴火的地锅从未退出。原因便是大多数乡村人的饮食习惯。

春节时,只有回到老家,才能喝到柴火烧出来的地锅糊涂味道。父母亲在县城住,老家的院子里没有人。回老家,便只有到一个远房的亲戚家里喝糊涂。一听说我们回老家了,那亲戚热情得很,糊涂熬了很多,然而,却迟迟不盛碗。往堂屋里一坐,天啊,满桌的鱼啊肉啊,要喝两盅才能罢休。

亲戚家里的厨房有一个长长的烟囱伸出屋顶,房间里几乎没有烟气。我年幼的时候,厨房是不能进的,每一次引火过后,厨房里的烟雾都会呛得人咳嗽不止。但也不是全无好处,比如,在锅膛的门前上方,一般会吊一个陶水壶,那水壶被烟火熏得浑身黑透。每一次,我用筷子在壶身上刻下我的名字,只需要两天半的光景,就又完全不见了,刻哥哥的名字,一天就会不见了。这是我常常得意的。不只是这样,比如,这水壶里的水,在冬天的时候可以洗脸洗脚,十分方便。

而现在,一个电热水壶不过几十元钱,所以,早已经没有人家在锅门前吊一个浑身黑透的水壶了。可是,我总觉得,那一只全身被烟火熏烤得黑透的水壶,就是我自己。虽然,在城市里生活了多年,我常常洗不干净自己满身的灰尘,也总能闻到那玉米糊的香味。因为,我就悬挂在老家的锅膛门口。

红白事

旧年月里,乡下夏忙和秋忙,都是累死人的季节。所以,但凡是在这个季节离世的老人,周年的祭日都会移到春节来办。这样的好处是,春节时村里杀年猪,猪肉够吃。再者来说,那时候家家都穷,摆一次宴席,桌面上的剩菜吃不完,也可以存放,天冷,不会坏。

哪知到了现在,这规矩仍是坚持着。

缘由却是变了,现在的乡村,平时年轻人和壮劳力都进了城打工,只有在春节的时候,才回家。所以,祭日也自然要在亲人齐全的时候办。

大年初一至初六都是走亲戚,家家户户都忙不停地换东西。张家的一箱方便面搬到李家,李家将八宝粥改天再搬回到张家。过去不是这样,过去穷,都是用竹篮挎着一篮好面馒头走亲戚。从姑家走到舅家,从姨家走到远方的亲戚家,走来走去的,一篮馒头就裂了馊了,可即使是馊了,也是不舍得吃的。总要将亲戚全都走完了,才会让孩子们分着吃了。那个时候,我们家就是如此的,平日里自己吃的馒头,从外表上看是好面的,可是掰开来,里面却是杂面的。外面只是包上了一层好面的衣裳。全白面的馒头,只做一锅,走完全部的亲戚后才能吃。所以,就显得格外珍贵。

现在农村富裕了,早就不兴馒头篮子了。兴什么呢,方便面,各种山寨的劣质饮品。比如我见过两个好玩的品牌,一个是叫"雷碧"

的汽水,一个是叫"大个核桃"的核桃露。

过了初六,乡下的亲戚开始办白事,初七初九,如果订不到厨师,那么,到初十也是有的。正月十五之前,在农村都是过年。

年初七一早,我去参加一个亲戚的周年祭礼。照规矩,是要先上坟磕头的。

几家亲戚在大寨西街集合,大寨是一个集镇,虽然属于山东,却被河南的地域包围着。因为是集市,一直兴旺。

在大寨街上取了扎的祭品,两枝摇钱树、两个家用电器。

其他祭品早在出殡的时候已经烧过了。这些纸扎的祭品,完全是老百姓日常生活的想象,总是想着,人有轮回。往生之后有另外一个世界,叫作阴间,在阴间,更是贪污盛行,所以,多给死去的亲人烧些纸钱,好让他去阎王爷那里行贿,保佑尘世间活着的亲人。

坟一般埋在村庄的角落里,或南边或东边。

亲戚的坟埋在一片树林里,冬天的风一吹,极寒冷。

照例是有唢呐等响器,女亲属离坟五百米的时候,便要哭起来,和过去不同,过去的哭词是有讲究的,现在大都简单了,只需要喊着离世亲人的辈分即可,比如,这次离世的,是我爱人的舅父。她只需要反复喊着一句:我的舅啊。

女方一哭,坟前的响器班便吹响了唢呐。表示迎接,坟前正跪着的那些直系亲属们呢,也要哭起来。这才有了响应。

男客们要排队在坟前行祭拜礼。

我和几个姐夫们准备好了,有领头的,不会行礼的,比如像我这样长年不在乡村生活的,要跪在最后一排。看着前面的人,前面怎么做，我就跟着学。

往往，城里人到乡下行这种祭拜礼，观者颇众，大家主要是想看笑话的。在乡下，祭礼中出错的特别多，这样就会闹出笑话来。

我们一群人行的叫"懒九拜"，一个"懒"字，已经解释了这个行礼仪式的简单。那些长辈们多是行"二十四拜"或"十四拜"，我们这些小辈，行九拜礼，也要再简化一些程序，就成了懒九拜。

行过礼，就散了，回到主人家里坐着等吃饭。

亲戚家里长子在县剧团工作，为了父亲的祭日，请了剧团的人给村里唱两天戏。村庄里的人嫌两天不过瘾，大队出面，又请剧团再加演三天。

村庄的广场上正在唱戏。现在的剧团和过去比也有了些条件，灯光音响都好了很多。

我们一群人站在戏台下面看了一会儿。看戏的还是老人居多，他们搬着个小马扎，穿得厚厚的，戏的内容是一个悲剧，好几个老人，都在那里抹着眼泪。

白事的酒席自然比红事的酒席差一些，但是，乡村的菜非常实惠，比如，整只的鸡，半个猪脸。好玩的是，这半个猪脸有一个体面的名字，叫作"有头有脸"。这食物的名字，也注释了乡村社会的价值观。说到底，在乡村熟人社会，他们对万物的认知，仍然停留在那些戏词上，什么"妻贤子孝"，什么"出人头地"，什么"朝里有人好居官"。

比起白事的宴席，乡村红喜事的宴席要隆重一些。

乡村的婚事,也越来越接近城市。结婚的时候,新娘子也穿着婚纱,不过,因为寒冷,一般婚纱里面还套穿着保暖的棉衣,看起来十分幽默。

　　我参加的一个远房亲戚家女儿的婚礼,竟然是纯西方式的。原因是,新郎的奶奶信了基督教,便请了教会的牧师来主持婚礼。

　　牧师领着一群穿着整齐的教众,唱了赞美诗,主持了全部的仪式。然后,婚礼就要结束的时候,新娘子被婆婆叫下台来,原来孩子饥了,闹着要吃奶。所以,新娘只好下台来,抱着孩子,无奈婚纱束得很紧,一时撕扯不开,孩子仿佛是闻到了母亲的气息,更饿了,哭闹声更大了。婆婆便来帮忙,帮着将婚纱的系带扯开了,一边扯一边还小声说,这婚纱可不能弄坏了,要赔钱的。

　　终于解开了婚纱,掏出奶子,塞进孩子嘴里,孩子才止了哭声。

　　这就是乡村婚礼的现场片断。

　　结婚的男女往往都已经生了孩子,才忽然想起要办一场婚礼。也有的,本不是相亲的对象,甚至男孩女孩各自都有对象,可是,在集会上,或者是玉米地里好了几回,就大了肚子。结果,双方只好各自退了原来的婚事,奉了肚子里的孩子结婚。虽说是结了婚,可是,双方的父母亲都不大愿意。男方家长嫌弃女孩不贞洁,都已经订婚了,还来勾搭自己的儿子。女方家长嫌弃男孩耍流氓,说不好是怎样诱拐自己的闺女。

　　然而,孩子生下来了,男女都去了城里打工,孩子丢给爷爷奶奶,外公外婆不时也来看一回,孩子很聪明,又觉出女方的好来。等到春节双双回家,和女方家长一商量,再漂亮地办一回婚礼。

这是常有的情况。

我的这个远房亲戚,倒不是双方解除原来的婚约后再婚的。是两家人相互请了媒人介绍的。可是,两个人分别在广东和宁波打工,春节时见了个面,第二年中秋节时递了个订婚金戒指,第三年春节就住在了一起。结婚后仍然分开打工,就像是没有结婚一样。直到女方怀孕,回了家,男方仍然在宁波打工。

因为男方打工的工厂有自己办的医院,能生育,所以,到了快生产的时候,将女方接到了宁波。孩子生下后,女方也在宁波谋了个工作做。男方的母亲去宁波看了半年孩子。直到今年春节,一起回老家过年,才补办婚礼。

在他们的新房里见到了婚纱照,果然,新郎新娘站在那里,一岁半的儿子坐在中间。

婚礼上的牧师问新郎,无论新娘是否能生育,你是否都愿意一生一世相守,围观的人都笑了。牧师愣在那里,重复着问新郎,新郎骄傲地说,是,我愿意。

婚礼结束后,新娘抱着孩子喂奶的情形十分的戏剧。

村里的人对这样的场景仿佛并无什么不妥的反应。吃喜宴的时候,一些长辈们在旁边议论,说现在的年轻人挺孝顺,都是在外面挣了些钱,用自己挣的钱来办婚礼,省得长辈为了办这一铺事愁得白了头。

继续听下去,马上就听到了为了给儿办婚宴而白了头发的人家。那是一个极为贫穷的人家,孩子长得也排场,就是家里盖不了瓦屋,只好两夫妻搬到村外的草棚里住,给儿子婆亲用旧院旧房。

儿子呢，娶的媳妇也不体面，是个半边脸的人。

我反复也没有明白，什么叫作半边脸的女人。难道是天生残疾，半边的脸有损伤，又或者是幼小的年纪时出了什么差错，而使得半面脸有了缺陷。然而，等我知道答案，才知道，我们乡下，所谓的半边脸，是指女人已经嫁过一回了。二婚，脸已经丢过了一半了，只剩下半面脸。

那天的婚宴上，没有上半边猪脸，大约是喜宴不时兴这处有头有脸的虚荣。上的菜有几道都是酸甜喜庆的内容。

对了，去吃喜宴，在乡下，照例会得到主人家一条大红色的毛巾。这是作为回礼的赠品。这种毛巾来自同一个厂家，我在乡下住的几天，去了不少亲人家走动，发现他们每一家都用的是同一花型色彩的毛巾。不用说，查查有几条毛巾，就知道他们参加了几次婚礼。

在乡下，哪怕是富裕了的人，也都是精打细算过日子的。他们被贫穷和疾病挤压得太久了，所以，哪怕是高兴，也总要留一些余地，生怕一不小心，高兴得过了头，得罪了管高兴的神灵，没收掉他们高兴的权利。

虽然主人家办婚事都大方地上菜，但是同桌上吃菜的人，边吃边说，这两个菜如果不吃，就都别动了，到时候，他们收拾起来也好收拾，别吃了一口，他们就当作剩菜给倒掉了，多糟践粮食啊。

我本来正准备往一道菜上动筷子，立即止了念头。连剩菜都要替主人家完整地剩下来，这种淳朴，虽然好笑，却没来由地让我觉得珍贵。

乡村，越来越不乡村了。只好，希望，住在这里的人，能有根，深深地扎在泥里，一直保持着那春播夏长的姿势，平静，温和。

走亲戚个案

回到乡下，对一些旧词语和老亲戚有亲切感。多是和自己童年相关的人事。

有一个亲戚，是我的奶奶在世时认下的亲戚。奶奶自幼无亲人，在地主家里做使唤丫鬟，而爷爷是地主家的长工。想来如同小说情节，然而却真切可考。

奶奶和爷爷成婚后，因为没有娘家，便凭着记忆，在自己的出生地认了一户人家，认作娘家，以便将来生老病死，好知会娘家人。在乡下，有出处的女人，才可以埋到祖坟里。这是旧传统。

奶奶在世时和我们向来不亲近，比如，她做了什么好吃的，断不会给我们这些孩子们吃，总是挂在堂屋高高的吊篮里。不过，这并不妨碍我们偷吃，只要是奶奶不在家，我和哥哥总能生出法子够出那些好吃的。

我八岁时，奶奶离世。

那时，对于我们这些孩子们来说，奶奶或者爷爷离世，并不悲伤。因为，奶奶的离世，总是意味着家里不停地有人来奔丧，总会带些好吃的来。而这些零食平时是吃不着的，所以，这些食物治愈了我的悲伤。我和一些堂兄弟依旧嬉戏,又因为我的奶奶离世,我成为众多孩子们巴结的中心,在当时,只有示好于我,他们才可能得到好吃的。所以,借助于奶奶的死,我成为一群孩子的头目。

而在这一年,奶奶认的那门亲戚,才开始和我们家走动。

奶奶活着的时候,这门亲戚若有若无。而在奶奶离世后,重视与他们家的交往,也是对奶奶的一种怀念。我是这样想的。

这亲戚里,有一个比我大几岁的表叔,与我们这些孩子们颇能玩在一起。

多年以后,又去这表叔家里走亲戚,格外地感慨。

表叔育有两个女儿,无子,长年在北京等地打工,沧桑,年轻时因为出力过多,摔断过一条腿,虽然后来好了,但是,每逢阴雨天气,便疼得厉害。

表叔后来在北京打工时捡了一个儿子,倒是活泼可爱,只是养到六岁时,才发现有先天性心脏病。这便又成了家里的一个花钱的出口。

表叔的村庄紧靠着山东的村庄,因为山东的信号比较强,他用的号码全是山东的手机号码。明明是河南的村庄,可是,原来他用河南的手机号码,一回到村庄就收到短信,什么欢迎您漫游出省,山东菏泽移动欢迎您之类,搞得每一次接打电话都收取漫游费,后来村里的年轻人,都换成了山东的手机号码,于是,年纪大一些的,也都让年轻人帮着,去换了。

表叔的手机号码是新换的,末尾的几位数字是他的生日。说完,他露出黑黑的牙齿。

他抽烟。

不停地抽。还咳嗽。

表叔的大女儿在北京一个食品厂打工,春节的时候,也没有回来,因为春节时的工资是平时的三倍,不舍得回来。挣钱不容易,回来一次得花好多钱。不让她回来。这是表叔的话。

女儿的名字叫素红,可是,电话号码写在墙上,名字叫程琳。表叔姓张。

表叔说,北京的工厂对河南人歧视得很。素红去打工,拿自己的身份证去,人家工厂一看是河南人,不要。就回到家里,借了邻村程琳的身份证,邻村便是山东的村庄。亲戚家的女儿正在念高中,便借了她的身份证。

一开始的时候,老是记不住程琳这个名字。打电话到工厂的车间里找女儿,每一次说找张素红,都说,没有这个人。连忙看墙上的名字,说找程琳,才将自己的女儿叫过来听电话。

现在,因为已经叫顺口了,表叔叫自己的女儿也叫程琳,仿佛已经忘记了她原来的名字。

表叔家里有几间鸡棚,原来养过鸡,只是不善管理,鸡患了病,死了无数。赔了不少钱。

又只好出去打工,是在工地上干最苦的活计。表叔不懂什么技术,只能出死力。

一说到出死力,表叔的表情就会有些暗淡。

表叔的妻子,倒显得年轻,但是,对我们这些到访的亲戚,却也并不热情。看得出，他们夫妻关系不好。因为，表叔竟然和她分开居住。

我无意打探他们的秘密，但还是忍不住惊奇地，问了一句，为何分开住啊，本来房子就不宽绰。

表叔恶狠狠地说了一句，她嫌我身上有味。

表婶穿戴皆时髦，还化着淡妆。若不细看，看不出生过两个女儿，而且大女儿已经十九岁了。

在乡下，一个打扮得花枝招展的中年女人，则又是另外故事的开始。

聊天时，表叔接到电话，是后村的胖子家里的猪，要阉掉，可是，现在的年轻兽医，不太会做，找表叔来了。原来表叔年轻时，帮着别人杀过猪，懂得阉猪。

便告别了表叔。

在路上，看到乡村的一个标语，上面写，阉猪找前村张虎。才想起，原来表叔的名字，叫张虎。

那么孤单，那么彷徨——赵瑜作品

辑二 行走史

云彩记

之一　苍山上

　　老卫随身背着一个包。那个包里有他用以谋生的家什,他必须随身带着。之前,老卫是个诗人,他的诗很好,但现在,他避口不提,仿佛那是他的一个耻辱。他喜欢盯着别人看,等着别人把话说完。他的话不多,又或者他并不想说话。他坐过牢,大约是要剃光头的,出狱后,他一直保持着光头的样子。不知是留恋,还是仇恨。

　　他身体里有一种沉默的磁场,譬如说话时声音是向内的,低沉。我后来才知道,他也唱歌,唱到高音时,他声音嘶哑,我听到了,很感动。而彼时,他表情肃穆,那表情吸引着别人,那么安静。

　　在大理古城的十字路口,我第一次遇到他,他奉朋友之命来接我。然后,他领我去他一个朋友的住处。他一直在前面走,一直走。他走路很快,有些奋不顾身,我气喘吁吁,为了赞美他走得快,可是他并不应答,一味在前面带路。我有些吃力,几近小跑,追着他说话。那是一种特殊的体验,在此之前,我从未尝试过一边紧张赶路一边说话。我觉得,在走路时说的话是不容易记忆的,现在想来,我已经记不得和他说了什么,而他又如何作答。

他的朋友有一个偏僻的院落,曲折而幽静。老卫介绍他的朋友给我,叫欢庆。欢庆精通各种乐器,是个独立的音乐制作人。和老卫一样,也喜欢沉默。欢庆面相清秀,一头长发束扎起来,异常艺术。他的后院有石榴树一棵,他摘了两枚,掰开来,分给我们吃,一粒一粒,异常甜,我想,这也是他话语的一种,晶莹,透明,又甜蜜,石榴的滋味是我们对生活共同的奢望。

在欢庆的房间里听音乐,有一首曲子是韩国的弦乐,听起来像是中国的古筝,但又比古筝有力气。该如何描述那力气呢? 是干净的,听这首曲子我想到一对年轻男女在野合,四周是青草的气息。曲子里辗转的破音是风,是草被身体压倒的声音,是鸟儿扑棱翅膀远去的声音。那音乐干净而温暖。若是用怀旧的念想来听,总觉得是一种祭祀,是对光阴的缅怀。

老卫大约也陷入在曲子里,他抽烟,将自己的面孔遮住。间或,老卫用四川话和欢庆聊天, 那些方言像个半截高的篱笆,阻止了我。只好,我再次进入音乐里。隐约里,我听到老卫说起他的演出。是第二天晚上,在欢庆开的九月音乐酒吧里。

晚上,老卫请我们吃饭,从欢庆幽静的小院里出来,照例要欣赏老卫的疾行。我仔细观察了他的行走,大约得益于长时间的爬山,老卫在平地上走路极度容易。他甚至有些厌倦在如此平坦甚至平庸的人间行走,他走得快,不是往名与利上追逐,而是到安静的地方静坐。

我们坐在这间叫作"九月"的酒吧里,依旧是欢庆制作的音乐在流动。墙上贴着欢庆搜集整理的音乐海报。我看到老卫的音乐专辑的名字《啸》。

晚上的时候,我便看到了老卫的箫,长长的,由三个短管组成。黑色的,他喝醉了酒,费了不少周折才将箫管连接在一起。他费力地往竹管里吹气,我听到空气在管箫里慢慢滑行的声音。他的头脑已经不大清晰,他骂人,头甩向左边,骂,他妈的,又甩向右边,骂,他妈的。然后,他突然坐直了身子,伸长了脖子,长长地吸气,唱了一句,"想起了我的爱人……""爱人"两个字刚吐出来,他便又松弛了身体。停顿在椅子上,像是要睡着了一样。

晚餐是在九月音乐酒吧吃的,从香格里拉来了几个胖胖的诗人。有一个人负责吹牛,他力大无比,鬼来杀鬼,佛挡杀佛。他和老卫第一次见面,用一个中间人的名字搭桥引线,用酒水当作语言,彼此阅读。果然,老卫不胜酒力。

醉酒之后的老卫像个孩子,我和胖子架着他走路。他却双脚离地。夜晚的大理云彩很多,他最后躺在石板路上。我们看着他,觉得,在大理活着真好。即使醉酒了,即使在夜里,也能看到大片的云彩。白色的,象征主义的云朵。

第二天中午,我去老卫的住处看他。老卫住的院落在苍山上,半坡上,要路过无数株玉米,有丰富的狗叫声和流水声。泉水从山上流下来,流到大理古城,洗去城里人的疲倦和世俗。泉水是美好的。

在老卫居住的房顶上可以看到洱海,苍山伸手便可以抚摸到。这是一个神仙居住的地方。邻居家的狗交谈一样叫个不停。云彩也交谈一样融合又分开。玉米地交谈似的刮着沙沙的风,若是细听,我听到戏剧、诗词和情节曲折的民间传说。

老卫已经不记得昨天晚上的情节,他躺在地上看云彩的情景像他自己吹出的一段箫声一样,被我们听去了。他自己却不记得了。

下山,他要去录音,去准备晚上的演出。路过一座桥,石头的,桥下的水像音乐会,宏大而热烈。我想到王维的诗句,又或者近代史上的枪声。但这些想象一瞬间便消失了,我必须走快一些,老卫的脚步像贿赂过这崎岖不平的山路,他走得安稳而迅疾。我被一块又一块小石头绊住。躲避、纠缠,甚至慢下来,踢开一块石头,才能将脚步调整到舒适。

那泉水声一直在我的心里流着,像便于携带的音乐。晚上的时候,我听到了老卫的箫声,很惊讶。他用写诗的方式在吹箫。他唱歌,用本原的声音吼叫。那声音粗糙,像一丛长在路边的野草,旺盛、愤怒,但也悲伤。有一段箫声来自他的身体,他放低姿态,像个孩子,窝在自己的某一段过去里。他用恰到好处的气息,让箫声停下来,那些气息在箫管里来回奔跑,最后像火把一样,熄灭了,听到火苗变成灰烬的过程，最后像灰尘一样，飘落在箫管的洞口。那声音出来之后，像一声又一声叹息，又或者像一个奔跑的孩子停下来喘息。

他的背包里除了箫，还有一个小算盘，一只口琴，和一个碗口很大的钵。吹口琴的时候，他习惯用算盘来打节拍。那是完美的结合，就像在小雨声里传来一声怀旧的琴声一样。那算珠来回闪烁的声音将琴声淹没一小部分。或者，那算珠像一辆往时光深处游弋的列车一样，载着那口琴的声音，渐行渐远。

我相信声音是一种想象力，我相信乐器最初出现总和一种声音的提醒相关，竹笛和鸟儿的鸣叫相关，洞箫和风声相关，二胡的丝弦和一个悲伤的冬天相关。当老卫用木槌轻轻绕着那铜钵子转动，我听到一声吼叫，沉闷的自行车停在一段上坡路上，下定了决心的离开，委屈，以及妥协之后的一丝气馁。我甚至听到汗水把纸上的汉字湿了，想要表达的意图模糊。那声音像一块石头在湖水里泛起的涟漪，水晕越来越大，声音像夜晚的路灯一样，走得越近，越能发现自己。而老卫在那钵声里，抵达一个十字路口，那路口的公交车站牌上贴着的留言条已经被雨打湿。

是的，老卫在钵的声音里吼叫起来，那是丢了东西之后的问询，还是东西找不回来之后的绝望。总之，老卫的声音低沉，和那只钵发出的声音雷同。

那天晚上，除了老卫，还有助演的其他人。但老卫是最没有技巧的一个艺人，他用自己的想象力，把音乐当作诗句写出来，当作水墨画,涂抹出来。还有他的吼叫,声音带着体温,甚至,声音表达着精神。关于声音,有句名言:丝不如竹,竹不如肉。老卫用声音配合他的竹筒,让人欢喜。

然而,让别人欢喜,他自己却哭泣。是后来,我听到了老卫的音乐专辑,有一章节,叫作《酒狂》,在音乐的最后,不是抒情,不是吼叫,竟然是他的哭泣声。真实,像被扬起的沙土,路过的时候,不小心进入眼睛,便会模糊,会有泪水泻出。我相信,再也没有比他的哭泣声更有击打力的音乐了。哭是回到最初的方式,哭就有糖果,哭就有花衣裳。哭专属于某个身体领域,像一群羊专属于某一片丰润的草地一样。哭自然是一种音乐。老卫大约想到了自己的身世,想到令他辛酸的生活史。

钵的声音在夜晚传出很远,像从苍山上流下来的水,总有些支流流到了莫名的地方。

音乐照亮了老卫,他在音乐里获得食物。然而,音乐也出卖了他,他在音乐里获得孤独。不论是他的箫声,还是他的吼声,我都听到了他伸手往水里抓稻草的声音。那些稻草不能拯救他,那些稻草不过是把他打扮成一个稻草人,站在麻雀遍地的稻田里,麻木、荒唐。

我不想了解老卫更多的个人史,包括音乐之外的他。他过于性情了,我想起他当年的诗句,当年,他著名的诗句和今天他走路的速度接近,奔跑、计较。

那天晚上,酒吧里有两个外国年轻人,一直在给他鼓掌。那是两个喝醉了酒的人。我知道,这个世界上,总有一些喝醉酒的人,他们像老卫一样,反复咀嚼被水湿透的青春,觉得全世界所有的黑色云朵都飘浮在自己的身体里。

那天晚上,等到演出结束,我们便和多数客人一起,匆匆离开。我不知道,老卫是不是又和友人在那里醉酒,醉酒之后,他会不会继续唱歌,并在歌词里加入"他妈的"。

之二　洱海传奇

两个妇女,一个已经花白了头发,一个年纪要小一些,她们一直在争吵。

这里的女人多是白族打扮,头上勒着一个或白或浅绿的头巾,眼睛深陷在脸颊上,看向人的时候有些投入。也正因这种投入,让路人觉得有些热气从眼睛里散发出来,我看到了,便想轻微地避开。

两个妇女,年轻的发现我们早一些,我们,我和小溪。和我们搭话,但她却是从村庄里刚刚出来,而年老的妇女已经在十字路口等了好久了。她们这里大约有一个先来先得的旧约定,于是,她一直在旁边小声嘟囔着,她们的对谈像巫言,缠绵又低沉。若是数十个人同时这样嘟囔,我想,那一定是通向仙界的音乐。

总之,当着我们的面,两个白族妇女一直争吵个不停。一边争吵,一边还从语言的缝隙里挣扎出来,用普通话向我们压低价格。

年轻妇女说,两个人只要六十块,时间不限。老年妇女插话说,五十块钱两个人,下着雨在湖里才有情景呢。

年轻妇女说,我先找你们的,四十五块钱就好了,我们家的船打扫得干净,没有鱼腥味。年老妇女说,四十块钱,多一块钱都不要,这是最少的啦,要是可以,你们就跟我走吧。

年轻妇女说,她们家的船前几天漏水了,差一点让游客落湖里,危险死了。年老妇女说,她们家里的船昨天晚上刚下远门捉了鱼,鱼腥味还没有除掉呢,臭得很嘛。

年轻妇女说,我们家里的船每天早晨都用三只鸭子在上面拉屎,保佑平安的。年老妇女说,我们家里的船晚上的时候都供奉水鬼鱼干的,水鬼不敢动我们家里的船的。

年轻妇女说,我们家里的船去年是村子里打鱼最多的船,村子里有一个老外常常租我们家里的船外出的。年老妇女说,我们家里的船被电视拍过的,好多像你们这样的背着包的人到村子里找我们家里的船呢。

年轻妇女的手机响了,是那种单弦的声音,有些刺耳,她接听了,回到她的母语里,声音里仿佛有一种烦躁,她的声音高一下低一下,我想到了她在渔船上划桨的声音,左边一下,右边一下。她的电话挂断得也响,像是生了气。

年老妇女趁机对我们说,我们家里的船已经有三十五年了,经历过各种风浪,通人性的。年轻妇女笑了,对年老妇女的话仿佛有些不屑,她说,我们家里的船是新做的,有好多木板接口都用白铁皮钉了包层,很结实的。

年老妇女说,我们村子东头有一个傻子,最爱朝她们家的那条船上尿尿了,你说,她们家的船能有好味道吗?年轻妇女说,那个傻子也尿过你们家的船啊,还有啊,后来我们菜村里来过一个能算卦的人,他是可能可能的人啦,说话标准得很,他说过的,村子东头的这个傻子是有福相的人,他要是尿谁家那谁家旺,后来,村子里的人都买好东西吃给傻子,让傻子尿到他们的船上,你们家也买过好吃的给傻子,我都看到了,你还在这里说假话。

年老妇女说,可是去年不是有人说那个算命的是个骗子,被公安局抓了吗,他骗人家小姑娘,把人家的肚子都弄大了,还说是为了治病。那人说的话不能算的。还有啊,年轻人,你不知道有多巧,就是前几天,晚上,大雨,雨比今天要大好些,有一条白鱼主动跑到我们家船舱里啦。那鱼很大,长得也美,大理的报纸都来拍照片了。那条鱼的眼睛很好看,我们都没舍得杀掉,又放生了。年轻妇女说,那条大鱼是我们村张胜利家的船抓到的,你就不要骗人家外乡人了,村子里的渔船不论谁家出来都说这条鱼的事情,可没有意思了。你看看,我都不说,天天说瞎话,多没意思啊。

年老妇女说,赌咒最管用,我们家的船是避雨船。已经连续三年了,我们家的船在外出打鱼的时候没有被雨淋湿过。年轻妇女说,赌咒?你怎么不说你家的渔船前几年将你们家闺女弄落河里了,耳朵聋了,一直到现在还嫁不出去呢。

　　年老妇女一听对方攻击自己,将手里撑着的伞合上了,雨落得很疾,马上就将她的鼻子湿了,她张开嘴巴将一滴雨吞咽下去,大声说,你们家的闺女是个小骚货,不守妇道,她和外面的野男人生了孩子,送给了别人,你们还装作不知道。你们以为村里的人都不知道啊,还笑话别人呢,管好你们的家务事吧。年轻妇女反驳说,你们的那聋耳朵女儿呢,天天见了外面来的男人就朝人家笑,想让人家娶走,可是一下子三年了,还没有处理,我看看,你们家的闺女也就只能嫁给傻根了。那一个一听火冒了一丈高,跳了起来,上来就要撕扯对方的头发,还好,旁边有一个披着蓑衣的老人经过,大声劝开了她们。

　　雨水将我们逼到路边一幢房檐下, 很喜欢云南乡下的这些建筑,大约早些时候房子的墙多是土砖砌成,房檐总是长长地向外伸着,像下雨时母亲的姿势。乡下,总有一股母亲的味道,哪怕是两个拉客的妇女,争吵到最后,闹翻脸的原由最后总会归结到孩子们的生活和命运身上。讽刺和嘲笑一开始不过是为了争取到两个坐船的客人,话题一旦跳过内心的承受栅栏,到自己孩子悲伤的现状上,两个人的争执马上像朝核局势一般,随着朝鲜的卫星发射升空,而紧张起来。

　　有一个孩子大约是年纪大的妇女的亲戚,她跑过来,看着年纪大的妇女笑,叫她奶奶,那妇女的表情一下松弛下来,慈祥被刚才的言语覆盖了,现在,露出慈祥的微笑,再细看她,竟然觉得,在一个孩子面前,人会变成另外一种模样的。

那老年妇女弯下腰来,从随行的口袋里摸出一种白白的糕点,掰了一大块,递给孩子,自己也抹了一口进嘴里,笑着说,吃吧,花花。

那女孩的眼睛像雨滴一样好看,透明的,像云南的天空一样,云彩一样。是高远的好看。只是这一瞬间,我突然改变了看法,刚才在内心里已经下定了决心的,即使是要坐船,我也不会坐这个老年妇女的,她有些死缠烂打了,而且还是后来居上。

人的善变和参照相关,刚才她的参照是和她相骂的对手,显得急切、蛮横,甚至有些倚老卖老的无耻;现在她的慈祥、和缓,有一种说不出的善意。

我问她,女孩是你的孙女吗? 她笑着点头,说,是,可淘气的丫头。那小女孩的脚上的鞋子竟然是手工做的凉鞋,鞋带是医疗用的输液管,一条一条,竟然很好看。女孩吃完了糕点,嘴角处的一点碎屑也舔了,她的手上大概有那种糕点的甜味,她把双手捂在鼻子上,她还要奶奶也闻闻。那老年妇女果真闻了,笑着说,好闻哩。

小女孩走了,雨小了一些,走了很远,又回过头来,叫了一声奶奶,大概想说什么,声音停在半空里,没有传过来,干脆不说了,转身跑了,像一只蜻蜓一样。

年老妇女的笑意一直保持着,她又一次凑到我们身边,她有些羞涩,不再像刚才那样理直气壮,她大约怕我们反感她刚才的话题,开始说话以后,说了几次都没有说出来,我听到她第一个字音,很节省的字音,"吃,吃",又或者是"次,次"。

我看着她,问她,鞭炮声,你们村里有人办婚事吗?若真是遇到了白族人的婚事,我们便想去凑一下热闹,如果需要封红包,那也是好的,只要能参加,也许可以蹭一顿喜宴吃呢。

然而却不是,老年妇女抬头看了一下天,说,是后岭上的张四家盖瓦屋放的炮。

说起这个张四家,老年妇女仿佛有一腔的话语贮存,她仿佛一下子陷入到张四的家族史里,不再关心我们是不是要坐她们家的船去游洱海。

我们和年老妇女商定,同意跟着她走。老年妇女很高兴,伸出手来,比划着,四十块钱。她的手指有一只短得厉害。我和小溪答应着,四十块,两个人。她又一次伸出四个手指头,笑,她的牙齿也缺了两个,那是岁月留下的缺憾,像失败。

跟着她走,坐她们家段老汉撑的船,天正下雨,乌云并没有将天空铺满。我和小溪异常想知道,会不会待一会儿,我们乘坐的船只,因了那段老汉的特异的能力,而在大雨中穿行,却淋不湿身体。这样想有些天方夜谭。自然,这需要那片乌云中正好有一小块缺口,是晴朗的,而段老汉正好带我们到那里去。

只是这样子设想,我们欢快着,跟着这个老年妇女走。

那年轻的女子却并不放过我们,在后面厮跟着,和老年妇女依旧争吵。她们说话的节奏偏慢,像歌唱,又像阴郁的经咒,却听不出美好来，那旋律大约太直露了，或者是太恶毒了。

菜村的巷子很曲折，路边竟然有敬业的下棋的人，两个人，各执一把黑黑的布伞，蹲在一棵大槐树下，用木棍的断片在下一种当地的围棋，有两个孩子在吃雪糕，声音很大，像是有鼻涕流出来。雨水还让一些孩子哭泣着，村庄里有一种说不出的音乐剧感觉。

在城市里生活得久了，大多数时间被密封较好的窗子封闭，我和小溪都觉得有一种被释放了的快意。我们伸出手指，比大小，来分走路的先后顺序。我自然是要输的，我走在后面，负责拍照片，雨水停在某一户人家的窗格子上面，很响亮。

拍完一张照片之后，我说，这里真美。

那老年妇女便笑，依旧露出她残缺的牙齿，那是比喻。仿佛她和那年轻女子不再争吵了，停下来，反而觉得这个村子过于安静了。雨渐渐停了下来，走在巷子里的人，见了面，却并不大声地招呼，而是笑一笑，斜着身子让对方过去。其实那巷子并不至于窄成那样，但那来人仍是做出侧身让路的模样。

年轻妇女一直跟在后面，她的手机又响了，是短信息的声音。她站在路的中间，有一头肥硕的猪过马路时撞到了她。她便破口大骂，依旧是当地话，听不清那字眼里的意思。

又走到一个十字路口，她便拐弯了。回自己的家吗？却连个招呼也不响，这让我们有些不解。原以为她一定会坚持地走下去，一直到洱海边，直到老年妇女把我们两个分开，让我坐年轻妇女的船。总之，一开始她仿佛表达过这个意思的。

码头是废弃了的,原来拴船的石头仍然还在。靠近码头的寨子里漂满了杂草和水菱角,没有睡莲,没有荷花。却有一匹马,棕色的马,马鞭绑在旁边的一棵树上,骑马的人大约游泳去了,总之,那匹马一直在那里打喷鼻,节奏感很好。

段老汉戴着色彩模糊的帽子,他的衣服像是宋朝的服饰,外面的罩衣斜着。他的脸上有一种说不出的沧桑感,他说话的声音很低。问我们从哪里来。我们回答。又问我们接下来要到哪里去,我们仍答。问答完毕之后,他便带领我们往码头最边上的那只船走。

木船很小,从远处看,像一只漂在池塘里的大鞋子。走近了才发现,船舱还是很大的,能装很多的鱼。

船舱里没有渔网,也没有鱼的臊腥味。

跳进船舱里的时候,船只来回摇晃了一下。我抬头看天,觉得那乌云竟然真的裂开了一条缝隙, 有一小缕强烈的光线挣扎着露出来,那光线正好照射在我们所在的寨子里,四周漂浮着的水草一下子绿了,像睡醒了一般。我听到水草的色彩变绿时的一声轻轻的吟唱,像无数的孩子一起摇头念诵几个古老的经语。

果然有一个孩子从水里露出来了头,又果然,他啊啊啊地叫了几声。那段老汉耳朵并不灵光,仿佛听不到他的叫声。他便只管朝我们的船只游来,他手里握着两尾小鱼,他扔到了船舱里,朝着段老汉嘿嘿地笑,便又潜入了水中。

雨停了一阵又下了起来,那湖水是凉的,孩子却光着身子在水里捉鱼。

这个世界常常有别人轻而易举的事情,我们一生也做不好。我看着那个孩子不时地探出头来呼吸,觉得他和一只鱼一样,那么自由。

段老汉将船划向洱海的里面,过了一小片树林,驶入茫茫的洱海里。

我们大声问他,如何避开这飘来的雨水,他笑着摇头,说,避不开。

他谦虚了,又或者是他那婆娘为了吸引我们上船来的技巧。我和小溪相互笑着,觉得是被骗了,段老汉并没有那妇人说的传奇。

段老汉的船划得稳,但是很慢,在一片水草丰富的水域里,他突然停了下来,告诉我们,说,这一片的水菱角特别甜,我们在这里采菱角吧。

采红菱。这是多么惬意的事情啊,我们当然无比热衷。但那水中的红菱是有刺的,摘下来,剥开了吃,有一股童年的味道,淡淡的,像母亲夸奖时的感觉。那种甜是难以描述的美好。

段老汉见我们吃得开心,便坐在船头笑,他的笑很古朴,陌生,那是一种遥远的朴素的笑,我总觉得,这样的笑在城市里长久见不到。这种笑无关物质,更和收获无关。

那么他的媳妇呢,那个年老的妇女,为了四十元钱和同村的后辈吵个不停。他的笑和他的生活矛盾重重,让人疑惑,却又那样真实。

湘行散记

一 西三冲村集市

吃了早餐,便去赶集。和建国。这是他的乡下。草是他的,房子是他的,在厨房里忙碌的母亲也是他的。看得出,他有些兴奋。

他的中学同学骑着摩托车来找他,说着十分粗糙的湖南话,我听不大明白。他的同学在村子的南面住,养一池塘鱼。他的同学个头高,面庞黑,乡村的风吹疼了他的某一段青春,大约,我看到他脖子里的一段疤痕,隐约着,像一段极难猜测的隐私。

建国并没有介绍我,他有太多的同学了,每一次来了,都要介绍的。这一次,他忘记了。我却主动上来,问他好,他嘿嘿地笑,他的头发有灰尘,阳光照过来,像田野。

在我内心的维度里,这是南方的乡村。湖南。靠近毛泽东故居的乡下,稻田青黄相间,像极了油画。如果四周的山再高一些就好了。我默想。

我不抽烟,我说。我拒绝了建国同学递来的烟。

他们便抽烟,不再理我。他们需要重新盘算一下记忆里的物事,青春像极了稻田,收割之后,便被分散到不同的容器里。

这是中秋的前一天,集市就在不远处的油路上。建国的母亲,在马路旁边开了一家缝衣铺。因为我们回家的缘故,那个店铺一直关着门。门是厚铁皮做的,生了锈,有一股时间的味道。铁门上写着很多电话号码,还有孩子们画的画。

店铺的对面是一个超市,和城市里的小超市一样,苹果三块五一斤,红富士的,包装箱干净整洁。我在超市里买了一盒牙膏,担心是假的,回去一用,味道不赖。是真的,便觉得占了便宜似的。

超市的老板是个女的,说话声音稍大,她在刷牙,用一个褪了色的塑料水瓢。

过了乡村超市,便看到杀牛的场景。我们来得晚了,牛皮已经剥了下来,牛的身体也已经被肢解得差不多了,只能看到挂在一个桩子上的牛骨架。两个壮年男子正用木棍旋转,大概是要把骨架拆分。

血流了一地,牛的内脏堆在旁边的地上。大人孩子十数人在围观,一个孩子半藏在大人的后面,那姿势不易描述,像云朵走动时的模样,只一会儿便变化了,成了另外的模样。

杀牛的人模样倒不剽悍,这出乎我的意料。两个人,一个年轻得很,大约是个孩子,穿着一个已经被血染红了的背心。他的手上也是鲜血。他大概是学徒,一步一步地跟着年长的人学。

杀牛,在乡村是一门普通的手艺,像木匠、兽医。所有这些,都不过是一个匠人,他无关艺术和美感,只在乎谋生。

杀牛的人呢,这些人和种稻子的人几乎没有区别。没有了旁杂门类的参照,任何一样物事都显得窄狭。就像画画的人不读诗书而终成色彩的奴隶一般。

参照。在乡下,这个词语具体而生动,像一粒石子垫在脚下,硌着了我。

乡村生活,这一养育我一生的泥泞却意味着停止、朽腐和狭窄。在南方的这样一个乡下,我更理解乡村不可能变化的理由。和文字、修养以及技术无关,和柏油路、汽车和漂亮的服饰无关。是一种气息。

母亲是一种气息,自己生活多年的乡村是一种气息,旧有的同学的面孔是一种气息。建国显然已经被这些气息融化,他陶醉在这些气息里。

我也因为这些气息的参照,忆想起我的乡下,那是个数目巨大的存折,泥泞和麦秸秆布满存折。因为这些参照,食物的滋味有了变化,水的味道也是,就连鸡的叫声和荒芜的宅院也有了特殊的味道。

集市上的东西渐渐失去了本土意味了,除了那些印毛主席的大贴画片,和数目极少的菜疏,多数物品都和城市一致。衣物仍然是便宜的,那些衣服的样式包含世俗的目光。洋气的服装卖得贵一些,招徕乡村里的时髦男女,剩余的样式镶嵌着廉价和自卑。

在集市上,我的单反相机成了大众回头观看的物什之一。这些目光作为参照,说明了这个乡村不缺少汽车和摩托车,少的是这种对于日常饮食相对奢侈的物品。

想来,物品的价值常常带着让人难以理解的逻辑。日常饮用的水和食物,都带着汗水和体温,甚至自然的恩赐,多么神性和诗意的事物啊,可是,却只能以最低的秩序存在于世间。这些活着的必需品,这些天天被虚伪的文字歌颂的普通植物,如今离我十分的近,近得触手可及。可是,它们的廉价让人沉默。

而对于我们的生存并没有用处的一些东西却昂贵得厉害,一个印着两个英文字母的包,动辄以数万元计算。

我常常看到那些用作身体标签的奢侈品便想到我的乡下的父母亲,又或者他们手里的锄头。

那是出现在我诗句中的词语,我发表过的锄头,这两个字,松土,让春天的气息进入植物里,像一双手。但是,这只锄头,带来疾病和屈辱。

在这样一个异乡的集市上,我想找到一个卖农具的摊位,拍些照片,但未遂。那些农具被时间收容,它们太慢了,它们的慢和笨拙,几乎就相当于贫穷。

通常情况下,对于日常生活的我们来说,富裕大多数来自于意外,我从不相信勤劳的人能够致富。那不过是用良善的态度愚弄一下被汗水湿透的乡村。

建国的同学在集市上抽烟,他们相互拍着肩膀,打量着未知的时间里,对方到底在什么样的状态里奔波。彼此羡慕,或者相互安慰。

建国的同学,多数一直生活在这里。下学后便娶妻生子,依靠认识的那些字,又或者家族的势力,谋了个好院落。抽好烟,吃好酒,开着一辆可以炫耀的面包车,把喇叭当作立体声广播一样,到处摁着。

我走在前面,手里多了一袋模样谦虚的橘子,食一粒,微酸,之后才出示甜味,像是一个守旧传统的良家女子。

我看到一个孤独的老人,弯着腰从集市上独自归来。偷偷地拍了他的影子,他的影子不好看。我看着这个陌生人的照片,想,若是一个人,一生都不离开家乡。那么,他就是没有故乡的人。

因为,他的一生,一直没有参照。

二 带我去吧,月光

我对湖南人的好感,源自于我的父亲。幼年的印象,父亲从长沙回来,他带回一些陌生的气息,准确地说,是气味。他对聚集到我家里的叔叔们讲故事,会学几句长沙话,那话有些遥远,像个蛮子。除此之外,他还穿着气味不同的衣服,那些衣服上有好闻的汽油味道。我那个时候特别喜欢突然趴在父亲的后背上,闻到那陌生的味道。

食物也是陌生的，父亲带来一种甜圈圈的饼干，也不能算是饼干，因为它打着卷儿，像猫的舌头。我们称呼它猫耳朵，也是像的。

父亲讲完故事，便又走了。有很长一段时间，我常常怀疑父亲的存在就是从远方来，以带来一种好吃的食物为目的的。

我的童年都陷入在乡村社会繁多的奔跑中，有邻居家的狗叫声，地窖里幽暗而暧昧的躲藏，和聪明又狡黠的时间碎片。我的童年绝不需要书店里众多亲子图书，更不需要花样繁多的营养品。只有一个遥远而又模糊的父亲，从长沙回来，带来大致新奇却又不大明白的故事，带来味道美好得足以让我在伙伴们面前炫耀的圈圈饼。有很长一阵子，我陶醉在指挥一群比我小的孩子这件事情上。我很感激父亲在这件事情上给予我的帮助，每每当我的地位不大稳定，他便及时地从长沙回来，用那种味道美好的零食轻易地帮我巩固在孩子群体中的王位。

大学时念中文系，遇到沈从文，被他的文字粘住。觉得他是个不错的人。我学他的模样，在地摊上买了副花镜，摔碎了镜片，而后，持空空的镜框到眼镜店配了一副近视镜。那副眼镜伴了我多年。工作后，有很多张证件上的照片都是那个大框架的眼镜，那真是一件深埋在内心里的小荒唐。

遇到的第一个湖南人是一个未曾谋面的女孩子，网友，声音有一种说不出的好听。我便喜欢上了她，在电话里说喜欢她。她便笑。她的笑也好听，像流水，又或者流水里的一只鱼跳跃的声响。总之，我第一次被一个女孩的声音迷醉。

我们并没有见面,连照片也没有交换。我多次写到她,每一次都会往她的声音里跳,但已经找不到。她叫什么名字,大约也没有记住。终于,记忆负责删节掉有关她的一行又一行说明,她成了一小段湖南乡村的空气。在建国这个叫作西冲山的集市上,我又一次想到她,我突然想起了她的名字,她应该叫作刘乐。但一时间还不能确定,也许叫"刘了",总之,我突然想到她的声音,最后的气息里,总是这样的一个"了"字。

还有,不可避免,我要说到我光辉的阅读史。沈从文的散文和小说,几乎全部通读。为了验证他的话,我刻舟求剑般的疯狂,在2006年的某月某天,突然决定辞掉工作,去湘西看一下。带了一册《湘行散记》,几只拇指部位有洞的袜子,便出发了。整整二十八天,沿着沈从文1934年的路线,我吃了保靖的西瓜,寻了芷江的熊公馆,看了洪江的旧商城,听了沱江的流水声,睡了吊脚楼的夜晚。我从文字和地理两个层面阅读了沈从文。

那样美好而饱满的个人史当然需要合理的修饰,我深知这个自卑的湖南人。他喜欢把自己感动,以为全世界的人都会像他自己一样,容易感动。结果,很快他便发现,他与世界上大多数的人,并不一样。他过于敏感,习惯于将内心的天平左右摇摆,又习惯于将砝码砸在自己的脚上,疼痛不已。

每一次想到沈从文,便觉得整个湖南的乡下都变得生动起来,是那种可以亲近的生动。

我对湖南的好感在沈从文身上扎了根。莫名其妙地觉得,离他的坟墓近一些,或者能捡拾到此人的灵魂片断。我的确热爱幻想,这不能算是一个缺点。幸好,现实生活中,我身边的湖南人多是热切,恰如我的理想。

同事建国,他孝顺、勤快,他的模样,像极了他们家的稻田。我站在他的祖屋旁边拍照片,听他讲他的爷爷。他的爷爷已经仙逝,成为他们中秋节供奉的对象。在乡下,死去是一个最高规格的修饰词语,譬如,即使是比他长辈的人,见到了遗像也要下跪作揖的。

中秋节这天下午,我和建国去爬村旁的山,那山已经荒芜了。

路过建国的祖屋,爷爷去世后,那祖屋便荒芜了,有一棵桂花树,长得好,香气异常浓郁,在乡间一个破败的院落里。我觉得这棵树像是跌落的鸟儿,又或者暗投的珠子,总之,我决定在桂花树旁边站一会儿。

建国祖屋的一段墙也已经倒了的,砖头分散在地上,荒草从缝隙里钻出来,诗句一般,开在院落里,落寞着,无人问津。意外地遇到建国的叔公,大约身体不适,半躺在床上,瘦,在幽暗的光线里,我听到他和建国说话。

隔壁的房间里放着一具棺木,那房子漏了雨水,棺木上布满灰尘,有一个被撕扯开的纺织袋遮在上面,斑驳不已。

建国掏出钱来,递给他叔公。他叔公接了,不知道说什么好。但喉管里还有声音发出来,像是要关心一下眼前的这个从外地回来的子嗣。我一直等着他说话,但始终没有。

我知道，隔壁的棺木就是准备给他的。活着的时候做好棺木，这叫作寿材。那一句书面的词语叫"行将就木"，意思直接指向了这个泊在乡间漏屋的棺材。

作为一个生命的收容地点，棺木的空白像极了一个恐怖小说的封面，不知道翻开来，会遇到什么样曲折的走向。

建国说，这是爷爷的弟弟，他没有儿子。建国还说，看到他一个人寂寞地躺在这间黑屋子里，便能理解，乡下人为什么一定要生儿子。

是的，孤独。这个被城市人歌唱过的词语，在乡村里变得沉重，它差不多像一季大雨，把身体孱弱的老人淋湿在某个特殊的空间里。孤独是潮湿的，幽暗的。孤独把时间拉长，把内心里繁杂的欲望和暖热一点点抹去，成为空白甚至不能触摸的绝望。

而后我们去爬山，半山腰，扯开衣带，尿尿。树开始从绿色往枯黄转变，有一棵树死了，枯萎着，在半山腰，像躲藏在路边让道的车辆，礼貌又呆滞。果然，又走不远，遇到一个新埋不久的坟。建国识得坟里埋着的人，大约幼年时曾经吃过人家的饭食，便沉默了一会儿。

死了以后的人，埋在山上，这也算是一种升天吧。

想来，这个世界上任何事物都需要泥土的埋没，才能生长出来。绿是这样，神仙也是这样。就连太阳也是这样。自幼小的时候，我一直都是这样认为的。蝉从地里钻出来，爬上树，飞上了天。太阳也是在泥土里,早晨的时候爬上树,然后飞上了天。

我的爷爷呢,他去世后,被埋在泥土里,过不久,大约也飞上了天。

在那个半山腰,我回到我的乡下,爷爷死了。我戴着白色的帽子,听着邻居们念叨我爷爷在世时的好。爷爷除了身体的存在,更是一种时间,几乎,爷爷相当于暗夜的灯笼、咳嗽声和一小段童年。

晚饭有些丰盛,建国家里的人差不多齐了。他们喜欢吃猪油炒的菜,他们喜欢把世界上所有的事物都用辣椒修饰一下。青菜里有辣椒,鸡丁里有辣椒,就连腌制的咸菜也是照例有辣椒的。

建国的母亲和我的母亲一样,喜欢在厨房里劳作,直到餐桌上的饭菜都吃完了,她才会从厨房里出来,简单扒几口饭,便又要收拾残局。

和我的母亲不同,他的母亲,热爱说话,她大概劝我多吃些菜,我便揣测着回答,好的好的,阿姨。她大概又问我菜是不是有些辣啊,我继续回答,是啊是啊。

建国的妹妹一下笑出了声,岔过话来,问我,你没有听懂吧。

我说,有些朦胧,不大明确。

妹妹说,我妈问你,饭菜是不是不大好吃啊?

可是,我却笑着回答:是啊是啊。

一直笑着说话,差不多,建国母亲的话,我都听不懂。我知道,这些话语,也都是从地里长出来的。而我,一个从异乡过来的人,不

124

熟悉这地里的庄稼,不熟悉这块土地上的小路拐到哪里,不熟悉地埂边的水井和稻草人的位置。

自然,我在他们语言的地图上,也是迷路的。好在,那天晚上的月亮很圆,月饼也很甜。

我们都看着月亮,笑。

三 夜晚降临

从山上下来,阳光还很强烈。稻田里金黄的稻穗在风中摇曳,那是稻田的歌谣,风弹奏了它们,细细地听,能听到稻谷窃窃的私语声,大约是欢喜的,阳光照耀过来,灿烂着。我常常相信万物都有自己的语言,水流向自己想要抵达的地方,树通过风与另外的树交谈。稻田也是这样,那波浪一样的语言像诗歌一般,每一句都需要我们安静倾听。

有一只狗在稻田的小路上消失,只一会儿,它又在另外的稻田里露出头来,像一小段童年。在南方这样一个乡村,我想到我家乡的麦田,那些麦草的香味正从时间的缝隙里渗透出来。

乡村是没有陌生人的,昨天集会上遇到的村人,今天见到了便笑着说话。在他们的逻辑里,我到建国家里做客,那么就像建国的家里人一样。

那笑脸真暖和,他扛着锄头,那么熟悉的乡村生活道具。

路却是错的,我和建国在稻田里走不下去了。那窄细的田埂路突然没有了,像一个画画的孩子,突然没有了彩笔一般。只好往回走。有一个岔路口,有高高的落差,我们跳下去,脚陷在泥泞里。鞋子顿时染成泥土的颜色,一路上,无论如何用力跺脚,掸不净。在乡村,衣着和行走都有着固定的格式,我们离开多年,已经不熟悉了。

在稻田里穿行的感觉真好,手伸出来便可以触摸到稻子,在我的感觉里,那是一些谦虚的句子,低头的样子自然,好看得很,如同一个比喻。乡村里的人走路也是如此的,因为路太窄了,他们必须低下头来,他们生活的状态正如他们走路的姿势。眼前的路才是最为重要的。

每一个从乡村走出来的孩子,内心里都会有一块磁石,一旦遇到泥泞或者贫穷,便会想到乡村生活。乡村几乎是一把可以抓在手里的阳光。

现在,我的手里正攥着一把阳光,和城市的阳光不同,在稻田里,阳光完整而热烈,没有十字路口和高楼大厦,没有被私密的空间切割。在城市里,阳光差不多被打包在各个地产公司里,被出售。而现在,在一个稻田里,我彻底感觉到阳光从远处来,又赶往远处去。

在阳光里打捞出来的记忆,是被晒成一片红薯干的细节,是躺在夏天的树下不知未来能不能飞翔的姿势。

有一个水池,池塘里照例养着鱼,那池塘极小,建国说,他小时候在这里玩耍。池塘里的水很少,鱼清晰可见。

这个小池塘里盛放了建国的某一段童年,如果这一段生活有任何变化,那么,建国的人生便会重新改写。

我们在稻田的小路上站住了,拍照片。邻居们站在门口,他们喜悦着说话。

在乡村里,不论是说话,还是串门,都没有任何主题。从食物到庄稼,从天气到孩子,从家畜到年景,从手机到电视,从池塘到狗叫声。两个人站在门口说话,时间悄悄地滑过去。两个人站在那里笑,时间滑过去。两个人在共同的一段回忆里碰撞,时间也悄悄滑过去。

就那样,我站在稻田里拍照,建国在邻居家门口说话。

乡村的阔大从阳光开始。稻田里的水是交谈,从半山坡吹过来的风是一种交谈,邻居们见了面停下来相互问询,也是交谈。

时间在乡村被无限地放慢,慢成水流的速度,慢成阳光流动的速度,慢成庄稼拔节的速度,慢成邻居们坐在一棵树下抽烟的速度。

城市里,时间也和阳光一样,被包装成商品,相熟悉的友人没有时间见面。城市让人离地面越来越高,在半空中,看不到树,看不到邻居的笑脸,看不到阳光和稻田。城市让人没有了根。

我随手拔掉了一棵草,在稻谷的旁边,那草茁壮。我闻到了那泥土的气息,如同母亲的味道。我叫不出那草的名字,细叶,长茎,我剥净了它的衣裳,细细地嚼了一口它的根部,竟然也和茅草根一般的清脆,只是不甜。是一股难以描述的青涩滋味,像春天刚来时的柳树,不对,是柳枝上的嫩芽。那味道泛着一股子清凉,在舌头存留了很久才散去。

阳光是突然变凉的。

狗叫声像电话线一样，连绵，往遥远的地方延伸。太阳还没有下山，却突然听到从四处传来的狗叫声。风吹来阳光的凉意。这是中秋节的乡村，有隐约的爆竹声从远方传来，断续、淡漠，一听便知是孩子们的游戏。

村子里的人大多外出了，有好多个宅院都空了。也有中秋节从外地赶回来团圆的，均穿着光洁的衣服。建国也是这样，衣服将我们包裹成为城市里的一员。可是一回到乡下，我们便找到了内心的密码，随时能打开隐藏在乡村的秘密。

建国的秘密不多，在山上的时候，他指着一棵树笑，说在那树下和一个女孩定了情。那棵树那么矮小，如何被他们选中。

我在山上找到一个好看的松球，一层一层地折叠着，像一个微型的古典建筑。我的乡下有的是柳树，还有大面积的桐树和杨树。这里却有桂树。那桂树真是香。建国祖屋的院子里有一株大桂花树，开满了花朵，走远了，还能闻到一阵又一阵的香气，像一个女人在身后呼喊。

回到家里，便看到太阳落下去的情景。在山的一边，太阳先是一跳，仿佛又跳高了一点点，然后一下没有了，像是跳到一条河里去了。我问建国，山那边有没有河，答复说有的。太阳跳到了河里，夜自然会凉一些。

中秋节的夜晚，食物自然要丰富一些，杀鱼，杀鸡，切牛肉，炖排骨……建国一回到家便去杀鱼。那鱼极大,剖腹之后,里面的内容丰富,是前面的池塘里的草鱼,吃草长大的鱼,自然是好吃的。

建国的父亲光着上半身,在修一个水管。母亲在厨房里叫建国的妹妹。我坐在一把椅子上看着路边的牵牛花红红的模样,那只小狗追着建国的小侄女,不叫喊,一直追着。

建国的小侄女四岁多一些,眼睛大,喜欢唱歌。她手里拿着一袋饼干,一边吃一边用手指头抠鼻子。她说湖南话,将我隔到外面。

她也喜欢与我说话,我问她,铅笔加橡皮等于几,她不知,便笑。一笑露出牙齿来,牙齿上沾着她的食物。

她终于等到了她的姑姑,给她唱歌。

她唱的调子真好听,像刚刚落下去的太阳一样,有些凉,童稚的声音自然,有木头的味道。

姑姑给她录了下来,然后重放给她听。她不明白自己的声音怎么会存到手机里。有些害怕,她的表情生动。

我拿着相机给她拍照,她便继续唱歌给我听。

夜晚就是在这个时间突然来到的,正拍摄,相机的闪光灯亮了。照片里的小女孩头发被汗湿了,沾在一起。眼睛黑黑的,背景的屋子层次已经没有了。我站起,往远处看,才发现,稻田里安静极了,风没有了。稻谷与稻谷之间的窃窃私语也听不到了。

山上的绿也被夜晚染黑。

在乡下,夜晚像是被人们手工染黑的,先是远处的山,而后是大面积的稻田,最后是身边的宅院,狗叫声也被夜染黑了。那小狗跟着小侄女来回地跑,一句也不说。

建国的父亲在用新手机,屏幕上的光线照亮了他的脸。他笑着。他是一个沉默的人,这大概是乡村男人的特征。但出乎意料的是,他是附近几个村庄里的牛皮匠。这是建国很早之前介绍过的,这个职业在我们老家叫"行户",即农村牲畜交易的中间人。不论是西冲三村,还是西冲四村,不论是周姓还是吴姓,谁家要卖牛羊了,都会找到他,告诉他牛羊的大小、疾病史以及期望的价格。于是,建国的父亲便会替牛羊找一个合适的买主。谁家需要办酒席要杀一头牛,又或者谁家刚娶了新媳妇需要喝羊奶等等。

建国的父亲掌握了半个乡村社会的秘密。

建国给他新买的手机果然派上了用场,刚用了一天,便又接到了一桩买卖,他挣了钱,兀自在那里看手机,笑。

月亮出来之前的乡村安静极了,不论孩子和狗叫声多么吵,只要往外稍微走远一些,便听不到了。稻田里有虫子叫声,我惊讶于那种合唱,一只唱过,另一只再唱,又间或两只虫子一起和声。

远处的一条小路上有一束光,我知道那是一辆回家的摩托车,在乡村完整而又庞大的黑夜里,一个回家的人就像一个标点一般。在乡村的夜晚,在这样浓郁的黑暗的布景里,我彻底体会到个体的小,小得只剩下寂寞,只剩下安静,只剩下对过往不甘于平庸的惊讶。

那辆摩托车很快被夜晚吞掉了，我在暗夜里看到远处山的模样，模糊，只能靠想象才能描绘的阴影。在黑夜里如何描述黑夜呢？这是一个荒诞而困难的题目。

就那样，我一直站在异乡的夜晚，我站在那巨大的安静里，觉得自己被夜晚湿了，被夜融化了，融化成一株稻谷，融化成一片落叶，融化成一束光，并慢慢熄灭在那轻盈的虫唱里。

虫子们正享受着属于它们的夜晚，它们歌唱，舞蹈，等着月光出来，照亮它们的生活。

手机响了，是建国。问：在哪里？答：在夜里。

饭桌已经摆好了，月亮藏在他们家屋子后面，要先吃饭，才能赏中秋月。我整理好自己，在路边小便一次，往回走，渐渐听到他们家里的欢笑声。我忽然想起，月亮出来后，我要给我的父亲打个电话。告诉他，我在湖南，当年他走过的地方。

芒果三章

之一 土芒果

芒果树如果经了些年月，便通人性。

在昌江的野生芒果园，我见识了芒果的调皮。借着风，芒果树竟然往树下的人群里丢芒果。一开始，我抬着头察看，以为是有村里的年轻后生，爬上了高高的芒果树，并在树上用力地摇晃树枝，摇落了那芒果呢。可树上却并没有人，只有风，只有在风中忽然飞远的鸟儿。那芒果从树上落下来，不偏不倚，正落在人的脚下。我捡到一粒，建国也捡到一枚，黄安雄也捡到了。

从树上落下来的芒果是熟得刚刚好的，色泽由绿渐黄，剥开来，会看到已经完全被时间染黄的肉质。入口是酸甜的，酸的感觉在舌尖上大抵占三分之一，而甜的尺寸却有三分之二，这酸甜的融合，一瞬间占据了大脑，甚至能改变我的喜悦。

如果说吃芒果之前，我的喜悦源自于我对芒果园的观看，那么现在，我的喜悦完全源自于味觉。

问芒果所在地的果农才知,这里的所有芒果树,都有数百年历史了,是本地的芒果。

学名呢?我有些不解,总有一个名字吧。没有,七叉镇上的人说,我们就叫本地芒,或者是"土芒"。

土芒果,这是谦虚的名字。因为不是规模种植,这种芒果远离科学技术,像乡间的任何一株植物一样,有着单纯的血统。

土芒果个头偏小,肉质细密度不够,但是它的味道却很足。

与芒果园里的芒果树不同,这种野生的百年大树,高得像榕树,参天,果实也在高处。比起丛林般的现代芒果树,这些芒果树更近地接触阳光。

阳光是芒果生长的第一要求,不仅让芒果生出色泽,也让芒果的味道一点点丰富。我常常想,芒果肉的味道是阳光配制出来的。比如,从早上九点钟开始照射阳光的芒果,甜味相当于三岁孩子的声音,而被叶子遮蔽,直到下午三点钟才有二十分钟阳光照射的芒果,它的甜味一定相当于十二只鸟的叫声。

是的,阳光主宰一切,包括记忆。

芒果节,是以芒果的名义介绍自己。这里是昌江七叉镇,海南省西部的一个小镇,黎族聚集区。我们到来的时候,周围村里的人也来观看我们。我们看芒果树,以及他们的日常生活。

芒果在树上舞蹈,而吃芒果的人在树下面讨论云彩的样子,或者文面的黎族阿婆在年轻时的漂亮模样。

为了迎接外地的访客,芒果节的组委会专门在芒果树的下面布置了黎族阿婆的纺线和织锦表演。三个黎族阿婆,从头到脚都文着面,她熟练地做着手里的活计。有一只芒果就掉落在阿婆的怀里。阿婆捡起来,在自己的身上擦一擦,吹了一下,放在旁边盛线的筐子里。仿佛那芒果树对阿婆说了一句什么话,而阿婆捡起来听到了一般。

阿婆说黎语,我们这些外地人听不懂,但听着她说话,也能猜测出大致的意思。年纪啊,健康状况啊,还有文面的事情。

我吃完了那个熟得刚刚好的芒果,果肉里的水分也刚刚好。入口时的酸味被甜味覆盖以后,又不甘心,时不时地从甜里出来。吃完以后,我洗了手。然而,洗完以后,很久了。

手放在鼻子上,还能闻到那芒果的香气。

我记下了这芒果的名字,土芒果。就像是埋在土里的一个夏天,慢慢地将阳光和潮湿的心事都浓缩在这小小的身体里。也像是我们遇到了乡下自己的小名,狗子,顺子,国子,或者芒果核。土芒果,一个乡下孩子的简称。剥开土芒果的一瞬间,我们看到了海南乡村的美好味道:一种绝不谨慎的甜,和肆意的美好。

之二 滋味十种

芒果园在七叉镇,叫天和。大极,有千余亩。

在芒果园,觉得空气是香的,连同云朵也是。芒果园上空的云彩一动不动,贪婪的样子。

第一次,我们面对这么多芒果的脸。

芒果是女性的,它们曼妙,如同女人的身体和味道。从外貌上来看,我最喜欢贵妃芒,然而从味觉上,我却最喜欢爱文芒。

芒果用自己的体形和色泽为自己做了注释,可是,最为气质的参照物应该是它们的味道。

在天和农场,我第一次细细地品尝了各个品类的芒果,并对它们的味道做了笺注。芒果的滋味第一次被我用词语限定在我的内心储藏里。是的,这一次,我用味蕾收纳这些芒果的味道的差异,并为它们建立了一个味道的词典。

贵妃芒,果面由黄渐红,如同烤漆般的光滑,在众多芒果中,贵妃芒定是最先跃入视野。问了工作人员才知,贵妃芒是一个艺名,学名叫作红金龙。贵妃芒的果肉极为细腻,没有纤维,入口清淡,如果先吃了本地芒果,再吃贵妃芒,会觉得它有些过于寂寞了,不够浓烈。但是,先吃一个贵妃芒果,再吃味道浓烈的其他品种,会将自己的味觉完全打开,方能体味到芒果的滋味是和声音的高低一样,有味道淡和浓的区域, 也有酸和甜的区域。贵妃芒的肉质水分较多,可以解渴,如饮一杯醒神的饮品。尤其是海南的阳光下,贵妃芒的滋味是一种轻音乐,安神,去暑。

凤凰芒,一种羞涩的芒果,果面淡红。刚刚采摘下来的凤凰芒,果肉淡爽,甜味不足,但肉质是细腻的。如果放置两天以后,肉色会变暗,甜味的浓度增加一倍以上。而凤凰芒的甜直接,不发霉,是一种纯粹的甜味。凤凰芒的甜,让人想到晴朗的天空下有鸟儿飞过,想到十八岁出门远行的不确定感，或者是初次见到暗恋的异性时的心跳声。凤凰芒的甜味，总不由自主地让我们想起那些已经失去的青春。

椰香芒，昌江人又称作鸡蛋芒，大概是切开以后，果肉有鸡蛋黄的模样。椰香芒产量不高，这些年种植面积并不大。所以，市场上并不多见。椰香芒大约生长周期不长，在像鸡蛋大小的时候，便可以摘下来吃了。等到长大了些，果肉的颜色会深黄。而尚未完全成熟的时候，果肉的色泽略淡。椰香芒入口是甜味，而甜的后面暗藏着一股酸，并不浓，这中和的比例像音乐会时，清唱的人声音中突然夹了一段口琴。椰香芒的甜味和酸味一起到来时，在口腔里仿佛停在不同的方向，所以那味道清晰，而渐渐浓烈。

金煌芒，这是一个以人的名字命名的芒果。因为个头偏大，所以，常常是男人的口味之选。然而，金煌芒也确适合男人，因为它的甜味浓度较淡，且甜味平均。男人多不喜欢吃那种中间部分很甜，而边侧部位却完全无味的水果。男人们的感官系统较女人要缓慢数秒，所以，金煌芒的这种平均的甜，像极了一个分配甜味的会议，和众多男人的思想保持了一致。金煌芒的果肉的颜色好看，那种橙黄简直是一种喜悦，如果切成块状，放在一杯冰淇淋里，一下子会将我们带到童年，会听到青蛙的叫声，会想到在乡间生活时，牛在远处吃草时的孤独感。

红玉芒，果面纯净，青春期时为青色，及至成熟，为黄色。可是，红玉芒的表皮却从来没有一点红色的纹理，这多少有些恶作剧。红玉芒的口感有香气，但甜味浓郁，占了味道的主要空间。吃红玉芒时,口味里有一瞬间是空白的,味道像是断了线。有那么半秒钟的停顿之后,红玉芒的味道才到来了,它的味道有些迟钝,不主动攻击别人的味蕾。红玉芒的甜是无杂念的一种味道。吃红玉芒的时候,我想到一个人背着包出去旅行,遇到了美好的景致,一时间找不到人来分享的不甘。红玉芒将我带回到湘西凤凰,又或者更为偏僻的苗族山寨,我一个人独占整个湘西的夜晚,给一个远方的女人写信,大段大段的抒情,模仿沈从文,想来都觉得幼稚、好笑,可是,对于个体的生命体验来说,这种寂寞的甜蜜又是多么难得。

昌江本地芒,这是我吃过的芒果里个头最小的,像别的芒果的零头。本地芒多是野生的,这些年来,在一些地头路边,会有黎家农民尝试着种一些。因为这种芒果的酸甜味平均,一半是苹果一半是橘子。这样的味道对于一个重口味的年轻女孩来说,简直是遇到了知音。本地芒没有学名,极其土气。本地人私下里叫土芒果。但是,土芒果的味道却最有力量,像是一个自小就有一副好嗓子的黎族歌者。本地芒皮面并不光滑,如果放到第三天,果肉软下来,味道的酸味被甜味说服,慢慢地,甜多酸少,那酸味在减少的过程中,大约是因为不情愿,而有了一股霉味,这霉味并没有变质,是在甜味的包裹里的,怎么说呢,像是酸味撒了一个娇,所以,有了霉甜味后的本地芒,味道更加传统,就像是一个极其风流的女人,突然传统起来,便多了让人珍惜的元素。我在品尝本地芒的时候,工作人员一直在介绍它,说是价格极便宜,一元一斤。

爱文芒,由于果皮的色泽与苹果相像,也被人称作苹果芒。不只是色泽,连同它的香气,也与苹果近似。新鲜的爱文芒,切开以后的果肉，甚至也与富士苹果的肉色相仿。然而，所有的相似都只是颜色，口感却是完全不同的。新鲜的爱文芒入口时有香气，甜味大于酸味，但又同时抵达舌尖，有喜悦的叫喊声划破耳膜，然而，那声音短暂得很，只是一滴露水落入泥土那样，轻微而瞬间。爱文芒的甜也像女人有备而来的央求，让人不忍拒绝，刚要应下时才知，那甜的味道里还夹着酸。这酸味似草地里有两只关系暧昧的野兔子在私语，人来时它们惊得逃去。这酸味并不破坏甜，在舌尖上短暂地停留过后，便融化在巨大的甜蜜里，成为一个秘密。总之，爱文芒是我唯一吃了两次仍然想要再吃的芒果，它色香味平均，就像一个长相甜蜜气质脱俗的聊天对象，谈话虽然结束了，却仍然还想再和她说几句题外话。

澳芒，这是一种有身世感的芒果。澳芒的气质像一个即将踏上王位的王子。如果大多数芒果的样子都是女性的，那么澳芒有男性化的形象。它高出其他芒果数寸，在一群芒果中脱颖而出。在海南昌江，澳芒在嫁接时被改良过。工作人员介绍说，这种芒果，吃多少都不会上火的。这是指澳芒在阳光和海南的雨水共同作用下，有了更为温和的内心。澳芒的果皮细腻，一些减肥爱好者常常会带皮食用澳芒，说是有上好的效果。澳芒的果肉细密度高，口感极好。入口时会有香气伴随，所以，澳芒还适合切开来，放在室内，作为净化空气的水果。甜而不腻，香而不媚。澳芒的果肉色泽深黄，极为好看。澳芒的滋味像极了草原上野花怒放的味道，又或者是初春时万物苏醒，鸟巢里的母亲出去觅食后，一群雏鸟在鸟巢等着母亲归巢时的眼神。澳芒的味道有万物刚刚开始的意味，仿佛吃了澳芒，所有

138

的事情都可以开始了,我们也就有了开始的理由,和自信。

台农一号,我先后吃了两种台农一号。然而,却是完全不同的味道。我以为,虽是相同的名字,可能还会有不同的分类,比如台农一号"左派",或者台农一号"右派"等等。并不是。台农一号,只有这一种芒果。之所以味道相差很大,是因为成熟周期不同。新鲜采摘下来的台农一号,肉色淡黄,味甜而纯。口感呢,也偏轻淡,就像是一首摇滚乐的前奏部分,重金属的乐器尚未奏响,音乐轻盈,而充满了女人乳香的气息。然而,放置两天以后,台农一号会变得色泽深黄,味道浓郁,像刚刚失恋的神情。几乎在这肉质的色泽里能听到下雨的声音。甜味加重,且增加了霉味。这种霉依然是轻盈的,如果细细地回味,将舌尖上的一些神经末梢打开,能听到叹息的声音。那味道,让我想到榴莲,或者菠萝蜜。

象牙芒,是一个象形的命名。新鲜象牙芒的肉质是白色的,有青涩的香气,像是一直在等着季节或者一阵风,将它染成黄色的。象牙芒有着浓郁的异国风情,有舞蹈腔调,像一段泰国的音乐。象牙芒来自泰国,一副有信仰的模样。比如,它的身体长长的,在尾部,总会有一个扭腰的姿势,像是在芒果树上的时候,有意去看看邻居树上的哪个恋人。我吃了一个有些青涩的象牙芒,才知道我在海口的大街上吃过。在路边,那些水果摊上,将芒果的皮削掉了,然后将芒果肉切成一片一片的。吃起来有些陌生,一回头,发现那阿姨正往芒果肉片上撒盐粒,才知道,啊,怪不得。海南人吃东西有怪癖,总是喜欢往甜的食物上放盐,仿佛,放上几粒盐,便更能清晰地吃到那甜味。象牙芒的果肉在很硬的时候,便可以吃。象牙芒像城市的公交车,用味道载着我们回到旧时的某个场景里。如果非要在音乐里找出一支曲子来描述象牙芒,我会想到长笛,因为长笛停顿的时候,总是和象牙芒的滋味一样,清脆,有阳光穿过树叶照在大地上的清凉。

十种芒果全部都吃完以后,我的味觉几近崩溃。一层层味道的层叠与覆盖,让我陷入甜蜜的忧伤里。有时会因为存错了记忆的抽屉,而使得我混乱起来。为了我味觉的清晰,我拍了照片,并将这些芒果的味道用简短的词语描述后,发至了微信上。

图片上芒果的色泽,诱人十分。我知道,至少有十个朋友每年很少有机会吃上芒果,而我所品尝到的这十种芒果,像十首歌一样,让他们陶醉,并且,羡慕。

十种滋味存放在我内心里,所导致的后果是,最后的几种芒果,我只能吃一口。如果再多吃一口,我的味觉便会关闭感应系统。

一次能吃到这么多品类的芒果,我觉得,像是听了一个味觉的交响乐演奏会。一直到今天,这些芒果的色泽与香甜仍然缠绕在我的指尖与呼吸里。

将芒果的十种滋味一一贴上标签,写出来,我觉得,我像与大家分享了一个秘密一样,我释放了一直珍藏着这秘密的小心翼翼,然而,我分明知道,我的这种释放,会让更多的人迷上一种叫芒果的音乐。它由阳光和风合奏,它是一曲让人飞翔的乐曲。它真迷人。

之三　芒果园所思

在芒果园里,我想象的第一件事情是音乐。那么热烈的芒果园,如果摆进去一架钢琴,而听音乐的人,纷纷坐在芒果树的下面,是多么美好的场景。

我确信我听到了音乐,在芒果园里,摘芒果的人的脚步声是音乐,他们踩着芒果树的叶子,看到一个硕大的芒果兴奋地向前迈步时的节奏是音乐。

我摘了半筐芒果。挑选芒果时,我想到阅读,每株树都是一篇文章,而每一枚芒果都是句子。总会有那么一句话有光芒,照亮了我,被我选中。摘到芒果,像摘到一句诗、一段音乐,甚至是一个月亮。

芒果园的工人介绍,只要有人经过,树上总会有芒果自己掉落。这是规律吗,还是芒果试图逃出自己生长的地方?落在地上的芒果大小不一,并不是因为芒果长得太大了,那枝丫承受不了。而是那些跌落的芒果怀揣秘密。

我试图捡起一个掉在地上的芒果,要吃掉它,以便仔细咀嚼这些芒果掉落在地上的原因。可是那芒果尚未成熟。它急着从树上跳下来,一定有要紧的事情要做。不然,作为一个芒果,它也一定将甜蜜的话藏在心里。

世间上一切甜的果实,都是因为储藏了甜言蜜语的缘故。芒果也是。芒果如果有语言,我凭空猜测,它应该会是一位诗人。因为,只有诗句才能配得上芒果的心事。芒果的诗句应该有鸟叫声,有阳光落下去以后夜晚的清寂以及丰富。芒果的诗歌应该有这样的句子:

把口袋翻晒出来,夏天的秘密泄出
关于鸟儿的去向,有说明书
两个人在南边谈话,一个人说白天好
一个人说夜晚好

夜里的时间是停止的,阳光有一半是没有用处的
比如道路上的阳光,就像演出结束后的酒会
总会有人提前离场,留下多余的座椅

说明书一本。录音笔一支。还有新闻报道
芒果园里的热烈属于云朵
更多的时候,纸被大雨淋湿
写好的字迹模糊

模糊。账目的底稿像一场没有彩排的演出
切开芒果的瞬间,真相大白
夏天的秘密就在沉默里,如同喘息

必须有人在芒果园里走来走去,驱赶芒果的寂寞。夜晚也是,必须有虫子的叫声,伴着芒果的睡眠。芒果如果做梦,也应该是甜蜜的,面带微笑,不然,那芒果的表面,会生出皱纹,像一个悲剧故事的主角。

在芒果园里,我如果摘到其中一个芒果,会顺着那芒果的方向看看,是不是有和它相邻近的芒果,我也会一并摘下来。我想让我看上的芒果不孤独。

芒果树的花我没有看到,但我猜测芒果的花朵不是大红大紫的。芒果树的花应该是满腹心事的样子,只有这满腹心事的花朵,才能孕育出如此动人的果实。芒果味道的变化远超其他果实,它在用味道不停地书写自己。一只台农一号芒果,如果多放了几天,那么,它的味道完全变成了另外的味道,这简直是对自己过去的修改。

在芒果园里站着,我想变作画家。将果实错落有致的景象画下来,角度和光线,数量以及视角,等等,芒果在画面上会被减去。是的,画下芒果会减少芒果的味道。画芒果显然不行,描述也不行,只能吃掉芒果。如果我们想要向别人描述一只芒果,最好的办法是,切开芒果,让对方吃掉它。

还有,当风吹动树叶,将香味一点点扩散到天空里,扩散到鸟鸣里,扩散到旧时间里和影视剧里的时候,我忽然想,如果在夜晚的芒果林里,和相好的女人亲热一番。会不会,那看到我们的芒果因而变得更加甜蜜。

哦,还有,更荒诞的想法。是,我想录下来芒果成熟时收芒果的声音,剪掉芒果落入竹筐里的声音,芒果落在地上滚在叶子里的声音,女人和男人争抢芒果的声音,将芒果收集起来运到路边的声音,以及突然一阵雷声,和随后的雨的声音。以及,在这些混杂的声音里,突然朗诵诗句的声音。

所有的这些,想想,都觉得是极有意思的。

时光三种

之一 羊角水堡

村落在赣南的一隅,象形,大抵与羊角形似,便命了名,羊角村。

说是明代的旧格局,已经完全败落。土墙破落了,有些标语仍在,上面写着:"随华主席进行新的伟大长征!""随"字只有一半,斑驳着,像时间的手在这里抚摸过。

时间总是多情的,让万物成熟,让世事像灰尘一般飘落,让一条河起伏不平。时间对一个村落来说,是建筑的破败史,是老人的口述史,以及孩子们渐渐远离村庄的历史。

进村便看到三个孩子,坐在一个高台上。三个女孩,一个女娃两齿刚落,一笑特别好看。还有一个女孩偏胖,一直坐在后面,面孔呆滞,属于反应迟钝的类型。有一个短发女孩负责调皮,她们坐在村庄入口处,像是等着家人从田里回来,又像是在风里说些话来填充童年。

村庄临一河水，河里有野鸭子三两只，飞起来，钻入对岸的草丛里。流水声便传了过来，那么清澈的水声，总是会让我们想坐下来。

　　过一个旧城门，果然遇到两个静坐的老人。两位老人相对而坐，和那道临水的旧城门成黑白照片。同行的张鸿默默坐在石凳上，风吹来，她微笑看着我。用两只手的拇指与食指交叉，摆出一个相机框的样子，示意我不要声张，偷偷地将她与阿婆拍个合影。

　　对面的阿伯深眼睛，笑着看我拍照。不发一言。我们几个人就那样坐在古桥下，听了一阵子流水声，大约是想和老人说说话的。可是，说些什么呢？

　　年龄？生活的现状？还是孤独感？一切纠缠于内心的情绪，都在他们的脸上。他们在古石桥下闲坐，已经表达了他们的孤独。他们临着河水，既是安静地和夏天相处的方式，也是凭吊自己过往的方式。我们的到来与他们的安静并不融洽。好在，这个古村落并不缺少游客。他们见惯了我们这样的，对村子里的石头和草感兴趣的，趴在地上拍一只惊人大小的爬虫的，又或者，急忙忙地追着一只驴子拍照的。

　　城市将我们规训成一个坐井观天的青蛙，来到乡村，我们得到纠正。所以，种种内心里的压抑获得释放。在羊角村，也是如此。我们坐在那古桥下的石凳上，看着桥上的砖石被风雨消磨的痕迹，以及句子模糊的留言，觉得，像是和岁月进行了一场对话。

　　河的对岸有竹子，风吹过去，远远地，舞蹈一般。我们别了老人，去看那竹子。

河水清澈,夏天因为这流水声而凉了下来。夏天怕水,像个孩子。我们也像孩子,在河边拍照片,竹子在后面,镜头放大,要将竹林拍进来,将夏天的某个清凉的细节刻在心里。

村庄墙上的标语多是经了年月的,上世纪七十年代的,八十年代的。现在的标语也是有的,但在那些斑驳的墙上,显得谐谑,像是在一头驴子上装了电动的喇叭,有喜剧感。

村庄有骑摩托车的人经过,谁家的孩子够着头出来看,一看不是自己的父亲,大笑着又进了院子。

村庄大多只剩下老人和孩子。村庄用什么样的方式来消化孩子的吵闹和老人的安静呢?

羊角村的孩子也多是安静的,我们在一个院子里看到一群正在玩耍的孩子,他们来回掷一个用纸团成的球,女孩子力气小,得到男孩子们的嫌弃。

我拍下了他们玩耍的瞬间,便拍下了一群孩子的孤独。家里的老人在田地里耕作,父亲和母亲大多进了城做工。孩子们的衣服以及所用的文具,大抵是城里的父母亲带回来的,一如城市孩子的用具。乡村文明正是这样被城市文明所侵占,一点一点颓败、稀释,渐渐将传统丢在斑驳的古桥下,丢在老人的咳嗽声,和孤独的背影里。

有一个老人,在土屋里居住,见到我们,便庄严地背诵着事先预备的话。我们不懂,他一边说,还一边指着门前的联系牌大声说话。方言,如同知了飞上枝头留在树干上的蝉蜕,空了,且丢失了最能表达感情的内核。凭猜测，我们也知道，老人错误地意会了我们，以为是上面派人下来做调查的。他呢，定是吃够了苦，如今得到了一些补助，便不停地说些好话。

牌子上有具体的人名和电话，这是具体到个体的温暖任务。

也好，我们看着那土墙上已经零落的阳光，觉得每一片安静背后，都储满了时光的苔藓。

巷弄里有做作业的孩子，还有洗菜的少女。有一个庭院挂满了孩子们的衣服，运动服以及小号的 T 恤衫。那些衣服被水洗得发白，在阳光下，像是四个孩子在河边跑累后的样子，又像是下雨天里，被雨淋湿后的孩子拼命拍着院门，而爷爷奶奶熟睡听不到叫声时的孤独。

那些衣服破旧，和土墙旧院一样，是时光慢慢暗淡时的一声叹息。

村落里，几乎每一个院子里，都晒着粮食，或者在一个筐子里，或者在片长方形的竹席上。排成长队的鸭子从院子里出来，经过小巷弄，出了古桥，消失。

这是羊角村的夏天，村口头的三个女孩仍然坐在那里，她们看着远方山坡的绿草发呆，这里远离城市，没有火车以及汽车站。对于远方，她们仿佛只能想到河对岸的竹林，或者自己田地里的几株不按时长大的庄稼。

我们几个人，轮流和三个女孩合影。她们一直笑着，羞涩，又伴随着被重视的欣喜。

我们靠着旧城砖,指着身后的云彩说,天空也要拍上,云朵好看。几个人一起回头,看那云朵,几个孩子也是。那一刻,时间突然停滞了。

有一个孩子突然从高台上跳下来,对着其他两个女孩说,要回家了,奶奶做的食物好了。

隔着这个村庄的墙与房屋,那个孩子闻到了她奶奶做出的食物的味道。

一阵风吹过来,半个村庄都沉浸在食物的香味里,我们突然觉得饿了。

之二　南庐

茶是那种乡下极为普通的茶了,汤色混浊。一吃,却微有甜意,再品,是山间里泉水的味道,细细地回味,能在这茶水里喝出竹叶飘落雨湿蝉声的清凉。只是这茶叶片是粗糙的,像极了乡下的日常生活。

乡村的日常生活景象自是粗粝,却有体温。比如在这片黄家大屋里,一进院落,便看到老人在天井的阴凉处乘凉,脸盆架上挂着的毛巾是灰尘的颜色,只有塑料制的椅子的颜色是鲜艳的,在院落里,显得格外世俗。

相比较时光里遗留下来的这些黧黑的生活方式,当下生活的诸多痕迹(塑料制品、一应的生活用具)都是世俗的。包括我们这些匆忙来到的游客。坐在这个客家人的旧院落里,我有时间的幻觉。总觉得,后院大约会有一场来不及清扫的抒情,然而,走到后院便看到一堆农具。

农具写着名字,黄姓,墙壁照旧是驳落的,像一首诗的高潮部分,让人总想着靠近。

这个院落是修整过的。主人家的介绍模糊,方言总是这样,它保留了文化的地域性,却总会让我们这些外来者迷失。

可以想象,在很长一段时间,院落主人曾经在这里堆放了他们丰富而细腻的生活细节。只是,没有人做记录和整理。等到多年以后,我们到来,却只能凭着时光在墙壁上剥蚀的印迹来猜测。

照理,每一个写作者都是一个猜测者,对旧时光,对音乐,对陌生的地域,生活中突然失踪的友人。写作,是对时光的重新梳理。现在,我们几个人,坐在一段旧时光里。彼此沉在自己的心事里,长时间沉默。

蔚文兄看上了院落里一款旧脸盆架,蓝色的漆已经褪了大半,在两进院子里的中间过道里放着,有光线照在它的上面,像是在博物馆里。

这个叫"南庐"的黄家大屋,位于江西赣州,石城,村镇的名字也都好听。说一次,便记得住。村子叫作大畲,镇的名字叫作琴江镇。

大屋共有前后五进院落,九十九间半房子。半,一听,便知是旧年月里对数字的敬畏。不敢将事情做得过度了,圆满了,怕惹得神妒恨,于是只能建九十九间半。这些佚失了确切证据的言说我们都喜欢听,这是文学的,模糊的。

南庐屋是刻在院落牌匾上的字,大约是过于书生气了。当地人读不惯,当地人一直是称作黄家大屋的。这名字易记,有些土腥味,像是当地野生的一味草药一般。

蔚文兄在院子里拍照,她手摸着一个筷笼子,回眸笑着。那笼子里盛满了筷子,但是,院落里却并没有多少人。那么,客家人将筷笼子放满了筷子,定然有他们特殊的隐喻吧。比如,希望在外的人也能饮食安康;又比如,希望这个院子里能有更多的人出生,这里有的是筷子,有的是食物。

南庐屋后面依一座山,前面呢,有一座旧庙,有一池月亮开头的人工湖。这样依山傍水,便有了诗意。当年,黄家的祖上将大屋起了"南庐"这个名字,显然是一种避世而自得的陶渊明心态。

山的名字好有气势,叫作通天寨。是南方丹霞地貌的一个典型旅游地。通天寨的由来未知,那个通往天空的柱子性格别具,和男人的生殖器形似。山体的岩石也有特点,似乌龟的背一般,裂纹均匀。这自然的布局神秘,让人想起当年黄家的先人选择居住地址时的谨慎。

我们和一个老人聊天。

问一句,她会答无数句,找陪同的人翻译过来,发现,答与问并无关系。老人安详,喜欢与陌生人坐在一起说话。她孤独,她的孤独让我们想起夜晚,这些旧建筑在月光下来回摇动。窗子里一只猫跑出来,又或者谁家的一句梦话,都会让整栋楼动上一动。

我们一群人坐在她的面前,说一些与旧式建筑有关的见闻,那老人认真听着。大约听不懂我们的口音。一边听,一边又温和地朝着我们笑。

天色便暗了起来。

照相机在光线不足的情景下拍不了，我给老人拍了一张照片。她坐直了，轻声地说了一句话，然后整理了一下自己，端庄地笑着。

照片有些虚。

然后出院落去看荷花，就在南庐的院落外面。大面积的莲花正在盛放。莲花是县里面有意种植的，妖娆得很，像是一场音乐很大声的舞会。夏天里，一池莲花的确是一场音乐会。

果然，有拍婚纱照的人，他们在莲花池边，以南庐屋作为背景。摄影师在那里喊着，亲密一些，再笑一下，再笑一下。

我们一群人便笑了。

一辆车路过我们，是山歌。我们几乎同时叫出声来，是的，一个女声，唱得温和而柔软，大概的四句词是这样的：

> 有心为哥做双鞋，
> 又右鞋样来剪裁。
> 撒把石灰大路上，
> 只等阿哥走过来。

一下子，我们被这四句唱词迷住了。这种慢节奏的爱情故事，像极了那南庐屋上的木雕，只有在那时间非常宽裕的旧年月里，才会有。

我们的现实呢，是快捷到没有诗意的时光区间。只要用手机拍下这些旧式的房屋,几乎在一分钟内,微博或微信上的朋友便都可以看到了。这种将时间极度挤压的现代技术手段,是对我们日常生活的侵略。我们依赖这些快速抵达目的地的技术的同时,也被这些时光机器绑架。总有一天,我们老了,跟不上时间的奔跑时,我们才会懂得,在一间旧房子里闲坐着,喝一杯浓浓的茶水,摘几个山野的果子,坐在一册旧书前,翻开来,重新打量自己的一生,该是怎么惬意的人生啊。

我们总有一天,会回到像南庐屋一样的旧式时光里。又或者,我们的生命需要重新切割一下,我们需要将一些并不急着翻阅的记忆分割开来,分别存放在现在和过去不同的区域里。这样,如果我们有空闲打开记忆,我们还可以安静地走到这些旧院落里吃茶,说话。

之三　白鹭古村

几个孩子骑着车子在村子里一个小广场上追逐,云彩慢慢飘着。有一朵云,就挂在马头墙角的屋檐上,远看,似一幅水墨。这安静的背景和活泼的孩子构成了剧场一般的效果,吸引着我们这些远道而来的观看者。

村子曲折得很,像一道摆放在时光里的谜语,走进去,转弯又是一条巷弄。

安静,这个已经存留了数百年的古村落,如今只剩下安静。

想来,乡村的安静与时间有关系,在乡下,时间的参照物是树影,是季节,是阳光的位置,甚至与耕田的人的饥饿与否相关联。在乡村,只有饭时,或者节日里,才会有热闹看。平时,忙碌的村人去田野里演出,只剩下孩子和老人守着村庄。老人靠着黛色的砖墙,有一句没有一句地聊着张家李家的后生们出息了,而孩子们一味嬉戏,他们正紧张地将童年挥霍掉,来不及和老人或者外人分享他们有限的快乐。

这是下午的白鹭古村,我们刚刚行走了整个村庄。动人而幽深的巷弄,让我想到了黄山脚下的西递或者宏村。

这里的建筑样式和徽派的建筑有相似的地方,比如马头墙。不同的是,这里的建筑格局已经有了实用的意识,住户除了风水的需要,一般家庭都会将厕所和厨房设计在主屋的两侧,且用走廊相连,这样,即使是阴雨天气,如厕,或者从大堂里出来去厨房,也不必撑伞。这样的设计,完全是实用的。

古村的前面是白鹭溪,在旧时,是一条连接江西与浙江、福建的交通要渠,所以,白鹭村的居民也是见多了世面的。这从村子里的建筑上也可以看得出。陪同的当地旅游局的人向我们介绍说,村子里的建筑不仅有江西传统的天井式建筑,以及徽派的马头墙外观,还有浙江民居中的木雕。村子里的洪宇堂的廊门是白鹭古村里保存得最好的木雕范式。

我们便去看那木雕,路过一个空旷的柴场,堆满了劈好的木柴。想来是村子里谁家过冬时取暖用的。那些木柴整齐地堆在那里,像艺术品。张鸿兄在那里拍照片,忍不住,我也拍了一张,我真想就此躲在这堆柴火后面。幼年时,我就藏在这些柴火堆里,等着小伙伴们来找到我。一眨眼我和那些小伙伴们失散了。

乡村一直是一堆又一堆柴火,如今,我们坐在这一堆柴火前拍照片,是精神回乡的一次尝试。

在白鹭古村的一个旧式建筑里,我有些幻觉。我看到那木质的楼梯间摆放着几双刷洗干净的运动鞋,有一双鞋子,大约是太脏了,主人用一张卫生纸粘在了上面。

这双鞋子将我一下拉回中学时代,那时的我,正自卑,敏感,用白粉笔将洗干净的运动鞋涂白,然后,再用卫生纸粘在上面,以便鞋面干了以后,颜色是统一的。

女主人从外面回来了,原来是到村子南边的老井那里担水了。两只水桶,一只是油漆桶改制的,油漆桶外面的商标纸还没有撕掉。水清澈极了,我们轮流喝了一口,甜的。

乡下的一切都是甜的。

白鹭村的人大多姓钟,据说是钟绍京的后人。钟绍京是兴国人,我知道的,他是钟繇的后人,书法十分了得。那么,这样一个文人的后人,定是有家族训导的。

果然,这个村落是重教的。白鹭村的族规里重视读书的内容从建村开始,一直持续到民国,具体的规定如下:当时,对考取了小学的人,大祠堂代交学杂费。(也就是说,穷人家的孩子只要爱读书,考上小学,便是义务教育了。)考取了中学的,祠堂每年补助八百斤稻谷。如果考取了大学,祠堂对学生家里每学年补助一千斤稻谷。白鹭古村不仅仅有大祠堂,还有分户的小祠堂,就像现在的县乡村一般。各个级别的祠堂都会有所补助。

在旧时,教育几乎是一碗乡村子弟呕出的鲜血,"头悬梁,锥刺股",那么多疼痛感的词语纷纷来说这样一件事情,除了对文化的敬重,更多的是考取功名后的所得,比刺股之痛要甜美得多,也从容得多。

时代已经转换许久,在当下,学历仍然左右着乡村孩子的命运。

古村落里的这些旧式建筑,竟然一下让我想到奔波和命运的累积,想到在时光的深处,总有一些永恒不变的东西,让人们变得庸常而世俗。

出得钟家祠堂,看到一个妇女推着一辆独轮车,车板上放着两袋稻谷或者其他粮食。一个孩子在另外一侧跟着,哼唱着一句歌词。母亲模样的妇女着老色碎花的上衣,深灰色的裤子,拖鞋,将车子推得很快。独轮车需要左右掌握方向,不然可能会左右摇摆不停,可是她很轻松地行走。仿佛是一个古人走错了时空,突然穿越而来。

旧村落里的人果然也使用这旧式的交通工具。陪同的人解释说,独轮车在江西的旧式乡村,仍然还常用。像白鹭村这样的村子,各个巷弄很深很远,汽车开不进去,摩托车呢,也带不出来。所以,只能用这种旧式的交通工具,才能将家里的肥拉到田野,又将庄稼拉回到家里。

乡村，说到底，只是田野的一个被窝，最终，它是要到田野里去的。

我们最终过了村子里的几个祠堂，站到了村子的高处：一个戏台。远望处是稻田，盛夏的稻田里有蛙声，有蝉的叫声。也有稻草人的叫声。

我坚持地认为我看到稻草人了，稻草人在稻田里和鸟儿交谈，和几个孩子交谈，稻草人是心理医生，治愈了这个古村落里的人的孤独感。

站在那个戏台上，我看着村后山上的竹林，以及村前的稻田，突然听到一声弦音。水流声里，码头上的船只停下来了，煮好的热鸡蛋的味道，以及马蹄声里叫着母亲名字的幼童声音。

如今，这个乡村败落了，码头没有了。只有那稻田里的稻草人还随着风摇摆着，像是被时光遗弃在此处的一个戏子，只是，她丢了自己的衣裳。

在江西的这群旧村落里，我一直想捡到一把旧铜锁，或者其他信物。这是我们可以打开自己的前世的钥匙。然而，我一直没有寻到。

看来，我还要继续走下去。

西沙五札

一　南海的风

　　自西沙返回，夜深侧卧时总觉得床是摇动的。

　　不仅如此，还总能听到风声。那是南海的风，在鸟的翅膀上，或在云朵里，从海上来，又融入无尽的波浪里，轻易便吹乱我日常的磁场。

　　直到我坐起来，看到窗外的椰子树影，有了日常生活的参照，才知道，我们已经回到了陆地上。这是海口的早晨，树上有鸟，后院有孩子们在追逐。这一切声音和光影，都是触手可及的生活片断。

　　大海完全打破了日常生活，因为地域的奇特，它远离日常生活的体验。大海将每一个时间相对应的节奏都打乱了。在海上，阅读被风吹乱，手机的信号被风吹乱，就连谈话的姿势，也被风吹乱。

　　是海风屏蔽了这一切。

　　风在平原上，只吹动风雨。风不能改变村庄的路径，也不会改变报纸出版的日期,风几乎和草一样,是抒情句子里的副词。而在大海上,风将波浪一帧一帧地摊开来,将海水染成天空的颜色,将船左右拨动,将船上的我们固定在某个姿势上。

在旧时,尚未有机械动力时,打鱼的船只,只能看风向,才能出海。那些出行的一点点试探风向,试探大海的远近、深浅,以及鱼类在海域里的居住地。那么,风,是出行的第一件事。风吹波纹的形状便有了不同的意味;风在海鸥的翅膀上停着,海鸥飞翔的姿势与风有关,也与渔民们远行的速度有关;关于风的记录,是渔民们口口相传的生存手册。一个渔民,如果出海不懂得看风向,生命都可能有危险。

在久远的年代里,南海打鱼的渔民们流传下来无数个版本的"更路簿"。这是渔民用生命体验积累的海图,是对风的认知过程,对茫茫大海远近和方向的参照。

然而,这一切,都是南海的风发出的信息。

在陆地,风无色无味。然而,在海上,风吹来大海的味道。这些味道对于普通的游客来说,单一,固体般缺少变化。而对于长年在海上漂着的渔民来说,风的味道像万物的色彩一样,既充满了变化,又相互溶解。

在海上,风也是食物的一种。

鱼群相互追逐时的气息,被风捕捉到,带给渔民。渔民便会根据风的方向,觅到鱼群正在游走的方向。

一个合格的渔民,站在渔船上,只凭着鼻子就能闻出海水里有没有鱼;只凭着耳朵,就能听出前方数百米内有没有鱼群;只凭着眼睛,就能看到,什么样的波纹下有可能藏着大鱼。

然而,在夜里呢,没有光,眼睛被夜色蒙上。只剩下风。

有风,渔民们便觉得有磁场,有电波,有消息。夜晚的时候,风是大海的语言。渔民听着风声,掌舵向着完全没有方向的大海深处行进。无法想象一个渔民的感官和感觉系统的发达。他们用近乎文学的描述能力来接近风,猜测风,甚至向从未到深海去过的后生们讲述风。

他们的语言是什么样的呢?是有色泽的,可以触摸的,还是和鱼的种类相关的呢。

风在日常生活里,总有着道德的框架,世风,作风,被形容词的外衣套着的"风"承担了并不属于它的道德指针。而只有在海上,风才成为主语,它主动将海水一段一段地打开给我们看,将阳光藏在夜晚,将船只推向晕眩而又诱惑的岛屿上。

在海口五公祠后面的流芳路上遇到的风,与在去西沙的一艘船上遇到的风肯定不同,而船上遇到的风,又和在赵述岛上遇到的风不同。

风和风是不同的,躺在船舱里,当船只左右摇动,我身体的磁场瞬间崩塌时,我忽然想到,这南海的风,是一个陌生世界的律令,它规定我们只能保持某种特定的姿势,比如仰卧在床铺上,不然,它就用左右摇摆的方式,让我们身体不适,直至呕吐。

南海的风,那是一段态度明确的风啊。

二　船票

船票正面:

编号:0028448

船艘名称:琼沙轮

姓名:赵瑜

舱位:109-2

乘船时间:2013.2.27,18时

单位:作协

船票反面:

琼沙轮旅客乘船须知

一、本票是乘坐琼沙轮的凭证,乘客本人凭有效证件和船票登船;船票售出后概不退换,过期作废。

二、乘客应在规定开船时间前60分钟抵达码头验票登船。每人携带行李不得超过20千克,长、宽、高相加不得超过160厘米。

三、乘客应遵守安全生产以及环境保护的相关法律法规。

四、请关注相关安全提示，自觉服从琼沙轮工作人员的管理。

从三沙回来以后，我随手将这张船票的票根夹入手边的一本《沈从文全集》里。

这是我旧有的习惯，将火车票、登机牌，甚至是剧场的票根当作书签，直接夹入正看的某本书里。过了些时日，再遇到，便会想起那被记忆已经折叠收起的一段往事。

这些票根上准确的日期，像一本相册一般，只要翻到它，便会进入一个思维的回放镜里，天空的颜色如何，鸟叫声如何，相随的人的笑容以及说过的话，都如流水一般倾泻而出。

我有时候会因为这些书里夹着的票根，而刻意地去整理书架。随手翻开一本茨维塔耶娃的书信集，就会发现一张去湘西凤凰的火车票，时间为 2006 年 9 月，那是我第三次去凤凰。下了很大的决心，要去那里买一套临水而居的房子。仿佛只有那样，才会离沈从文更近。

总之，那张火车票上有火车在夜晚穿过火车隧道的声音。我听到了火车卧铺上夜晚时分在电话里私语的缠绵。火车不停地穿过山洞，信号时好时坏，我也给某个人打电话，一件事情分成三段才能完成。

也会在某本小说集里发现一张电影票，多是在海口银龙电影院看的。有一张电影票上的时间竟然是情人节，电影的名字是《将爱情进行到底》。与谁一起看的呢？完全印象不深了。坐在那里又想了一会儿,总觉得应该记得起,可是记忆阻塞某个天气潮湿的傍晚,门窗紧闭,雨声渐远。

记忆有时确如纸片上的电话号码,需要好好保存,如果放在衣裤的兜里,不小心被洗衣机洗了,那么,只能模糊成一团纸浆。

比如,在我常常用来记事的笔记本里,会夹着各种各样的纸条,有的是电话号码,有的是未完成的事情的提醒。有一张纸条上,竟然写着:"明天中午时分给张小姐打电话,告诉她裤子短了。"张小姐是谁?是一个什么样的故事?却也记不仔细。

将三沙的这张船票夹在哪一本书里呢,颇费了我一番周折。

书架上我常翻的书有这样的几本,卡夫卡的短篇小说集,米兰·昆德拉的《小说的艺术》,还有一本北岛的散文集。鲁迅先生的《两地书》里本来已经夹了不少纸片了,翻来一看,全是登机卡。最后决定放在《沈从文全集》里。

这是《沈从文全集》的第十八卷,前面的十七卷均是他的作品和评论,自第十八卷开始,至二十七卷结束,十卷本的书信。我最近一直在捧读书信,所以,放在这本书里的好处是,随时都能翻到这张船票。

这是去程的船票,很有保存价值。我吃了晕船药,在船的甲板上拍了不少照片,逆着光拍南海岸边的建筑,有一种挖掘地下宝藏的喜悦,因为平时肉眼绝不会逆着阳光观看景致,而用相机拍下来以后,回到船舱里,放大了看图片,觉得凭空获得了自然景观的一种赠阅服务一般。

本来我是要住在上铺的，奈何头晕得厉害，就和严敬换了铺，睡在了下铺。

在下铺的好处是，离大海最近，平稳一些，安静了听，能听到大海在船外面的声音。这些声音如今就铺满在这张船票上，淡蓝色的船票，闻一下，就闻到了那天的海风的味道。

四人一个舱位。对面的两个人一言不发，于是各自玩各自的手机。

返程时也是同样的舱位和铺位，据说是怕有人丢失了东西。若是下船时忘记了带某件物品，返程时到船舱里查看，完整无缺地仍在。因为船在西沙靠岸后，并不立即开走的。只停一个晚上。所以，上岛来采风的也好，旅游参观的也好，又或者科普考察的也好，都只能停两个白天，一个晚上。

返程时多数都变得兴奋了，我依然担心晕船。将自己叠得整齐，放在床铺上养神。

对于我来说，船无疑是最为陌生的交通工具，自小在北方平原上长大，最缺的是水。二十岁之前，从未见过船只。总觉得"船"这个字眼来自古诗词，现代的交通工具不都是火车飞机了吗？

直到 2006 年到海南，才第一次坐上轮船。

坐了船，才知道，人的磁场原来如此容易被破坏掉。在轮船上的我完全是陌生的我。

在轮船上的我所能想到的人和事物，与在陆地上的我完全不同。在轮船上,我能想到的是安静的人和事物,总希望自己能被那些安静的提示带走,逃避掉这种漂泊感。而在陆地上,则会从容很多。

船票是一个信物,王家卫电影里,有一句这样的台词,曾经颇能打动一些痴男怨女:如果多一张船票,你会不会跟我走?

我呢,将这一张船票夹在一本书里,希望,多年以后,有位相好的女人,借我的书时,能看到它,向我细细打探这一次去三沙的情形。那样的场景,只是想想,便觉得生动。

附记:

将这张船票夹在了《沈从文全集》第十八卷的第213页。正好是沈从文写给胡适的一封信,在这封信里,沈从文对胡适说,听说你刚从上海来北京,这边的《文艺》杂志编辑部请客,想为徐志摩去世三周年做一个纪念集,想你来聚一下,参加活动的人有朱自清、俞平伯、闻一多、郑振铎、周作人、余上沅、李健吾等。怕胡适惧喝酒不能来,在信里,沈从文还专门交代了一句"若怕吃酒,戴戒子来就不至于喝醉了"。这是一个有关胡适的笑话,因为怕胡适出去吃饭时被灌醉,胡适的老婆专门为胡适刻过一个"戒酒"字样的戒指,作为胡适不喝酒的挡箭牌。

信读来有趣。

三　永兴岛的夜

永兴岛的夜色在风里,风一吹,夜色便成了音乐。白天的那些阳光像鸟儿,飞远了。

永兴岛的夜没有音乐。小超市倒是有一个的,多是简单食品物品的销售。理发店也有的,一个在军营里,一个在渔民村里。可是,这里没有那种广场音乐,连城市里常见的广告牌也没有。

这里是世外的,你只要在永兴岛上来回走动,你就会觉得,这里的一切都是让人珍惜的。

淡水每一滴都是从海南岛运过来的,岛上的水只能洗衣服或者冲凉。冲凉,需要我们补充一下的,到了三沙宾馆,这里永远都只有凉水。因为这里的温度长年都是在二十摄氏度以上的。

宾馆好玩得很,我们入住的时候,房间尚未打扫干净,于是我们将相机等一应物品全都放在桌子上,便出了门闲逛。等到晚饭后回到房间,才发现,房门大开着。

三沙市尚未做旅游开发,所有来岛上的人都是专门的机构接待,所以,宾馆房门大开着,也不会有任何担心。

我们一行八人,在夜色里散了一会儿步,海南路只有两百米,北京路大概是岛上最长的一条路了吧,也不过八百米。

有一个烧烤摊,白天的时候已经拍了照片,广告词写得非常极致:中国最南端的休闲驿站。至少在当下,它当得起“最南端”这个称谓。

永兴岛上所有的一切都当得起这个称谓，理发店是，小超市是，宾馆是，餐厅是，路边的树是，电信营业厅是。

也包括我们这一群人，是走到了中国最南端的城市的游客。

这里的淡水少，所以，喝水时老想着船只在海上漂浮动荡的影子，便自觉地少喝些水。食物也是，没有养鸡场，鸡蛋菜蔬都是补给船拉过来的，所以在餐厅吃饭时自觉地也少打些，省得浪费。

这里只有夜晚的风是无限量供应的，免费，且舒适。

抬头看天，能看到一片一片的云彩在浮动，如果不在路灯下面，能看到天是蓝的。

即使是夜晚了，天空的蓝依然能被辨识，这里没有任何污染，所以，空气像被擦拭了多遍的玻璃一般，晶莹剔透。

烧烤摊边坐着另外一拨和我们一样的客人，小声说话，时而发笑。总觉得在这样的夜色里，喝些啤酒说些醉话才好。

小石斑鱼三元一只，鱿鱼丝也便宜得很。

坐在那里，我们说起上午时分各自的心得。梅处和我一样，在石头岛捡拾了一块石头，严敬永远是听众，同行的美女张毅静是大家调侃或献殷勤的对象。

下午时，我们坐船去另外的小岛上，小船在浪涛中的起伏给了我们很多灵感，如诗句一般，但也只是一个短期的存折，只能在海上使用，仿佛一回到永兴岛，那些有关起伏的句子都藏起来了。

比如我们在喝啤酒的时候，再说起船夫开船的姿势，以及海水从远方赶过来,到底想要告诉我们一些什么时,我们都想不起在海上时的心境。

丢了。大海就在三百米外睡着,我们却把它丢了。

在这样的夜色里,我们吃着大海里的鱼,说着与大海有关的话,然而,却时时又把大海给忘记了。

我突然想念有一年在大山里行走的自己,路不平,我走不到目的地,租用了一辆摩托车,在崎岖的山路上行走,车子上下的颠簸,和在大海上行走时一样。这样的经历总能刻在记忆里,多年以后仍然想起,在山里行走时的陌生感。尽管具体的细节已经碎了,模糊成粥状,但是,在永兴岛上,我又一次想到,一个人向不同的地方去行走,奔波生计也好,观景清心也罢,其实都是找寻自己的过程。

自己和我有时候是同一个人,有时候,我看到的自己是过往的自己,而未知的自己却在遥远的夜色里。

我们在夜色里发微博,用比喻句说海水的清澈,写下来,便觉得那清澈被减少了。找不到最为清澈的词语来描述。

永兴岛的风也是如此,温度刚刚好的风是清澈的,动听的,有香味的。鱼吃完了,酒也喝完了,我们讨论幸福,下午时分,我们几个人在椰子树下的吊床上躺了一会儿,云彩飘过来飘过去的。恍然间,我觉得突然丢了时间。直到手机响起。

这是距离海南岛很远的一个岛,如果没有电,没有网络,连电子用品也没有，一群人生活在这里，自己创造语言，制定规则，那么，会不会过了一百年，也不知道自己的年龄。驾着船到别的岛上去看，遇到的人也是如此，不知自己的年龄，自然也就无所谓生和死。活着就是自然的，从未有任何惧怕，岂不就是最为幸福的状态。

我的话说完，他们便笑了。在这样的夜色里，我们的确没有留意到时间。看看星星，星星稀疏了，月亮离我们越来越近了，总觉得她要偷听我们聊天似的。

有一阵子，大家都沉默着。莫晓鸣接电话去了。几个人吃着东西发呆。我呢，思维总还在那些小波浪上，没有方向和磁场。这种轻飘又陌生的感觉像极了一首诗。我呢，就陷入在这首诗里，久久不能出来。那些句子活泼得很，跳跃着，多数都逃走了，还留在印象里的，是这样的感觉：

夜色是光滑的，几案上的香燃烧成蝴蝶

我跌倒在一段音乐里

撕下衣衫，记下美妙的乐谱

石头四块垒成历史

鸟叫声十三片堆在窗外

我在舞台上叫谁的名字

谁就会获得一阵风

是风,吹乱了一泓波浪

宋朝的酒壶里浸泡着我的童年

平原上的唱词如此庸常

墨鱼是一段气味的总和

海水谋杀所有颜色

我在夜色里遇到我

又丢下我

四　渔民

我深信,在久远的以前,赵述岛是一个神仙居住的地方。

现在,这个岛上居住的多是渔民。我们在村子里的树下看到他们,他们在吊床上睡着,草帽遮住了脸,脚趾上的沙砾已经干了。风吹乱树影,在他们的身上婆娑着,实在像住在尘世之外的神仙一般,舒适安逸。

树下还散坐着三两个村妇,她们一律是被阳光晒得健康的黑色。

岛上的房子也一应是木质结构的简易房子,问他们,才知,只要是台风来了,他们都要离开赵述岛而回永兴岛的,又或者直接回到海南的文昌或者琼海。"海南的",这是他们对地域的区分。正如一个大陆人刚抵达海南岛时, 岛上的人会问一句:"你们是大陆来的吧?"在赵述岛或者永兴岛,这些渔民也会问一句,你们是海南来的吧。仿佛,这里已经是另外的国家。

这些临时居住的地方因为长年温度适中,所以,无需过多的复杂的衣物。去任何一家参观,主人呢,都热情地迎往,甚至热情地要取淡水来招待。

赵述岛的"小",像大海里的一块小波纹。如果坐快艇,从永兴岛出发,要半个小时可达。如果是逆风行船,小船在大海的浪涛里会上下波动,有说不出的快感,让人轻易地便想到暗夜里的一场性事,又或者得了喜悦的消息却找不到合适的人来分享。总之,在大海上行走,每一步都是一种意外的感受。

赵述岛的居民每一户人家的门前都会挂着成排的鱼干,多数是墨鱼或者八角鱼。鱼晒干了,张着翅膀,显得很大。问他们价格,一听,果然要便宜许多。不用说,比起永兴岛来,这又是中国最南端的海鲜了。

我们在任何一家门前说话,邻居们都会听了话前来。

他们久久不见有大陆的人来,有着浓郁的说话热情。让坐,烧水,忙得不亦乐乎。

村子里有人养鸭子,在小路上排成了队,惹得我们惊讶。只是几只鸭子而已,却已经将我们带回到了日常生活的状态里。这个岛上哪怕是人居住和饮食,也都多依靠补给船定期从海南岛上拉来,更不用说养几只鸭子的繁琐。

在一户人家里坐下后,惊喜地发现,他们家里有几个茶桌,上面放了麻将。不用说,是渔民们干完工以后,在这里消遣娱乐的。

在这样的一个神仙般缥缈的小岛上,时间几乎都是停止的。饿了,取海水煮鱼便可以有力气,困了,在树下面便可以入睡。每一年每一月每一天的温度都在十八摄氏度至三十摄氏度之间。除了遥远、梦幻之外,我无法形容在这个岛上居住的心境。

自然,我说的是我们这些游客的心境,和渔民们完全不同,渔民们只是为了生计。在这里捕鱼,晒干了,等着收购的船只前来收货。

我们正说话间,有小船来村子里送补给物。村子里的一些男女都来到海边,卫生纸、啤酒、方便面、饼干、面包以及用麻袋装的其他生活用品。

在海边的浅水区里有一筐筐的海螺,一问,才知是红口螺,便对主妇说,先煮一筐来。一筐海螺有二十余斤,我们七八个人,刚刚好的分量。

用海水煮的红口螺味道鲜美之至,用手揪出红口螺的尾部,一扯,便扯出了螺肉。那肉质入口的时候是脆的,像淡水螺一样,里面的肉质是光滑的,像虾段一样。就这样坐在一个渔村里吃海螺,味道是一回事,风雅又是另外一回事。

我们一些人,一边吃螺,一边说起过往。

过往吃螺多是在酒桌上,也有的在渔船上,又或者在海鲜市场边上的排档里。而今天,我们就着整个太平洋,就着赵述岛的海风,就着三朵云彩和四五个故事,就显得格外有了情致。吃完后,用纸擦手。将用过的纸都各自装好,不仅仅要带离这个小岛,还要带到永兴岛上。

　　吃完了,我们去参观渔民们的家,每家的房间屋后都放置着两个超大号的塑料水桶,一桶是食用的淡水,一桶呢,应该是海水。

　　淡水的滋味并不纯正,我们都试着喝了一口。听说,拉淡水的船只,在返程的时候,都要再装入等量的海水,以使得船只航行平稳。那么,长此以往,海水便留在了水舱里,使得淡水也总带一点点海水的滋味。

　　而那些渔民们,显然不在意这细小的变化。对于这些天天和大海打交道的人来说。世间只有一种滋味,那便是鱼的味道,至于水,相信,他们每一个人都喝过海水。

　　也只有喝过海水的人,才有资格在纸上谈论大海吧。写到这里,我突然想起在船上躺着时的所思所想。我一直想着那些渔民,他们,在面对惊涛骇浪时应该如何逃生,在面对体积庞大的鱼类时又如何抓捕……他们的故事最为激烈的应该是什么样子呢?

　　阳光下的墨鱼干一排一排地悬挂着,陌生。我凑近了,闻到一些从未闻到过的腥味。这些味道在日常生活中几乎从未遇到,像是在阅读的时候,遇到了一个语言极为新鲜的诗人。

　　渔民们看我这么着迷地闻这些墨鱼干的味道,在旁边笑,说,这些鱼都是太阳光下曝晒干的,一直保持着它们活着时候的清香味道。

"清香"，这是渔民们对于鱼的解释，我相信，这也是他们对这个世界的解释。

五 大海

大海的组成部分是可疑的。我们自幼年起所念诵的那些诗句，比如"海阔凭鱼跃，天高任鸟飞"，或者是"海上生明月，天涯共此时"等等，哪一句念来不都是在淡水里活着，是甜的。而大海却是咸的。

大海接纳了湖泊与江河，包容雨雪和鱼类，承载船只与风。大海由这些部分组成，却又背叛了这些部分。

想象不出，一条淡水里的鱼，随着流水，漂到海洋里，那么，它便是被故事欺骗了的鱼儿。它不得不逃离海洋，逆着水流的方向向上回溯。它后来被海洋的波涛卷走，成为其他海洋生物的食物。又或者，一些鱼类，天生敏感，在入海的第一瞬间便被海水的滋味叫醒，它们奋不顾身地往故乡的方向游弋。终于有一条成功了，它逃离了海水，逆着河流，每遇到不知情的鱼类，就会大声告知它们海水的滋味。

由此，鱼群们纷纷丢下对大海的幻想，逆水而返。想来，在河流里，我们常常看到的那些逆水的鱼，多是符合如此的推论。

大海与大海不同。

在三亚湾见到的海是孩子气的，游客们占据了沙滩上的每一个空间。大海把游客的游泳圈吞进去又吐出来,淘气。

而在澄迈玉包港所见到的大海是有生理周期的,有着浓烈的腥臭味。这是渔村或渔港的味道,晒在平地上的那些鱼干散发出来的气味,足以让我呕吐。可是,对于当地的渔民来说,这种气味是香的,和月亮一样,和啤酒一样。同样的大海,对不同的人也是不同的,除了气味,还有意味。那些渔民所理解的海,和我们这些风花雪月的人通过唐诗宋词所理解的海,有着截然不同的况味。

在平原地带生长的孩子,总觉得大海是虚幻的。如今,当我有机会真正地面对大海,我才知道,大海是一本词典,形容词很多,且指向模糊。

相比较,我更喜欢西沙永兴岛四周的海水。清澈,并且清澈。

在海口至湛江海安头的琼州海峡看到的大海是混浊的,世间的事情,一旦被生活沾染,便必然承担更多的污浊,如同道德,不能撕开那些光鲜的衣服,撕开来,便只能剩下世间的挤压与卑劣。

海水也是,只能在人迹少至的地方,才能成为海本身。

西沙的海水如果放在大海的词典里,应该是名词的部分。名词多是本真的,是具有原始意味的比喻本体。在西沙,每一片海都是大海本身,安静,和天空相接连的部分,大海成为天空。

在大海的空间意味里,天空不过是海水衍生出来的一面镜子,只供阳光出来的时候,大海梳洗自赏用的。

大海用自己无边而密集的波浪制造了独有的时间和空间。在时间古老的旧年月里,人漂浮在海上,天空的颜色与大海的颜色一样,阳光和月亮有时候被海水吞没,那么,时间成为模糊的节奏。如果在大海上漂浮,身体里的磁场被海风吹散。时间便没有了。黑夜和白天一开始是分明的,然而,渐渐地,当黑夜和白天的更替变多,内心里不再记得最开始的那天。那么,黑夜和白天的更替便像是停滞了一样。两天和五天成为没有意义的计量单位。

身体里的那种感受一旦失去了对时间的依赖,那么,我们和神仙便没有了差异。

我们这一群人在海上行走的时候,总有一种对时间的恐惧。生怕我们被时间丢弃了。我和大家开玩笑,会不会我们几个人,坐船到哪个岛上去住了一晚,然后,坐船回来,发现永兴岛上的人都已经变老了数十岁。

这自然是对大海的一种修辞。

在我的日常理解里,大海每天将阳光放在心里,将天空的云朵放在心里,它熟读了天空的变化以及昼夜的更替。所以,大海本身便是时间的容器。

那么,当我们这些在岸上生活得久了的人,一漂浮起来,总觉得,时间被偷走了。这也是本体的反应。

在西沙,会凭空多些云游四海的理想。也只有在这里,才知道大海本来是什么样子的。同样,也只有往更远的地方去行走,才知道世界是什么样子的。

世事如果拥挤在内心里,找不到释放的办法,终于让我们变得窄狭而自闭,可如果将自己的内心打开,会发现,我们的内心不但可以盛下过往,还可以盛下未知的将来。在大海边上,一阵风打开我,海水的蓝打开我,天空的颜色打开我,树叶投在地面的光影打开我,散落在大海表面的波纹打开我。

西沙的海水,静到能放下人全部的心事,清澈到能照出人前世的模样。

我将我前些年所有的伤怀都放到了这片海里,看到那些情感沉入大海,成为清静澄明的一小段波浪。

那么孤单，那么仿徨——赵瑜作品

辑三　思想史

公交车记

公交车是城市里最为直接的生活剧场。车窗是频繁调换的电视屏幕，司机是那个态度傲慢却不容易被换掉的主持人，座位上和走道站满了没有台词的本色演员。舞台上间或演出淫荡、温情、偷盗、骂娘的奇特情节。

通常，我是从熟悉一辆公交车开始熟悉一个城市的。

每每在公交车上东张西望或者沉默静坐，我都会脱离平常的自己。那是被一些陌生的意象所吸引的结果。我喜欢在公交车上寻找停泊在别人身体里的那个自己，或傲慢，或谦卑，或孤单，或奔波，或快乐，或伤感。有一次，在一个陌生的城市的公交车上，我听到有人叫我，我连忙站起来答应。惹得我身边的人都莫名地看着我，然后笑出了声。这当然是我的出神。周围的人各自静坐着，没有一个人叫我，是我身体里有另外一个自己叫喊了吗？

我不止一次地在公交车上出神。我在公交车上丢过手机，忘记过数把雨伞、杂志、手提包，忘记了自己要抵达的车站。这些经历和结果多由出神所致。

我在公交车上极少看书报、接电话。我喜欢细细地看前后左右的人，我会认真听一个孩子的哭声最后变成高音，我会给孕妇让座，会指点一个外地人下车以后的乘车路线，会对一个经常在公交车上遇到却并不知道名字的人微笑。

在公交车上，我最喜欢听学生和女人说话。

那些放学了的中学生讲述的都是明清笔记小说风格的故事，他们的老师站在讲台上不是在讲课，而是给他们表演幽默的节目。譬如他们嫌弃老师的鼻音太重了，手指头是兰花指，粉笔老是拿不住，还有上衣太小了，老是露肚脐眼。孩子们的对话让我觉得荒唐又吃惊，当时我正在一所大学里代课，虽然课时不多，但也总会往黑板上写字。我一下子就想到自己，会不会也有兰花指，会不会在写字的时候上衣一直往上飞翔，露出学生们在宿舍里谈论的笑话内容。

女人们的谈话则趋向于《金瓶梅》风格。胸罩的价格，夜晚睡眠不好的原因，邻居家的动静很大，好色同事的一些暧昧细节，奶粉涨价导致自己必须多吃一些好东西给孩子提供奶水，所以身体就胖了，等等。有的女人说话很慢，不轻易谈论私人的生活，只是轻描淡写地说一下汽车家具或者前几天和一个香港来的女人喝茶的情景。有的女人则很恶俗，批评楼上邻居，每天十二点钟孩子都哭个不停，一定是因为两个做那种事把孩子弄醒了。有时候，她们说话间还会相互讽刺，然后哈哈大笑，她们占据着车厢里大把的座椅，有老年人过来也不让座，把公交车完全当成了咖啡厅。

我如果正好站在她们身边,便会死死地盯住一个女人看,把她看羞了去,让她沉默为止。

也有时候会被她们所讲的细节提醒,陷入自己的过往。

我的过往多是一个人的城市生活,身体里布满了孤单。我觉得,我的孤单多是因为我的路线固定,去卫生间,去办公室,去菜市场,去一个烩面馆,去一家书店,去同事李明天的住处,去一家音像店,去一个小公园。我的许多个日子都被这些地点一一肢解。

有时候,天下了雨,我闷在自己的房间里,就会觉得非常悲伤,那么狭窄的行走空间怎么能容得下我的思想呢。我在那样逼仄而单调的空间里慢慢失去冲撞的勇气,慢慢驯服和妥协。就像一只在温水里游泳的青蛙,看不到外面的火焰,等到水温逐渐升高,我已经没有力气逃出水缸。

我相信,迟早有一天,我会被那拥挤而狭隘的生存空间窒息而死的。

我从那个时候开始和夜晚斗争,我写诗,看黄色影碟,在深夜里对着电脑屏幕发呆,有时候也会冲动地给某个女人打电话,说起下半身的欲望。

我经常在公交车上疏远了自己。仿佛十分钟以前的那个自己已经陌生,仿佛公交车上的那些座位变成了电影院里的席位,我坐在那里,等着自己走上记忆的舞台。又仿佛那公交车一站站地行走,不是通向具体的家或者单位,而是向我的过去回溯,向灵魂深处泅渡。

我沉溺在公交车那种纷纭复杂的环境里,由清晰到模糊,又由模糊到清晰。

有时候,我正在对某一个事情不知所措,可是,从公交车上下来以后,我忽然就清楚了接下来该如何去做。

我真的对公交车有依赖。

有许多次,我经常因为看到坐公交车买菜的老人才突然决定自己要吃什么菜蔬。我还在公交车上听到一个孩子的小名,而想好了自己儿子的名字。我在公交车上看到一个女人收到短信后幸福的样子而想起来应该给我喜欢的女人发个短信息。我在公交车上看到一个胡子很长的人想到自己的胡子也该刮了。

我把公交车当成了我的日常手册,我在一次又一次疲倦不堪的拥挤中发现了自己的勇敢或者孱弱,智慧或者懒惰。

我经常坐的2路车是一班绕城的公交,路线出奇的曲折。小偷扎堆在这趟车上作案。

我有一次看到一个外地人在公交车上号啕大哭,他的五千元现金被小偷偷了,那是他给母亲做手术的钱。

他是一个长相结实的中年男人,哭得很真实。

在他之前,我从没有在公众场合见过一个男人那么真实地哭泣,眼泪是分段落地流出来,鼻涕被他吸进去之后马上就又流了出来。他顾不上这些表面的尴尬了,他有的只是揪心的疼痛。公交车停在了半路上,有人打了110报警。

我带头给他捐了十元钱，全车有不少人给他钱，他一边谢我们，一边号啕大哭。

全车人都被他的哭声打动，整整一天的时间，我的心情都没有转变过来。

那一天，我给办公室的同事，楼下的银行的朋友，一起喝酒的其他朋友一一地描述那个男人的哭泣。

我不知道我的语言是不是很绘声绘色，总之，那些人都没有被我的描述打动，一声不吭。

有一个朋友怀疑地问了我一句，不会是专门表演的江湖骗子吧。

他的话让我的心咯噔一下。但我马上就否定了他。

我说，江湖骗子的哭也很像的，但是，鼻涕不会那么流出来。很明显，那是悲痛欲绝所致。我仿佛生怕自己遇到了骗子一样，拼命地搜集自己对那个哭泣的中年男人的印象。

衣服，说话的口音，眉头，说话时嘴唇的颤抖。虚假的表演和生活的真实永远是有区别的，表演的动人更多的是借助曲折的情节和很漫长的铺垫。可是，这个男人压根就没有说任何关于母亲的病，他只是在那里声嘶力竭地哭，用眼泪复眼泪，用疼痛复疼痛的方式来表达自己。

果然，第二天，报纸报道他的事情，经过公交反扒民警的两天努力，该中年男子的五千元现金找到了，而且警察又捐了数千元钱为他的母亲做手术。

这是我见过的最圆满的一次侦破。

我的手机在不久后的一天也被偷走了。同样是在 2 路车上。刚入冬，公交车上的人很挤。

　　有一个女人拼命地向我身边靠拢，我躲闪开一个缝隙让她过去。可是，她像是贪图我身体的温暖一样，贴在我身边就不动了。

　　于是，每有一个人从她身边向后面挤，她就会下意识地往我身体上靠一下，让那人过去。

　　车堵在一个单行的小路上，走不了了。我想给家里打个电话，结果，当我摸我的手机的时候，发现，手机没有了。

　　我连忙摸上衣兜，也没有。刚才那个拼命挤我的女人不见了。我大声对司机说，有小偷。司机，有小偷。

　　我把司机当成了警察。

　　司机把车门关上，因为车一直堵着，虽然没有到站牌，有些人等不及了，要求司机开门，人家要步行回家。

　　好多人小声地议论，也有男人大声地说，晚了，肯定下车了。

　　我身边的一个女人问我，哪一站上来的。

　　我说，才上来两站不到，前面只停了一站，那一站只下了一个人。我身边挤我的那个女人那一站好像还没有下。

　　司机拨打了 110，然后紧闭了车门。警察来了以后，听完我的叙述，问我，你判断小偷没有下车。

　　我点点头，应该没有下车。

　　警察就用他的手机拨打我的手机号码，竟然通了，他有些兴奋，让我听，然后又趴到我身上到处听一下，他怕我装在别的兜里，

183

一时间忘记了。

结果，手机是通了，但车厢里有些杂，也有其他人正在接电话，听不到我的手机声音。

最无奈的是，我的手机放在了震动上，没有声音的。

警察从前走到后，然后又回来，对我表示无奈。这个时候，路已经疏通了，因为警察没有找到小偷，司机不敢开车。在经过一阵谴责和替我担心之后，车上的人开始不耐烦了。一开始同情我的那位阿姨大概要去医院给病号送饭吃，天一点点暗了下来，她有些急。

还有一个接孩子的老人也大声地埋怨我。我不理会他们，说，你们都等一下，我觉得小偷就是没有下车呢，因为，他连手机都没有来得及关掉。

我的话有道理。小偷偷完手机以后，一般是要关机把手机卡扔掉的。

可是，一时间又找不到，一车的人又不能下，因为每一个人都有嫌疑。

正在僵持的时候，有一个男人的手机响了，是震动。一车人把目光都集中在了他那里，因为，警察正好又拨打了电话。结果，他大方地接通了手机，说，正在车上呢，你们先吃吧。不知道要多久，堵车了。不是堵车，是正好有人手机丢了，一车的人现在走不了。不说了，不说了，你们先吃吧。

他挂断电话以后，又有几个人的电话响了，都是催着吃饭的。说讽刺话的人多了起来。只一会儿，我就由一个受害者变成了施害者了。警察说，没有办法。

我只好和警察一起下车,让公交车走了。

在此之前,从没有想到过,一个受害者,怎么可能那么短的时间就成了施害者呢。是公交车这个拥挤的哲学外围成就了这样的主题。

公交车总会给我一些超出生活表象的结论让我思考。

比如假象。

我刚到这个城市生活的时候总是小心翼翼的。

我基本上都是听从别人的建议,主动地、积极地、节约地、善良地、鄙薄地生活着。

只有一次,我出离平常的状态,对着公交车司机大声呼叫。

是夏天,车上的人很多。我被人挤到了一个角落里,紧挨着一个大肚子的女人,注释一下,她不是孕妇。有两个人从远处跑过来,全车的人都看到了,透过后视镜,司机也应该看到了。可是他并不停下来,而是加大了油门,车像愤怒的公牛一样奔跑起来,把两个年轻人甩在了后面。车上的人很挤,但是再上两个人还是可以的。我大声地叫喊,说,司机,你这么不讲道德,人家都追上来了。

我的话引起了大家的共鸣,一个中年女人说,现在不是不允许拒载客人了吗?

可是,那个司机却不冷不热地说:"那两个人是小偷,经常扮作赶公交车的样子,上车来就直喘气,然后脱衣服什么的,顺便就开始掏钱包了。"

一下子，全车的人都不再报怨司机野蛮了。

在那个年代，小偷几乎都寄生在公交车上，司机非常熟悉他们。因此，有司机拒绝小偷上车，我们觉得非常幸运。

那个司机帮助我们认识了生活中的这个假象，原来，大夏天里，奔跑着追赶公交车的人，并不全是有急事的人，也有可能是小偷。

关于小偷，我还有一次近乎传奇的经历。

一个坐在我旁边的人竟然是个小偷，他坐在座位上，表情安详，那是出人意料的一种表演。

只是，我另一侧坐着的一个孩子突然大声哭了起来，声音很大。孩子的母亲马上把孩子抱起来，说，钱钱不愿意坐，妈妈抱抱。说着，她把孩子抱起来向后走。

我只好给她让路，过道很窄，她看着我，挤过不去，就那样抱着孩子和我僵持着，公交车猛地刹车，她就抱着孩子往我身上靠。我帮她扶了一下孩子，然后就带着她们向后面找空隙。

等到下一站过后，孩子仍在小声地哭泣。

那个女人突然拍了一下我，说，你看你钱包。

我看了一下，钱包还在。

她说，刚才坐在你旁边的那个人是个小偷，我发现他几次三番地想夹你的钱包。我想不出好办法，一着急，只好把孩子拧哭了，然后逼着你往后面走。

我看着她和正在哭的孩子，心里一下热起来。

从那以后，我在公交车上遇到有可疑人员向其他乘客拼命挤的时候，我都会想办法让那个人离开他正处的位置。

我要把我曾经接受过的温暖一点一点地传递出去，我觉得，这是活着的一些证明。

长时间在公交车上坐，会受到各种各样的教育。我宽容地对待各种人，都和我经常坐公交车有关系。

我在现实生活中被人损了尊严或者被人误解了，我很少生气。因为，我总会想起在公交车上，在无意中就有可能被人踩到，被小偷选中，甚至可能被前面的那个女人误解为色狼。和那些人只共同走了一小段人生道路，还可能被踩着或者误解呢。更何况是单位里长期相处的同事，或者生活中长期相处的友人。

我曾经很看不上一个从国外留学回来的女同事，她言必称新西兰。

有一次因为很小的事情起了争执，我最后礼让了她，却把一股怒气憋在心里。

去三联书店找一本冷僻的书，转车到906路，竟然又是很多人。这是这座城市为数不多的空调线路车，上车要两元钱。

等了两站路，终于坐在一位成熟体面的中年人身边。

他向我微笑以后，开始埋怨郑州的公交车空调车太少。

我看了看四周站满了人，随口附和他，说，是啊，人太多了，空调车并不凉快。

那个中年人开始说:"深圳的公交车就不会这样,一来是空调车也多,二则是,即使很多人,车上仍然很冷。"大概是天气太热了的缘故,这辆空调车的冷气不足,坐在车上仍感觉有汗冒出来。

他看我不说话,以为我并不知道深圳的情况,就又说:"深圳的公交车司机素质也高,绝不会故意等客人,你看看这辆车,就是因为不赶时间故意等客人,才弄得这么挤。"

他的话也真的有道理。

一个城市的公交车和一个城市的发展是成正比的。郑州很显然还没有达到深圳的水平,所以,和深圳比有些没有意思。

可是,那个中年人又说话了:"深圳的公交车路线设计得也合理,哪像郑州设计得有长有短的。"他说这些是出于对城市的爱。可是,他每一句开始都说深圳的公交车,不由得让我想起《围城》中那位在英国留过学的老先生的台词:"兄弟我,在英国的时候。"

下了车,我想起办公室的那位海归同事,竟哑然笑了,我明白了,这个世界上总不缺乏喜欢比较的人。

除了坐公交车,等公交车也是一件有趣的事情。

有一阵子,总是在固定的时间固定的站牌拿着固定的杂志信封等车。于是,总是能固定地看到同一个写字楼下班回家的女孩。她差不多每天都换一条裙子。

我试着统计了一下,她几乎有十多条不同样式的裙子。

我们两个总是站在两棵不同的树下面等车,上了车也站在固定的位置。她喜欢往后面挤,我则喜欢往司机旁边的空位置一站。

我手机被偷的第二天,才第一次说话。

她说,你的手机被偷了。

我点点头,说,不小心。

然后,就再也没有话说了。

我们在那里一起等公交车有一年左右的时间,她就不见了,大概是去了外地,为了爱情什么的。也或者是换了工作单位。城市很大,轻易地把我们塞入不同的公交车。

我家附近的公交车站牌很多。

有一次,我提前下班,在公交车站牌旁边的一个旧书摊前停了下来。我在那里翻一本旧得发黄的手抄本中草药的书,内容很私密,却很好看。

我在那里看书的半个小时里,有一个老太太跑过来问了我两次时间。

我看着她提的两大包袱衣物,以及她地道的豫西口音,知道她是从乡下来的,等着人来接她。

我看书看累了,站起身来看着她,听见她不停地唉声叹气,以为她丢了钱,就问她,老人家是不是丢了钱。她看着我,很感激地说:"不是哩不是哩,我等我闺女哩,都半个小时哩,咋还不来哩。"她每句话都加一个哩字,让我觉得很新鲜。

正要和她说些别的来缓和一下她的焦急,她的女儿骑着一辆自行车飞快地冲过来,大声说:"妈,你等急了吧。"

谁知那个老太太却一下改口说:"没有,我刚刚下车,公交车特别慢,我刚下车。"

那个女儿舒了一口气,把行李放在自行车的后座上,和老太太一起慢慢走了。

我看着老人家,觉得特别感动。

等公交车的时候,常见到长裙子的女人在上公交车的时候不小心绊倒的情形。

有一次,从火车站回家,坐了一路人比较稀少的公交车。

车上有一个穿长裙子的女孩,她在等车的时候就大声叫喊着,想要随便找个男人嫁了什么的。

她长得过于一般,且装扮俗艳,说话所选择的词语大多粗鄙。声音很大,总要占领别人。总之,我和车上所有的人都对她白眼。

可是,公交车过一个立交桥的时候遇到了红灯。

那个女人竟然拍着车窗大声对着一个正在打扫道路的清洁工大声叫喊,妈,妈,妈。

她的母亲听到了,张着嘴巴说了句什么,但离得太远,风把她的话吹到了别处。

车上装扮俗艳的女孩子不管,大着声音对她的母亲说,我去给你换衣裳,衣裳。

这次她的母亲仿佛听到了,向她挥挥手,表示同意。

那个女孩子不说话了,车一下子安静起来。

全车的人都被女孩子教育了一下。她在公交车大声叫她的母亲,而她的母亲竟然是在立交桥下面打扫卫生的清洁工。

这是多么值得炫耀的母亲和女儿啊。

我的心为这个长相粗俗的女孩柔软了一路。

有时候,公交车会把道路塞死。我只好下车步行。

然后会发现一段从没有走过的道路,那两边的店铺名称远离自己的生活。

还有一次,大雪覆盖了我们所在的城市,道路瘫痪了。

我从单位步行下班,走到住处附近的时候天已经完全黑暗。

我发现有一辆公交车坏在了十字路口,有一只尾灯一黄一黄地提醒着其他车辆。

我费了很大的劲儿才绕过这辆公交车,我向西走,拐入一个黑咕隆咚的小路。那条还没有正式挂牌的小路就是我们小区所在地。

我三番五次地被雪和黑暗滑倒,手上身上全是泥。

突然,我身后面递来一股灯光。是递来的,是那个已经坏了的公交车的司机,听到我摔倒的声音,把车前灯打开了。

那灯光曲折地照耀了我的一小段人生,让我对公交车司机这个职业有了温暖的理解。

在城市里生活了多年,我全国各地行走了多个城市。

火车、飞机、轮船等交通工具,我都不止一次地坐过。但从不会依赖上它们。

我只依赖公交车。

每到一个新城市,我也总会买一份地图,坐公交车去找朋友或者会议的地点。

我极少打个的士直接到目的地，然后开完会，再打个的士到机场。我不想错过任何一个阅读城市的机会。

我在成都的公交车上意外遇过一个外国女孩，她陪了我一天，并相互留下了联系方式。

我在北京的地铁上遇到过一个同行，我们两个竟然拿着相同的一本米兰·昆德拉的小说，为此，我们相互交换了一下，并成为朋友。

我在上海的一个小街道等公交车的时候遇到一个河南女孩，她带我到上海的一个小街巷吃了最正宗的河南烩面。

我在海口的公交车上看到一家大型超市开业，下车就去里面闲逛，竟然成为那里的前一百名幸运顾客。

手机丢了以后，曾经有好多朋友说，不要再坐公交车了，自己买个交通工具吧。

我当时就说，不能因为有可能离婚，就不结婚了。我也不会因为公交车上有小偷，就不坐公交车了。

坐公交车和结婚，竟然被我联系到了一起。

有时候想，结婚不过是两个陌生的人慢慢熟悉并产生温暖的感觉。而坐公交车也一样。

长期坐某一班公交车，也会逐渐习惯那班车的气味、话语的环境、每个站牌处上下人的情形等等。

我曾经在公交车上把一个青春女孩一天一天地逼成了孕妇。

　　我从外地出差回来,除非是深夜,除非拿了厚重的行李。一般情况下,我要坐公交车回家。

　　仿佛坐在公交车上,才能找到与这个城市的某种联系。

　　公交车,是一个阶层的表征,它界定了大多乘客的物质和精神状况。但同时,它也是最精彩的一个剧场。我们自认为看懂了它,却往往被它的节目戏弄。

远行或忆念

之一 去火车站

去火车站,要坐 37 路车。那辆车较拥挤,却也有好处,可以见到各种各样的人。如果幸运,还可以被小偷光顾。我的确有过这样的经历,去火车站的路上遭遇了小偷,钱包没有了,证件和钱都没有了,接下来所有的生活秩序都被打破。每每想起,都会下意识地用手捂住自己,露出卑怯。

这座岛屿城市的火车站设置在一个码头上,距离市区遥遥得让人绝望。这大概是全国最为独特的火车站。这里一天只有三班火车进来,同样,也只有三班火车出去。我亲眼看到过那火车进来的模样,很残酷的,因为要过一个海峡,火车不得不被分成三截,装到一艘巨大的船上,然后抵达岛上。

这是全国最为安静的火车站,乘客少,所能想到的色彩、食物、声音便也少了许多。这里的安静与“火车站”三个字相矛盾,这多少有些后现代的意味。是啊,现实经常用出乎意料的方式来解释这个世界,让我们长些见识。

每一班火车到来时都只有少量的出租车有序地停在候客位置,也有停在出站口不远处的几辆公交车。即使是第一次来到这个地方,也不会遇到举着宾馆名字拉客的人,更没有色情暗示,有的不过是零星的接待游客的旅行社导游,又或是接站的亲人或情人。临近年末的时候,这里的温度适合拥抱,适合大声说甜言蜜语。在温润的风中,若是一个人来到这里,会有意外的孤独感。

我在37路车上,想象着那火车站附近的荒芜。有趣的是,我有一次去车站里的公共厕所,看到门板上的各种留言,十分文学。是的,是小说的风格,且多乎下半身,这是城市发展的一个必然阶段吧。

要四元钱。我等着那个嘴角有些翘的女孩子找零钱给我。

一直等。

她大概忘记了,不停地和司机说笑,她用我听不懂的方言,那是一种没有文字的方言,我相信,每一个字的发音都让我联想到把草拔出来,是的,我觉得,她的笑声有泥土的味道。

她说得高兴,嘿嘿地笑,完全不顾我一个人站在旁边等着她找零钱。

公交车到了一个医院门口,仿佛并不是站点,却停了,上来两个扛着蛇皮袋的人。有一个人的眼睛很深,像是有仇恨藏在里面。这是南方人的面部特征。

那个售票员把深眼窝的男子手里的钱转手就递给了我,我这才明白,原来,她手里没有零钱了。那个深眼窝的男子看着我将他的钱塞进裤袋里,仿佛有些错愕。也是的,一分钟之前,我们两个谁也不会想到,他需要将手里的钱递给我。这仿佛有些哲学。

我猜测那个蛇皮袋子里的物件,突然,一只红冠公鸡就从蛇皮袋事先设置的破洞里露出头来,另一侧,一只母鸡也探出头来。这情景很喜剧,我想到了在乡下过年,那些扛着黑山羊皮或者活鸡活鸭的乡邻,坐在三轮车或者四轮车上,把手袖在衣服里,把脸上写满过年的喜庆,见到人就会问:闲了吧,过年多吃点肉。

有一个老者,戴着样式奇怪的帽子,我查了一下,不是八角帽,大概是六角吧。我暗暗地想,如果是五角该有多好啊,就像一个五角星。

我离他很近,能闻到他头发上飘过来的油污味道。我觉得,他像是个修理自行车的人,然而他的衣着又过于光鲜,所以,我对他的职业有些模糊。不过,他大概不耐烦了我的猜测,在一个医院门口下了车,仿佛还没有到公交车站点,又或者是临时的站点,总之,他动作缓慢地下了车。他差一点踩到那只伸出头来的公鸡。

我坐了下来。把头靠在车窗上,看着外面的建筑。

这一带全是旧式的建筑,房屋很低矮,这些旧房子里储存了这个城市的部分记忆。刚来这个城市的时候,我参加过一次旧照片展览,知道这些房子的繁华往事。

我觉得,这些旧房里,一定也有曲折感人的故事。被历史的尘埃覆盖住,被一声枪响逐赶,成了隐藏和过往。

我的旁边不知道什么时候贴过来的一个丰满女子,是贴。她站在我座位的旁边,仿佛有晕车的症状,眼睛紧闭着,像是等着另一个人藏好了去捉的游戏者。她的格子上衣布料好看,胸部有一枚徽章,我抬头看的时候正好反光,看不清那上面的头像。

她的眼睛始终如一地闭着。她的眉头也闭着。痛苦的表情表达了她此时内心里的影像,大概关乎争吵、恶劣的生活环境、被撕扯的尊严,甚至某一次感情上的疤痕。

她终于忍不住了,突然蹲在了我的身边,干呕起来。我有些不知所措,我下意识地挪动了我的腿,她的手刚好扶在我的腿上。她终于没有吐出来,脸上的红像是刚刚经历了一场初恋。我连忙站起身来给她让座,她眼睛似乎没有睁开,有气无力地说了一声谢谢。她的声音让我想起售票员,那个说着方言的本地女子。

那个售票员此时也闭着眼睛,表情严肃。

车子在市区里走了三十多分钟,此时已经走到了市郊,那个扛蛇皮袋的深眼窝男子在一个工地附近下车,他的头发有一缕从后面翘起来,造型独特,临下车时,他恶狠狠地看了我一眼,这让我吃惊不小。我想,大概是因为我从售票员的手里拿了他的钱吧。

拥挤的公交车被漫长的距离分解消化,过了假日海滩,车厢里慢慢松散开来,一个一个都找到了位置。

我坐到了最后一排,我的后面是一个水桶,车子刹车的时候,那水桶便发出咚咚的声响。

窗外有风,我穿了一件红毛线 T 恤,还有一件外套。我看着车子里安静的其他人,突然觉得有些困。

之二　火车票

我经常在某一本书里夹一张火车票,去深圳的,去北京的。翻书时无意中翻到,看看日期,便会在内心里打捞出被尘土覆盖的那次旅程,细节的,或者温暖的。

也曾想把坐过的火车票按日期编号收藏起来,身体到了外地,心灵却停留在故土或者某个相恋的女子身上,如果看到那过往的一张张旧车票,我一定会被定格在旧时光的画面击中,我一定会陷入某一张火车票作封面的旧故事书里面,在尘土覆盖的册页里,翻出无数个行走在青葱岁月里的自己。

火车和距离遥远有关系,我总是偏爱那些望不到尽头的铁轨,第一次看到它,就觉得这是通向未来的一些诗句,一行一行的,质地坚硬。

有一次去深圳,我在火车的厕所里尿尿,看到窗外野地里奔跑的牛羊和收割稻谷的农人,还会害羞。用“害羞”并不准确,因为火车很快就掠过了这些静止的人群,像手指掠过钢琴的高音部一样快速，我看到这些安静而勤劳的农人，忽然想到自己正在做的事情，觉得对眼前的一切是那么不敬。

多数时候，我会在火车停下来的时候下到月台上站一会儿，要接一下地气。看看那些奔跑着向火车靠近的旅行者，就会感觉时间在他们的身体上，时间不在我的手机里，不在停泊在月台表情呆滞的卖方便面的当地人脸上，时间在那些奔跑的人紧张而快速的话语里突然凝固，变得短促而狭小。只一会儿，我还没有看清楚这个城市火车站的大概轮廓，火车就鸣笛了。

我终于被列车员堵在了外面，要求查验火车票。

我的火车票已经换成了卧铺牌，小小的，铁质的，太容易丢失，我把那个小小的铁片放了在随行的文件包里。下车时未带出来，这成了我难以解释的纠结。我告诉她，我在十六铺，中铺，我的茶杯是不锈钢的，我对面的中年女人烫了头发，她的那个两岁半的女孩子哭个不停。这些都不管用，她死死地把住门，不让我上去。

那一刻，火车票成了她抵挡我的坚硬的盾牌，后面的乘客着急地推搡我，把我拉到了一边，他们持票上了车。只剩下我一个人。火车的汽笛声又一次响起来，好像随时就可能离开站台，我由刚才的骄傲野蛮趾高气扬到无力绝望彻底泄气，我站在那里，做出了最后冲上去的姿势，倔强地看着那个列车员，谁知她忽然和气起来，仿佛之前都只是在演戏，她很平静地说，你真的在十六铺中铺？我已经没有力气和她争吵，只有点头，很用力地。

就在火车启动的那一刻，她一招手，让我上来了。

她跟在我后面，直到我走到十六铺，找到那个卧铺牌，才道歉。她说，上一次车有一个人偷偷溜上了卧铺车，偷了很多东西。

她用各种比喻完成了她的解释：忽略一个没有票的人上车是不对的。尽管我仍然心里不平，但在逻辑上我已经躺在了车上，内心里忽略了时间咚咚的脚步声和紧迫感，渐渐地不以为然，并开始和对面的同路人说起经济和政治来。

和那次惊险而尴尬的忘记随身携带车票相比较，我现在正面临着购不到卧铺票的郁闷。

连续两天，我转车坐 37 路公交车，和一群陌生人一起，怀抱着对遥远的模糊了的家乡的想念，去买票。

第二次去的时候，下了小雨。一路上的风景都模糊着，像是到了一个陌生的城市。

公交车停下来的时候，我有些争先恐后，第一个下了车，甚至在那片草地上跑了几步，我怕车上的人都和我一样，是第二次来买火车票的，可是，我转过身来的时候，才发现，竟然没有一个人跟过来。我被自己的举动逗笑了，我过于认真了。

依旧是没有票。我忽然找不到话说了，我知道，面对那个表情漠然的售票员，我说不出更能打动她或者激怒她的话语来。因为所有平淡的、无力的、恶毒的、激烈的话都被不同的人说过了，我无论说什么，对于她来说，都像电视里没有创意的广告词一样，让她厌倦。

我站在那里愣愣地，酝酿了很久，才夹杂着埋怨说了一句：我打电话的时候你们说有十天后的票，我才来的。你们要赔我路费。

　　那个售票员说：排队的人很多，只一会儿就卖完了。

　　我有些不信，脸上的表情恶狠狠的，但却想不出更为准确的词语来击倒她。

　　平时，火车票并不难买的，这个火车站像电影院一样，若在平时，根本坐不满。这些售票员寂寞地坐在售票口，像一个受到观众冷落的导演一样，希望有更多的票卖出去。

　　我没有虚构。

　　这个岛屿上，最为繁忙的交通工具是飞机和轮船，火车站是一个寂寞的所在。

　　我从那个窗口出来就听到后面一个个头凶猛的年轻男子和那个售票员吵了起来，那是一个储藏着大量恶毒词语的年轻人，他骂人的词汇像砖头一样，能把对方砸晕。里面的售票员突然闭上了嘴巴，不理他，也不伤心。

　　我受到了教育，忽然觉得，那个表情冷漠的售票员也不容易。

　　需要接受多少次被毒骂的训练才能变得这样无动于衷啊。我做不到。我对自己做不到的事情，而别人做到了，就不由自主地心生佩服。

　　有一个操着山东口音的中年妇女截住了我，说，您到哪里去啊?

　　还没有等我开口,她又说,我有两张到广州的卧铺你要不要,我和老公决定不回去了,儿子要来这里。

　　我摇了摇头,她便走向了另外的人。

　　我看着她向一个又一个人重复她刚才向我说过的话,她的话像写日记时记录下来的天气一样,变化并不大。

　　我想起有一年夏天,我给一个亲戚的孩子订火车票。卧铺。

　　正是暑期运输高峰的时候,那票是从一个旅行社里加了费用得来的,却没有派上用场。亲戚家的孩子临时决定勤工俭学,不回去了。

　　我拿着票在火车站的售票室里出售,看着一个又一个买不到票的人,我不敢叫住人家。我大概有些害羞,也许是矜持,想不出第一句话该说什么。

　　火车站把人性的善良掩藏得严实,和在公园里、餐厅里或者和朋友的聚会上不同,在火车站里,陌生人被骗子、死亡、小偷等等词语捆绑在一起,让人戒惕。

　　直到我从厕所里出来,那个中年妇女手中的火车票仍然没有推销出去。她显得焦急,那是失去目标又失去耐心寻找目标的焦急。

　　我真想上前劝劝她,不要焦急,要慢慢等,一定会等到的。我有这样的经验。

"卧铺"是一个舒展的词语,听到这个词的时候,我基本上联想到躺下来,像一个完整的诗句一样,被放在了春天里。

读书时不在意这个词语,觉得这个词语有些奢侈,每一次坐火车都是硬座,把青春挤成逼仄的一页,夹在那破旧而繁华的硬座车厢里,从故乡走向陌生的城市。

后来,工作了,第一次出差就遇到卧铺,是和一个领导一起,上车以后补的卧铺,有列车员微笑着给我倒水,是冬天,那水在杯子里升腾出一股迷人的水汽,像童年时遇到的一小截迷惘一样。

我在那个中铺上看完了王朔的《看上去很美》,吃了两碗方便面和两包四川榨菜,还和睡在对面一位可人的女大学生说起了理工科女大学生的若干出路问题。我分别就个人浅显的工作经验对这个社会的当下和未来做了色彩斑斓的推测。我的言说辞藻华丽,时不时地透露出对于某种社会风气的不满和偏激的观点,我为我自己突然生出的这种连绵不断的言说能力而吃惊,进而暗暗得意。

我感激那充满着激情奔跑的火车给了我与众不同的灵感,是的,我在平地上,从未发现自己有如此敏锐的遣词造句的能力。我获得了十分满足的赞美。

我甚至借助于自己的话语看到自己在尘世的楼层上一层一层地登高,我看到了更远的风景、尘埃、甚至是悲伤和遥远的自己。

大概是从那一次,我喜欢上了中铺。有一次,我巧合地买到了以前乘坐的同一个车厢的下铺，我神经质地跑到我曾经睡过的中铺去看，发现是一个小伙子，就说动了他，我们换了位置。我的对面是一个中医学院的老师，我们聊天，我从那里听来许多关于身体的认知，手掌上的穴位、面部表情、身体内部的季节及河流的流动。甚至，我心血来潮地和他讨论男女性事在中医学上或者养生学上的渊薮，虽然矫情，依然可乐。

后来，这种喜欢中铺的习惯已经延伸到我生活的各个角落里。譬如，在开会的时候，我喜欢坐在中间。睡觉的时候，睡在床的中间。甚至煮面条的时候，我也喜欢打破一枚鸡蛋，放在沸水的正中间。

从火车站回来，我的情绪被这样一种拒绝遮蔽，找不到出口。

火车票是一扇通向故乡的门，虽然只有方寸那么窄小，却有着深不可测的容量，把手伸进去，会打捞出泥土芬芳的植物和亲情。

在回程的车上，我遇到和我遭遇相同的人，表情严肃着，或枯萎着。

我在网上看关于火车的新闻，拥挤的，热闹的。忽然就想坐在候车室里，和许多人一起，心里默念着家乡或者亲人的名字，仪式一样地等着火车到来。新闻里还播放着雨雪天气对交通的影响，以及火车站里发生的数以千计的感人的分别的故事。

在外地工作了这么多年，多数情况下都是要回我乡下的老家过年的。那天在电视里看到一个介绍大马哈鱼的片断,觉得人类也是大马哈鱼的一种,总有一种回到出生地的冲动。

每一年接近爆竹炸响的这几天,身体里会有一个指针指向了我的出生地——河南东部的一个小村庄。我需要回到那个院子里,呼吸一下那个村庄的空气,听一下那里的狗叫声,查一下老人在去年里又死了几个,然后和同龄的人说说庄稼、父母亲及身体。

仿佛那里有我永远汲取不完的营养,又仿佛那里是我身体里的某个伤口,需要我不时地去舔舐,去吸纳,去酝酿,去种植,去索取,去反复回味。

是啊,身体里的铁质只属于那一片磁场。那里声音是有磁力的,水的味道是有磁力的,儿时的伙伴们是有磁力的,屋后的一口老井是有磁力的,在家里的相册里放着的一些黑白照片是有磁力的……

这些场景或者声音像一连串的爆竹一样,在旧历岁末的时候在我的心里炸响,把我血液流向了家乡。

我可以乘飞机的。那是一种更快速的时间机器。和火车不同,飞机是喝醉了的,在云里雾里行走。飞机把紧急的事情变得缓慢,它用速度减少了人们的好奇心,甚至标榜了人的身份。

我却并不喜欢它。我不能在飞机上阅读,我尝试过,但只一会儿,我就会头痛欲裂。还有,在飞机上,我失去了行动的自由,被安全带捆绑在座位上,除了看窗外的云朵,我找不到任何乐趣。

相对于火车卧铺票的舒适度,飞机显得过于资产阶级了。它飞快地生活,尖叫着生活,拥挤着生活,成本高昂地生活,却又小气地生活。

从我工作的这中国最南端的岛屿回到故土,飞机只需要三个半小时。而火车却需要整整二十八个小时。可以想象,这是多么慢节奏的生活,这些时间在火车上,除了酝酿对亲人的思念,还可以和中铺对面的女大学生或者中医院的医生交流不同的人生经验,然后哈哈大笑。还可以带一本品位不凡的书来为自己的内心作色彩丰富的宣传。这些年来,我在火车上看完的书和在卫生间里看完的书最多。其他的时间,仿佛除了胡思乱想,我几乎没有怎么看过书。

想到这里,我需要思考一下,这一次,我要带一本什么书上车。

带一本哲学书吗? 我的书架上有福柯的《性经验史》,但太厚了,有些沉,而且名字也不适合在大庭广众下显摆。那就带一本鲁迅的书信集,我读了几年的鲁迅书信集,却仍然没有读完。那些书信需要慢慢地阅读,细细地消化。但我的书架上这一套鲁迅书信集有些破旧,不适合旅行携带,说不定会散了架的。我决定带一本汪曾祺的《矮纸集》,是一本小说集,里面收录了汪老全部的经典小说。嗯,这样想着,真是好。

我的同事帮我买到了卧铺票。过程曲折,像一个舞蹈,我托了我的同事,我的同事托了他的老乡,他的老乡又托了他的领导。

我第三次去火车站。大概是心情里加了糖,我很耐心地看公交车里的电视机里播放出的广告,很耐心地看,我的表情也一定是笑着的。

这一次,我没有再争先恐后地下车,我慢悠悠地,我先去公共厕所方便,释放了一个半小时积存的思想残余。然后跑到售票窗口取票。结果等到的回话,依旧是冷漠的回答。

大概是因为我没有说清楚吧,我想。

我试着咳嗽了一下,清了清嗓子,提高了声音,并拿了同事的老乡的领导来做敲门的暗号,说:是蒋主任来让我取票的。

那个戴着镀金框眼镜的女售票员直直地盯着我,像是审视着我,眼睛都不闪烁地回答:哪个蒋主任,我们这里没有得到通知。

如果时间停在那个女售票员回答我的这一瞬间的话,我一定会憎恨这个世界的。因为,当时我有了一种被愚弄的感觉。不是被忽视,也不是被遗忘,这些不是我重要的穴位。而被人愚弄,我觉得有一种被击中的伤感。

尽管那天我最后取到了卧铺票,仍然深深地陷入那种尴尬的情绪里,久久不能挥去。

回来的公交车上,我掏出那张卧铺票仔细地看,时间是2002年2月1日,车次是T202。

这是一枚能带我回到母亲身边的邮票,我给自己贴上这枚邮票,贴上想念,贴上委屈和转折多次的跑动,贴上一本书的文字,贴上二十八个小时的时间,贴上一路上的雨雪,贴上和陌生人渐渐熟悉的过程,贴上食物,贴上疲倦和偶尔的兴奋,寄出。

我希望,在邮路上,我没有被损害。我希望,在路上,我可以用这枚卧铺票换取温暖、营养和美好。

之三　候车室

火车站是一个容易忘记自己的地方。明明已经看了很多遍车票了,但坐在候车室里,老会忘记自己的车次和车厢号。眼前的人也换来换去。几乎,在火车站里,我们不可能认识一个陌生人。

去送人的时候,往往也只会看着要送的亲人或者朋友,目不斜视。那应该就是火车站里众多人群的标准表情吧,虽四处张望,但眼睛里的东西是模糊的,卖报纸的人的面孔是模糊的,邻居坐的孩子的面孔是模糊的, 甚至在公共厕所里遇到一个外国人也是模糊的。

这些面孔的模糊和候车室这个特殊的地点有关,几分钟以后,坐在这里的人将被载向不同的方向,未知、遥远,甚至难以猜测。如果是在宿舍里遇到这些面孔,那么,我们一定会记住他们的,如果是在卧铺车厢里遇到她们,记忆也会保留数个小时之久。但因为是火车站,记忆像是一块吸满了水的海绵,这些人的面孔很容易被挤在空气中,一点一点地模糊。

我有一次被火车扔下的经历。等到我横冲直撞地赶到月台时,那火车慢慢地驶离。我愣愣地在那个站台上发呆了很久，喘着粗气。一个车站的穿制服人员走过我身边，又退回来，拍拍我的肩膀说，堵了吧，不要灰心，去改签下一班车就行了。那是一个声音憨厚的中年男人，像我的父亲。当时我心里黯淡，头都没有抬起来。我看到的，只是他的背影。

候车室里常有打扮得异常妖艳的女人，她们孤独地站在某个角落里听音乐，或者和一个比她们大许多的男人说笑。但是，如果上了火车又遇到她们，你才会发现，刚才看到的那个女人并不是她。是的，即使是花枝招展的女人，在候车室里，也是面目模糊的。

我喜欢在候车室里来回地走一走。

坐第一排椅子上看到的是一群穿戴整齐的大学生，他们洗得干净的白衬衣表达着他们的生活质量，他们有充裕的时间打扮自己，甚至他们要谈一场为几十年以后反复咀嚼的恋爱。我看着他们在那里热情地谈论火车过大海时听到的声音，听他们哈哈哈哈地大笑，那么肆意又天真，突然就觉得自己也是一个学生。

十年前的我，坐火车去另外一个城市看望通信已久的一个女生，在火车上丢了钱，却遇到另外一个女孩，收获了一份短暂的爱情。

坐在第二排的时候，可以看到一个吃馒头的老太太，她很认真地坐在那里吃馒头，水在她的花布包上面，是用大瓶的可乐瓶子接的凉开水，她的表情那么安静，看不出她的哀伤和喜悦，她仿佛就像一尊佛。

我一个人的时候，在火车站里会到卖杂志报纸的摊位去翻一下，那里的杂志通常比外面贵一些，一些合订本的封面上打出血淋淋的标题，杀人的杀人，偷情的偷情。卖报纸杂志的通常是穿铁路制服的中年女人，她们一眼就看出我不会买那些色情的杂志，眼睛眯眯地望向不远处墙上的钟表，仿佛我并不存在。

　　洗手间里有一个孩子蹲在地上尿尿，尿完了，大声叫爸爸。一个手里拿着卷纸的戴眼镜男士站在那里发呆，没有听到孩子的叫声，于是，那个孩子便又一次大声叫，爸爸，爸爸。

　　每一次进入火车站，我总会觉得，每十个人中，一定有一个人是小偷的。于是，我试图判断出哪一个人是小偷，一个一个地仔细观察，我认为小偷也不一定非要穿得破烂，小偷甚至还会拿着手机打游戏吧。我这样想着，盯住一个头发有些乱的年轻民工看个不停，直到他发现我仍然没有放弃的打算。我看着他喝水、打嗝儿；看着他站起来，拿着手机东张西望；看着他盯着一个女人的胸部看；看着他从自己的包里掏出一个苹果，用手抹了两下，塞进嘴里；看着他大声叫一个人的名字，并拼命摇动手中的手机；看着他把另一个座位上的大包搬下来，让来人坐下，大声说："他们两个的车票，我已经给他们了，只等着你来了。好的，我们找一下他们。"

　　直到这个年轻人离去，我才知道，他是在这里等一同回家的同伴，我看他的时候非常专注，旅行包不知道什么时候被邻座的一个老人放在了地上。

　　我当时心里一惊，如果这个时候有一个小偷拿走了我的包，那我一定一无所知。

我去过全国不少城市的火车站,见到过不同方式的分离。拥抱在一起的,大声叫着名字的,亲吻的,羞涩地摆手的,默默离开的。

我去送一个亲人,她挎着一个草编的包,那包里放着化妆品、梳子,我也曾经把几张公交车票放进去过。她的包很惹人注目,草包,这是一个有些让人联想丰富的名字。

我和她说了很多话,关于食物,衣服;关于一本书的名字,一份报纸的版面;关于一个网站上订的书;关于火车是不是晚点,上铺的空间增高了,中铺容易攀登。说完了话,就相互看着。她的身后坐着一个军人,扣子很严整。一会儿,那个军人站了起来,咳嗽几声,离开了。

那个座位空置着,像一个小小的舞台,先是一个孩子坐在那里把腿跷跷地来回摇动,然后又坐了孩子的妈妈。

有一个皮箱拉了过来,一个打扮得像运动员一样的帅高小伙,他只坐了一秒钟,大概看到了临窗的位置空着,马上拉着皮箱飞了过去。又一个打电话的女孩子坐在了那把椅子上,她有一个大耳环,来回晃。她说的不是普通话,她的声音像是一串点着的爆竹,突然就爆炸一个。

一个戴眼镜的中年男人坐在了椅子上,掏出一本杂志,默默地看。大概过了几分钟,那把椅子上又换成了一个戴眼镜的女人,也一样在那里默默地看一本杂志。就像是刚才那个男人是个妖怪,忽然就变了性别。

我坐在那里,一直观察着那把空白椅子,觉得那是一个小型的剧场。坐那里的人像是被导演好了一样,一男一女,一男一女,也许就这样无止境地演出下去。

火车没有晚点抵达,检票员通知的时候,候车室里的人全都站了起来,箱子轱辘摩擦地板的声音,风吹动窗子的声音,催促孩子穿好衣服的声音,急着挂电话时发脾气的声音,搅和在一起,异常生动和热烈。我忽然觉得身处一个宏大的剧场里,排队、听旁边的人说话、微笑着把一张车票掏出来、给抱孩子的一家人让路,这所有的动作,都是掌声,积极又谦卑。

我和其他送人的一样, 把包放在上铺的货物架上了, 然后下车,看着车一点点地启动。

忽然就想起有一年夏天,我去一个陌生的城市工作,送我的女孩子哭了,我坐在火车上看着她一点一点地变小,模糊成遥远。我想,我们的一生都像坐火车一样吧,要需要耐心地等待,需要排队、拥挤和尴尬,才能往更远的地方去。

浮生记

之一　忆念记：亡人

年初三接到一短信,大学时的一位老师死了。他对我的好,均在记忆里封存着的。听到他的死,那些记忆瞬间散开,变成隐约又模糊的悲伤。

老师姓寇,他喜欢穿浅色的夹克。他在秋天带领我们全班学生看菊花,去龙亭公园。公园被两个湖夹着,像个岛。他走得很快,也不拒绝学生们和他照相,他笑着,一双手揣在兜里。然后就让我们写诗,关于菊花的。我那个时候是个狂热的诗人,抒情得很,不放过任何一个事物。我写了一组诗。其中有一首诗的标题叫作《饥饿天空蓝蓝的》。寇老师就在课堂读我的诗,读完以后,笑一笑,说,不懂。

虽然不懂,老师还是完整不动地发在了校报上,老师那时候编辑校报副刊。

他教授写作课。

我又想起他冬天戴着鸭舌帽的样子,深色的鸭舌帽。下雪了,他戴着帽子走进教室里,后来,他在黑板上画柳树,还有天空里的云彩,还举我的那首诗的名字,他说:饥饿的天空蓝蓝的。

　　我去过他家里一次,还吃了他们茶几上的苹果。是冬天的甜,我回到宿舍,一路上都觉得甜。

　　然后他就退休了。

　　毕业后再见到他,他笑着说,我是他最后一届学生。

　　我到了一个县城工作,宣传部。我工作的主要内容是下乡,和一些养猪的人打交道,种蘑菇的,还有骑着红色摩托车的村支书。

　　我和一个乡干部交了朋友,他开着车带我去偷农民的西瓜。正在吃西瓜,传呼机响了,那是1997年,我有了第一个通讯工具。等我回到县城,回过去电话,竟然是寇老师。

　　他精神出奇的好,依旧戴着深色的鸭舌帽。是夏天,但我知道,帽子戴得久了,已经成为身体的一部分了。

　　他住在宾馆里,有专门的司机。原来,我所工作的那个县城的县长是他的学生。吃饭的时候,我和那个县长握手,在老师的眼里,我们的区别不大。吃完饭,老师坐着车子走了。渐行渐远,模糊成一片秋天的叶子。

后来就知道他有了病,版本不同,有说是家族的病,又有说做了手术,切除了身体里的某个器官。听到这些消息时,我正在奔波于某个外地城市。老师的模样已经模糊成一顶帽子,深色的鸭舌帽,还有那句鼓励我的话:你要珍惜自己的羽毛。

我的羽毛。有很长一段时间我被这句话纠缠,有些莫名,我找了好久,我想知道,我的羽毛究竟躺藏在身体的哪个部位。

老师的那句鼓励,是希望我用自己的羽毛飞翔吗?

的确。每一个人都是要飞翔的。只是出发点不同,方向不同,最后所抵达的地点也不同。

老师并没有飞翔,又或是,我们遇到的时候,他已经停止不前了,他的羽毛被岁月割刈。他一定是对羽毛有深厚的感情,一旦发现我的羽毛,就有爱护的冲动。

他停在了冬天里,年刚刚过,他就去了。他一定是喜悦的,在鞭炮声里整理自己的羽毛,然后用尽了力气,乘风飞去。

年初五上午,我参加了老师的追悼会。那天殡仪馆里人出奇的多,哀乐把所有人内心里的敏感与好奇一丝丝剥去,只剩下冷风和寂寞。

死,是对生者的一种告别。

在那个把人化成烟和灰的场地,人的表情被简化成夜晚,暗淡、绝望。我遇到几位大学时的老师,都只是说几句简单浅近的话,随即就被殡仪馆里的气氛埋没。

那一天,排队火化的人有六个。那是六个悲伤的主题,分布在到场的所有人的面孔上,所以,整个殡仪馆被混乱和陌生笼罩。那些低语声像一段破旧的视频,被哀乐裹挟。我在一棵古树下站着,等着通知我的同学找我。

见面后握住手,说简单不过的话。

那不是一个适合讨论或叙旧的地点,打电话的人把声音压得很低,初次见面的人,握手时紧紧地控制着微笑的尺度,似笑非笑之间突然就停止了,然后安静下来,被哀乐席卷了,成了站立或者静止的空壳。

我想起老师深颜色的帽子,我想到菊花,想到他读我的那首《饥饿的天空蓝蓝的》,觉得这些记忆突然就模糊了。变成草,荒芜的草。变成被人踏成泥泞的一场大雪,模糊又不急于融化。变成紧急的奔跑,走到河边止步。变成一声尖利的刹车声,变成大雾,变成跌落在河流中的书籍,那些文字渐渐被水冲洗掉,成为令人心痛的白……

在殡仪馆,极容易丢失自己。大概是身体和灵魂分离了,又或者是灵魂被沉重的音乐和气氛逼走了。

一拨人进去,另一拨人出来。殡仪馆很小,来来往往的人们,在这里让灵魂得到清洗。

我沉默的时候会东张西望,心里想,如果某一个陌生人似曾相识,那一定是我的灵魂临时跑到了他的身体里。

我忽然有了在殡仪馆阅读现实版《聊斋志异》的兴趣。时间并不对,抬起头,就能看到,饥饿的天空蓝蓝的。我却顾不了这些了,我想在那距离死亡只有几十米的殡仪馆院内寻找一个真正死去的人,我要找的不是我的老师,也不是其他等待着火化的尸体。我想看到一个如花一样的面容,在某个角落里冷观世人执著于小悲伤和小欢喜,然后突然飘去,变成凌寒独自开的梅花,又或是变成某棵树上叫声尖厉的鸷鸟。

　　当然,这只是我的一厢情愿,我并没有看到躲藏在众人身后的逝者,我看到的多是被世俗击打得只剩下平庸表情的人。他们屈服于任何一条戒律,更服从于任何一种价格,他们在小节上讨价还价,却丢失了人生最为丰硕的精神领地。是的,那众多被哀乐包围的面孔,让我联想到屈服、恐惧、庸常和失意。这个特殊的场地,它用一种特殊的背景音乐,画出了众人的精神特质。那么令人悲伤。

　　我也是这样吗?

　　在殡仪馆里,我仔细地检阅了我一年来被世俗生活击中的伤口与无奈。

　　显然,我距离死亡尚远,但那种庸常的苟活其实和精神活动无关,我宁愿身体死了,而精神依旧活着。就像我死了,我的灵魂照耀着其他人。

　　灵魂的事,在殡仪馆里成了一种困惑,像大雨,湿了我想象的翅膀。我去卫生间一趟,又和一位老师努力回忆了十多年前贴在旧墙上的一些片断。向内的。有些灰暗的青春,那么紧张,不堪回首。

我拉不回已经随音乐飘远的灵魂,死亡在这里变成一种燃烧,肉体被烧焦的气味笼罩,像打捞的绳子突然断掉,像一记耳光突然打来。

气味也是可以打人的,声音也是。

一阵哭泣声把气味遮掩,那是对灵魂的另一种追逐。哭泣是碎的,拥挤的,像食物,平常的,却有合适的温度。灵魂和家常的事物接近,食物喂养身体,也喂养灵魂。

食物。我的灵魂被那断续的哭泣拉回,对风,对周围的面孔有了注意力。

但是,我最终没有发现老师的灵魂,在追悼会的仪式完毕之后,我把挂在衣服上的一朵白花摘下来,留在了老师遗体旁边的花篮里。待一会儿,这些纸花将会和其他花圈一起被焚烧,变成一句又一句的祝福。

我看清楚了已经死去了的老师的身体,他没有力气了。

他没有儿子,几个女儿在旁边哭泣不止。那是人间最为简略的诗句,表达悲伤,其格式大致如此:爸,爸,爸……

离开殡仪馆的时候,我抬头看天,看到彻底解决死亡的那个大烟囱。那里正冒着青烟。

我忽然想到老师对我说的那句话:你要爱惜自己的羽毛。

我现在明白了,要保留好自己的羽毛,等有一天,我变成烟,可以飞翔,到天空里。

是啊,那饥饿的天空蓝蓝的,它收容一切,包括灵魂。

之二　聚会记:旧同事

旧同事见面。

我先到。然后是小穆、大伟、马总编、付咏、毕雪征、王琛。刘明霞最后来。这些人,我们先后在一起达四年之久,在一个单位。

叙旧。各自的现状多是喜乐,这和经年的奋斗以及个人能力息息相关。作为当年我们的领导,马总编很欣慰。

我们之所以一直怀念在一起的日子,是因为那段时间是发光的,虽然磕绊,但总伴着喜悦。

细想一下,我们在座的所有人,几乎都把一生中最为美好的年岁给了那本杂志。只是可惜,那本杂志并没有珍惜我们。

时常会遇到这样的人生际会,就像我们年少时喜欢的人,可是,她们有自己心仪的人生方向,根本不珍惜我们。这或深或浅的错愕总会成为忆念的理由,多年以后,每每自己稍稍有了成就,总会想去证明当初的被忽略或者被轻视是她们的损失。

想想,有时又会释怀,觉得一切都轻如落叶,风一吹便不知所踪。

真正的生活属于内心,那种证明给别人看的心态,完全缘于自己的看不开。

聚会的人中，毕雪征和我同事的时间最久。如果用韩东的一句诗来描述，大致是这样的：一天一天，时间把她逼得结婚生子。她大方得厉害。她突然就结婚了。

当然，这个突然是说她的恋爱谈得相当沉默。我记得她大着肚子和我们一起出去旅游，晚上顶着月亮打牌至深夜。

她肚子里的孩子在那个晚上后不久就生了出来，起了个让我们所有人都哈哈大笑的名字：成名家。她爱人姓成。

大伟是和我一起相处较久的同事。他有些胖，显得卡通。他热爱笑，节奏也很好，所以，他出现在任何场合，都会开心。

我们两个一起出差，专门去各个地方政府的大院里大便，出来以后，进行仔细的评价，然后哈哈大笑。我们还对着路边的女孩吹口哨，大声地说，我们有钱，有钱啊。

所以，我们两个一见面，就会想起某次无聊的场景，哈哈笑个不止。

转眼，多年就过去了。

付咏是待得较短的同事，她那时年纪很小。大概正好是圣诞节，她在办公室的小黑板上写寂寞的台词：今夜谁与我同醉。她还在酒吧里抽烟，一副醉生梦死的样子。

刘明霞是外语系的高材生，她声音加了糖，也比别人慢一拍，特别好听。

王琛是变化最小的一个，她善良着，一直待嫁。

旧有的同事聚在一起，我们突然就变成肝胆相照的朋友。一年一年，时间把我们身体上的缺点变成本质善良的标志。那些个不完美成了彼此最为忆念的印记。而完美的优点却又变得平庸而记忆不起。

在座的人除了付咏和王琛，都已经成家，扮演起人生另外的角色，内心被各种诱惑和压力塞满。从模样说，我胖了。马总编风采依旧。大伟和小穆变化不大。毕雪征和刘明霞两个美女变化也不大。

时间过去了多年，我们的内心变化不大，这说明我们延续自己旧有的生活习性，没有刻意地改变自己。是忧伤的，也是令人欣慰的事情。其实，我们每一个人，被日复一日的生活追逐着，每一刻都会变化，内心丰硕，模样枯萎。但有一些根茎是不变的，它根植于我们从起点出发的姿势里，不管开出多少鲜艳的花朵来，都不过是得益于根茎部那一堆牛粪。

吃完饭。我说，我要减肥，我要回到身体的某一段从前的样子。

其实，就像我们在吃饭时所说的，我们回不去了。美好的自己，拙劣的自己，都已经上演了，我们不可能回去纠正了。

我不后悔。

之三　多多记:他是我儿子

上午十时，我抱着赵多多去医院打百日破的疫苗。刚到楼梯口,他就哭了。

医院里来往的医生或是打扫卫生的人看见他,都笑,说,看这个孩子的眼睫毛。

他不亲昵我,即使是我抱着他,他也是做好了随时离开我的准备,每每是这样。这一次,他突然把头靠我的肩膀上,摇着头,哭。我把他的身体好好地调整一下,看了一眼他的睫毛,的确好看。

现在,我只能说,他真是一个好的演员,不需要酝酿情绪,泪流不止。他的眼泪把我击中,柔软,收紧,甚至不知所措。他大概闻到了某种和疼痛有关的气味,他觉得身体的某一个部位已经被针头刺中,他忍不住自己的疼。

我显然不是一个称职的父亲,他只有六个月大,我就去了外地工作。大约过了三个月,才见到他。当时,他看到我就哭了,或是表达不满,又或是完全把我当成了陌生人。

然后就带他去看海,沙滩上的孩子很多,他有些高兴,屁股撅着,像要从沙里找到爸爸。他毫不犹豫地将一把沙子塞到嘴里,那么勇敢。

那天我一直抱着他,怕他再一次把沙子塞进嘴里。他用手里的一个塑料铲子,一会儿指着海里的船只啊啊啊,一会儿指着骑沙滩自行车的人啊啊啊。

他只会啊啊啊,快乐了,会啊啊啊,饥饿了会啊啊啊,想尿尿了会啊啊啊。

果然,他尿到了我的衬衣上。我的青蓝色衬衣,湿成了一个中国地图,遗憾的是,这个地图稍大了一些,大约是元朝的地图,把周围的国家也一起吞并了。

我打他的屁股,他正在喝水,指着我的衣服,大概要表达是他尿的,他啊啊啊,我觉得,他的声音那么好听,像刻在我记忆里最为动听的音乐。

之后,又是半年才见到赵多多。他学会了打枪,他还很下功夫地趴在地板上,见到我站在地上。他爬起来,跑过来,拍了拍我的屁股,然后又趴在地上,对着我。

他已经学会了叫爸爸,在电话里,声音很大呢。

可是,见了面却不叫。给他糖吃就接住,仍然不叫。直到我拿起他的玩具电话递给他,他才对着话筒叫爸爸。

现在,赵多多正趴在我的肩膀上啊啊啊地哭泣,我有些不知所措,只是一味地说:多多最勇敢,多多不怕打针。我语气委婉,我觉得,这时的我应该用温暖的声音来安抚孩子的情绪。然而,他对我的话没有反应。他不惧怕我,也不亲昵我,他对我,整个是陌生。

中医院的四楼,是孩子种疫苗的科室。到了四楼就听见不同年龄孩子的哭泣声,那些声音波段的长段及分贝各不相同,所有这些哭声,都像是冰冷的针剂一样。

而此时的赵多多竟然不哭了,他一只手抓住自己另一只手。围着我转了两圈,没有看到一个熟悉的面孔,他有些拿不准接下来要发生的事情。

我一直想知道一个孩子对疼痛的理解。在医院里突然找到了答案。

那是隐约存在于他内心的一个开关,这些开关只关于饥饿、温暖和疼痛。前两者是母亲给的,而后一点是医院给的。

金属刺入身体,又安慰说不疼。这样温柔地杀人,对于一个孩子,只能种下恶果。

在注射室里,两个月的孩子看见针是没有反应的,他们是钝感生活的真正代表,迟一些来表达自己对生活的感受,看到伤口才叫喊出来。

可是赵多多不会,他曾经也是钝感生活的热爱者,我亲眼见到过他懒洋洋地伸出胳膊递给护士阿姨,涂抹碘酒,等着享受针头刺入胳膊一瞬间的凉意。那时他只有两个月不到。现时却不同,他被前面打针的女孩的哭声暗示,突然间咧开嘴哭了起来。我听出来他的悲伤,他毫不保留自己的羞涩,他声音里的疼痛是打开的,他的声音传达出奔跑的意象，我甚至看到他把一个又一个词语用哭声哼了出来，只是，我并没有听懂。

从医院里出来，我给他买了甘蔗，他吃一口，蹲在地上吐了一会儿，我叫声他的名字，他便跑起来，嘴里面还发出哒哒的射击声。

离开医院，他已经忘记了刚才的自己。仿佛那个哭泣的孩子不是他。

之四 怅惘记：他们去哪里了

整理在北阳台上的旧报纸。用麻袋盛放着的，是上次搬家时堆放到那里的，近五年了。

那是我前些年热爱收藏报刊创刊号时积攒下来的，那个时候，还认识了好多喜好收藏的朋友。

有一个腿瘸的人，他姓庄，爱收集邮戳。听说他原来是某个县的县委书记，一场大病差点要了他的命，之后，被各种各样的事业闲置起来，遂养成此嗜好。他天天奔波于多家报社和杂志社，去找信封。到我们那里，我最照顾他，每一次都把信封放好，等着他来。

他也把我当作朋友，因为一场病，他的口齿有些不清，我的名字却总是叫得清晰。

他在别的单位遇到了报纸的创刊号或者停刊号总想着我，给我带过来。

他孤独得厉害，有一次，在街上遇到他，我随口赞美他一句，他便执著地邀请我去他家里参观他收藏的邮戳。

他的家在省委家属院,仿佛爱人也是省委的干部,住房相当的好。

他热情地把我带到阳台上,我惊呆了,整个阳台像破产了的信封印刷厂,全是捆扎得整齐的信封。让我惊讶的是,那些信封没有灰尘,像是昨天刚刚堆放在那里。他说,他收集的邮戳是分类的,分类错字系列、骂人的系列、论语系列……每一天都要整理,他自己制作了专门的鸡毛掸子,说话的时候,他开始认真拂去信封上的灰尘。

他给我看他收藏的骂人的系列,很好玩的,每一个邮戳的地名都让人笑,譬如昏头,譬如白吃,譬如蹲厕所等等。这些邮戳都是乡村邮政所的名字,被老庄收集在一起,成了扩音喇叭,把日常细微的幽默放大了。

我有一次找到了他的名片,是他趁我不在的时候放在我桌子上的。也不知什么原因。之后便长时间不来。再然后,我给他存放的信封太多了,打电话给他,才知道他住院了。

离开那个单位很多年了。不知他还活着吗。

收藏的报纸里面,还有一份民间诗歌报纸。我记不起来源了。里面的人是陌生的,报纸的名字叫《空房子诗报》,报头的下面有很大的某水泥厂赞助的字样。是四开的小报,有好多首诗,也有报纸的主编写的长篇大论,关于"空房子"的,上面还刊了照片。

我没有读那些诗,只是对着这份民间小报发呆了一会儿。

我很想知道,这些写诗的人,在一个小城里栽种自己的梦想,偶尔忧伤地对着哲学书发呆,他们最终坚持了什么?他们现在放下诗歌了吗?他们变成能喝酒的,见到妓女不会脸红的人了吗?他在网络勾引陌生女人的时候会写诗吗?

不知道。

我总喜欢这样猜测别人。我想知道这些人的变化,内心的变化。他们的张扬和骄傲被什么东西渐渐抹平。

在那份已经发黄了的诗歌报上,水泥厂的厂长坐在某张照片的角落里,他一定是个诗人,又或者,他把水泥当作诗歌了,一袋袋包装起来,论斤卖掉。虽然廉价,却仍旧可以换来衣服和酒店服务员的微笑。

我经常对一个诗人的结局的设想充满了恶意。

我一直坚持认为:诗不是写出来的,诗是和母亲的羊水一起生出来的。而后天的诗人太多了,他们在不同的圈子里辗转,忧伤。但最终他们被一些莫名的句子诱惑,失身,甚至失去对世界正常的判断。

我把那份《空房子诗报》放进一大堆创刊号中间。我没有扔掉,我觉得,我悄悄存放了一个陌生人的热情和理想。

在整理的创刊号中,经我的手改版的杂志有两三本。

我翻到那本打工杂志,那是 2002 年 9 月出版的。那时我刚从深圳回来,同时加盟这本杂志的,还有从昆明远道而来的老赵。

他是个书商,在昆明过着香车美女相伴的日子,却突然来到郑州。筹备改版时正热,他每天都骑着自行车上下班。他给我描述他的别墅的位置,他新买的汽车的颜色,他也写诗,他说话的声音很云南,最后的语气词很柔软,总让我觉得意外。

他负责发行,偶尔也负责发稿。我们有分歧的时候,我很较真,他就会宽容地笑笑,说,你挺有个性。事后,我也会自责,觉得自己过于张扬了。

我们的争执多是关于广告的,他没有原则,只要给钱,他就要。在这一点上,他是个地道的生意人。我不能接受,我是个有理想主义情结的人。我认为我办的杂志一定要有底价,不是随便给一点钱就可以打发的。

后来,我并没有坚持。因为,这个世界上本来没有多少坚持是有价值的,包括我们的贞操。所以,我和老赵的相处一直融洽,甚至有时候会在一起小酌,萌生醉意时,会各自抒一下被世俗蒙蔽了的感情,十分好笑。

他离开时,大家一起送他,才发现,他金屋藏了美人。当时就想,他是一个热爱生活的人。

时过多年,我忽然想起老赵骑车的模样。我那时挤公交车上下班,我很喜欢单位门前的那条马路,那条路叫政三街。

那时的我,多么年轻。

之五　飞翔记:经停

在市区里堵车了,赶到机场去办理登机的时候,竟然是最后一个,二十五排 B 座。我差不多知道那个位置,最后一排左侧的中间位置,如果两边正好是两个胖子,会像一颗钉子一样被钉在座椅上,不能动弹。

还好,两边的人长得很配合,瘦瘦的,像短句子。脸也笑得好看。

我认识了靠窗位置的这个年轻人。他谈论他叔叔如何骗人钱财,说得传奇。他初中毕业,跟着他叔叔做生意,现在身家数百万。他说,他本来可以挣更多的钱,因为他不够坏。

他做过各种生意,一开始做防盗门,老是不防盗,说完,他就哈哈地笑,他的笑很多,像是上飞机前特地准备了的。

他在深圳下飞机,去做一个手机品牌的代理,台湾的品牌。他和台湾老板吃过一次饭,是大酒店,他咳嗽,因为那里的菜太甜了,说完,他又笑。

我们三个人坐在最后一排,靠近走道的是一个眼睛细眯的南方女孩,大概用了香水。她的鼻子上有一粒布置得好看的痣,她对着报纸的一幅漫画笑,时不时地看我们一眼。

飞机在空中颠簸得厉害,靠窗的那个年轻人说,他不喜欢坐海航的飞机。他经常坐飞机,熟悉所有航空公司飞机的特点。他一边说话一边撕开了刚刚发放到手里的水果盒。

我们两个讨论郑州的房价,某个位置某个位置,还有一些街道的变化。他住在东郊,他熟悉东边的城市,他最先住在一块菜地那里,有一头牛,拉屎。那块菜地竟然建了很高的楼。

那头牛呢?

我没有问他，他不会知道。城市让很多人远离自己最初的家园，更不用说是一头牛了。

我比他到郑州的时间早，有些话我可以说，他只能听。我获得暂时的满足。

郑州花园路上的树很多，后来被砍掉。有很多鸟儿留恋这些栖过的树，夜晚在路边的楼上叫个不停。他仿佛并不关心这些。

我只好说起大同路，火车站旁边的一条小路，旧时是一幅郑州上河图，骗子、小偷集中此地，那条路是服装街，各式各样的便宜衣服汇集于此，走进去，每一个小店门口都会雇请一个大学生持小喇叭大声叫：十元一条。一上午可得二十元三十元不等。偶尔也会被小偷偷去钱财，也会被好心人同情，带到大同路，在某家小店门口大声叫喊一上午，可得三十元费用。甚至有一些人从此就在大同路立足，做起了生意。

这个年轻人对此有兴趣，回忆他第一次在郑州火车站迷路的情形。他走到了一个小路上，傍晚，他看到几个人正在抢一个女孩子，他吓得往回跑了。现在想起来一直很后悔，他应该上前去帮助一下，或者，至少帮助打个报警电话。

我们终于开始赞美二七广场的天桥，还有吃烩面的人。

旁边坐的女孩大概对河南人有偏见，对我们两个的谈话一直沉默旁观。直到那个年轻人说起他新买的车子，她才抬起头，隔过我，朝里面的年轻人看了两眼。

这种二十五排的733飞机算是小飞机,仿佛没有头等舱。再加上经停深圳,所以,飞机上的人有不同的目的地。拍照片的人说着拖着长音的河南话,我仔细地分辨他们具体的居住地,我觉得判断一个人的口音真是一件充满哲学的事情。我去过很多地方,吃饭时或者走路时听到别人说话,觉得和自己不同,便暗暗地记下来。然后忽然有一天,在外地遇到相同口音的人,就忽然从记忆的树林里抽来那段过往。

但更多的时候辨不清,只是一种隐约。在飞机上,前排照相的人的口音,像和我捉迷藏的一段记忆,找不到具体的方位。

空乘的服务人员都年轻漂亮得很,听说,这是中国特色的,在一些发达的欧美国家,空中服务员都是长相一般的中年女人。中国喜欢这样,要给花费高一些的人提供奢侈的服务,哪怕是笑脸,也要是经过精心挑选的。

我喜欢飞机食物的包装,有些豪华。上次坐飞机的时候,我把一个喝水的一次性杯子带回了家。那杯子模样好看,像精品店里的。可是,在飞机上,就成了一次性用品。想想,其实是对物质或者环境的不尊重。

除了免费的餐饮之外,多数航班上还有彩票。果然,水果之后,乘务员每人派发了一张彩票。那个女孩子抽奖的时候中了奖,兴奋不已。她不停地说,我第一次中奖,第一次。

她在深圳工作,大约吃多了南方的水果,脸有些红。当然,也有可能正想心事,总之,她的脸蛋很江南,细细的眼睛,有些妩媚。

我只是看了她几眼,并没有问她什么,也想问她,但一直找不到第一句话。

　　经常是这样,我们和另外的人说话,有时候不经意就开始说话了,有时候却需要认真地酝酿第一句话。

　　直到她兴奋地让我看她中奖的彩票,我才说一句:真不错。

　　在深圳宝安机场降落的时候,我看到深圳的万家灯火,想起2002年我曾经在这个城市工作,可是,无论如何也想不起自己当时居住的那条小路的名字。

　　直到飞机降落了,我突然想起,对着那个中奖的女孩说,我住在南园路。她看着我,莫名我这句话的意思。我也就笑了。因为这句话太缺少铺垫了。我根本没有必要和她说这句话,而且,我自始至终,并没有和她说几句话。

　　原来经停的飞机,并不更换飞机的乘客只需要等在飞机上,像坐公交车一样,等着现有的人下去,然后再上来新的人。

　　这一次,却因为飞机有故障而更换,我们按照指挥到了候机厅。我在宝安机场的候机室里看足球赛。是个录像片吧,我陌生得很。

　　有一个东北人,他犹豫了好久,终于走过来,看着我,说,你是不是去海口?

　　我点点头,他说,我能不能借你的手机打个电话,我只说一分钟。我回家过年,十几天,钱用完了,交不上,连短信也发不了。

　　我答应了他,拨了一个号码,通了,没有人接。他又一次紧张起来,他说,能不能再拨一个号码,太晚了,可能睡觉了。

他终于打完了电话,把手机递给我,笑着说,打了一分半钟。

我并没有在意。我当时想,如果下一次,我的手机没有钱,也希望能遇到一个像我这样的人。

我第一次坐这样经停的飞机。觉得也没有什么不好,在这样寂寞而安静的深夜,可以看看窗外的起起落落的飞机,也可以看到这个机场里迎来送往的人。

大约十二点四十分左右,飞机抵海口美兰机场。小雨。一辆巴士摆渡我们到机场大厅。取行李用去了半个小时,回到住处,已经是凌晨一点四十分。

我终于有了凌晨进入城市的经验,车辆稀疏得像冬天凋零的树叶,那些人都谦虚、沉默和自我保护。我也是那样,把自己收得紧紧的。

在凌晨,进入一个城市的一个空荡的房间,那一瞬间,只觉得安静。

房间潮湿得厉害,我很困。

内心之远

在一列奔跑的火车上，秩序被一张车票上的数字排定。两个陌生的男女，被相近的两个数字安排在一起。开始的情节可以略去，像割去时间的毛边，小心地翻页，直到彻底打开对方的内心目录。大体就是这样子，在互相矜持地试探对方后，在气息的转折处，终于找到共同的话语方向，而后，开始用各自擅长的方式讲述自己所感受的世界。请注意一下，这个时候，世界在他们的嘴里变得非常幽默而且别有韵味，在彼此语言的刀锋里，世界变得无比温顺，完全随着讲述者的偏好变化多端。

因为有了四周安静的参照，讲述者需要不停地跳跃。从身边的世情百态，到手机短信里的暧昧和心跳，以及饮食日常里的感伤桥断。在一个公众场合，谈论的内容不能太过庄重了，否则不适合嘈杂环境。也不能太小资产阶级情调了，因为那样的话题受众面太狭窄，只适合在咖啡馆里长太息矣。

话题最后必然落在房子上，落在身边女人或者男人的感情伤口上，讲述者负责编织所有故事的走向，并将自己需要批判的细节用文学的笔法加以丰润。然后，讲述者所拥有的道德高地自然而然地凸显。其实，所有讲述者最终所要讲的都是自己，将隶属于自己的尴尬强加到别人身上加以嘲笑，将道听途说的记忆加入大量的修饰辞在陌生人面前卖弄。这样的讲述极锻炼人的虚构能力，说到最后成为了旅行比赛或者批判比赛。自己去过的地方，走过的路，经历过的餐厅及卫生间，遇到的善良或者丑陋的人。这些具体而温暖的事件，在讲述者的嘴里，最后沦为一个又一个僵硬的排比句。远不如讲述者表达自己喜欢什么颜色的衣服来得柔软而感情投入。坐在一列通向远方的火车上，听别人讲故事，你会发现，那些人最终是在美化自己。

我常常在火车上发现潜藏在内心里的自己，我被正在发言的自己惊吓到。正在发言的我跳出了我的日常生活，将某一段旧光阴里的个体辉煌又一次重新洗染。我不知道那些蓬勃的细节是如何瞬间生长起来的，我为我自己找到的那些细节感到惊慌又得意。一定是在那一瞬间我看到了一湖水，是水，一种湿润且容易膨胀的力量让我找到了虚构的支点。那些花朵一般的荣誉就那样被浇灌，在敏感而拥挤的人群里，如何在短时间内找到自己的荣誉，这几乎是一件极端狡诈的事情。

在此之前，我常常在出神的时候感到欢快，那是一种飘浮的感觉，像捧在手心里的柳絮，柔软而不确定，彼时，我觉得内心里有另外一个自己脱离了身体的磁场，向更深更远的生活游去。

可是,在火车上,在一团速度和喧闹围成的特殊场域里,我遇到一个内心里并不常驻的自己,他相当陌生。那个向内心深处游远的人是沉默的,他找不到可以倾诉的人,无助、寂寞。而在火车上滔滔不绝的人是我的第二时态,他的存在弥补了我单一的生存层面。他让我知道我有多么主观,我有强烈地干预这个世界的欲望和能力。我用细小而又狭窄的光束打量整个世界,并且得出确切的结论。

我差不多将手伸进任何一个水域进行试探:我站在社会最底层时所看到的城市和融入城市以后的差异,我看过很多个城市以后突然打开的眼界。让我感到惊讶的不是这些,是我对未知世界的大胆抨击和点评,我仿佛可以用身体的第一感受就可以评判一切。我的逻辑起点稍显荒唐:大抵我要先向四周的听众传递一个这样的信息,我周游世界,并喜欢观察我所设定的世界。还有一个补充信息,是我的身份。我做过不同样式的传媒,用闪光灯捕捉到几缕生活的阴影,便以为掌握了世界的隐形密码。面对庸常的生活秩序,以及被美好的词语蒙蔽的大多数读者,我的确是一个掌握了良好视角的摄像师和专栏作家,但是,现在,我将自己的位置摆放在讲述者的椅子上。除了铁轨的噪音,电话机的声音以及来往行人的细琐的交谈,我的声音像一个电台的频率,在小范围内制造或轻飘或沉重的声音效果。

我在讲述的时候突然明白了风为什么改变方向,因为它要告诉很多棵树它所私藏的秘密。除了我所熟悉的那些领域,我渐渐学会了收割周围人种植的话语作物,只要他们一发出声音,便会被我适时地截去,当作我下一个观点的几块石头。我踩着它们,抵达我自己的一段个人史,并由此发出轻浮且主观的感慨。

我不喜欢如此轻浮的自己,话说出来,像从身体里流出温度偏低的水,我能感觉到身体随着情绪的激动而不断被抽空的陌生感,仿佛那些语句是我储存在身体角落里的杂物,必须定期清除它们,以扩大身体的空间。随着那些轻飘随意的话被我掷出体外,我觉得身体轻了。灵魂被大段大段的臆想挤压在思想的角落里,一想到灵魂,我总会不自觉地叹息一声,沉默良久。是啊,这个世界上,还有需要灵魂来参与的事情吗? 差不多,灵魂是一件奢侈品,被闲置在衣服和皮肤的夹层里。

我滔滔不绝的讲述自然会为我赢得小范围的赞美,譬如邻座女孩子递来的仰慕的目光,又或者对面中年男人求助似的让我帮他判断一件关系他利益的是是非非。

这个时候,我已经摆脱了讲述时亢奋的时态,我身体的时间已经回复到正常,不再因为激动而使得心率加速,从而导致自身的时间混乱。这个时间,我站在高处,我用刚才自己讲述的那些被我隐藏多年的事件当作石头,有了难以掩饰的优越感。果然,对面中年男人的讲述并没有离奇的逻辑,他的平庸铺衬了我的优越感。我只需要简单地梳理我刚才说过的话,便可以前后对应地解答他的疑惑。

日常的我并不擅长总结事物的规律,或者说,我喜欢微观一个物事,不喜欢看到全局。只有微观的事物才可以反复确认,而大的完整的物事总让我觉得疲倦。大的完整的事物总是和空洞以及虚伪相关联，相对于宏大叙事，我更喜欢细琐的叙述方式。

然而在火车上讲述的我恰好相反，我仿佛储存了大量的公式，从甲地的一场大火联系到乙地一个陌生女孩的哭泣，从北方的一群蝴蝶的舞蹈到南方一场台风，从刚烈且贞洁的女性身体到暧昧且混乱的城市生活。

让我梳理一下我所涉及的话题：历史感，我们是一个没有历史感的民族，我们从几千年前开始就没有历史感，我们所接触的历史都是远的历史，近身的历史是修饰的、遮掩的。这种观点，让我很有表现欲望。仿佛在一片广阔的田野里，我突然找到暗藏的一缕阳光，只需要将这阳光的丝线拉起，那么阳光便如大雪融化，流进所有人的院落。要不要点亮这个田野？我出去打一瓶热水，路过列车员的叫卖声、发嗲的女人和因为无座位而悲伤的中年女人，回到我的座位上，觉得历史感已经成为一个荒诞的问题。比起房价、生存的疼痛感以及孩子教育问题，历史感多么虚无啊。

那么，我开始谈论火焰一样的现实世界，我看到自己小心翼翼的模样，伸出手，像在火焰中取出属于自己的食物。那些食物色彩斑斓，我看到被压弯了身子的亲人们，他们的理想被现实的尘土淹没。在快速奔跑的火车上，他们忽隐忽现，像剧场里张贴的海报，一会儿被前排的观众遮挡，一会儿又被探照灯照射。

现实成为我们共同隐私的集聚地，当公众的眼睛不再盯着餐桌上的食物，那么社会的伤口便会被无限放大。不公平的碰撞硌痛个体的同时，也成为大家互相警惕的借口。温暖的事物随着城市街道的拓宽而变得越来越少。我们越来越需要温暖,荒诞的是,我们却把自己的全部体温储存在银行里,从不取出。只奢望从他人那里取暖。这在道德层面已经体现为没有底线,我们对所有的陌生人均不信任。正当我们讨论这个话题的时候,火车的广播里用温柔的普通话提醒大家,不要吃陌生人递来的食物,要注意看管好自己的随身行李。

这真是一个绝好的比喻,差不多,我可以即时地进行批判,我们的底线正是被快速发展的物质包裹,并抽象为冷漠。"观看"成为一个全社会都热爱的动词,观看,是活着的一种姿势。差不多,它无限接近平静。可若是遇到他者的灾难,我们仍然观看,甚至将内心的柔软部分用塑料膜覆盖、熨平。观看,这个及物甚至无限接近客体的词语,在这里成了丑陋的现实主义的组成部分。

几个大学生为了救当地落水的孩子而溺水,可是,当地人打捞上大学生的尸体却勒索高价的打捞费用。我们该用什么样的方式来惩罚这些没有底线的人们?在血一样的现实面前,所有语词的谴责都显得无力,如果不能惩罚这些没有道德底线的勒索者,那么,什么人还会再去救那些落水的孩子?其实,当我们谈论这件事情且又无可奈何地摇头时, 我们正是这件事情的观众。我们是麻木的人。

我为自己在一系列举例之后找到的这个观点兴奋,观看,是一次可怕的集体退步。在很多个需要感性需要我们付出温暖的场域,我们所接受的知识,又或者社会的经验都是罪恶的。这些知识用曲折的程序阻止了我们向别人施予温暖,从而导致了悲剧的发生。同样道理，观看的心态，也源自既有经验的暗示，再等一下，看看事件的脉络，然而，如果早一秒钟出手帮助，或者叫喊一声，整个事件将有另外的色彩。

参与这个世界，哪怕是我们被骗了，而不是观看。这是我讲述的最后的观点。这个观点稍显装饰，说出这个观点的时候，我忽然想到我的母亲，她在麦地里忙碌的模样，又或者模样温顺的清洁工，在某个十字路口站着，负责打扫我们扔下的心灵垃圾。其实，我并不能如实地去践行这句话。这就是日常生活和话语之间的距离，我们经常用修辞美好的话语将自己重新装扮，表面看起来光滑甚至道貌岸然。然而，在获得合适的掌声之后，多数情况下，我们扔下这些高跟鞋一般的话语，回到庸常。

尽管如此，我的话仍将我拉回到日常生活之中。一开始的那些即兴的情绪随着话语的释放而渐渐平息，我的眼睛也放到了火车内部。眼神里铺满的，不再是车窗外奔跑的植物和山脉，而是紧闭眼睛想要逃避我讲述的大学生，完全被我的讲述迷倒的中年女性，以及简易餐桌上的矿泉水瓶子。

火车停靠在了石家庄站，欢喜着下车的人中包括向我提问的中年男人。而后，车厢里又换上一批疲倦的新面孔。两个陌生的人在我的身边窃窃私语，一边又盯着我看，像是一场猜测。我也回看着他们，他们两个衣服的样式模糊，年纪也模糊在一丛小胡子里，灰尘将他们的样子划定在某个城市底层的群体里。他们似乎并不乐意挣扎，用中庸之至的装扮诠释自己。

刚才我的一段话是直接针对他们的，他们是被城市诱惑了的一代人，他们对城市的依赖高于我们这一代人。快捷而舒适的生活方式吸引着一个并不具备享受这种条件的乡下人，这正常不过。正是由于这种生活的落差，努力向城市泅渡才成为他们的既定目标。这仿佛并不值得批驳。那么要赞美他们吗？将美好而空旷的乡村世界丢弃，到城市里过一种人性变态的生活就真的那么美好吗？

这是一个公交车理论，当我们好不容易挤上公交车，第一个反应便是，为什么不快些开车？同样的，当我向往着乡村生活却又在城市里穿梭的时候，我没有任何发言权，针对想要融化掉自己进城的他们。

我只是希望他们有自己最初的理想，不出卖自己。可是，这谈何容易，城市自然需要他们出卖自己，需要他们出售自己的一切，包括灵魂。所有干净的东西包括精神的东西都是建立在拥有的基础上，如果你一直在路上漂泊，那谈论精神是可耻的。

火车上的音乐开始舒缓，一个女声，缠绵着，像是等着一场志在必得的婚姻一般，甜蜜着。对面坐着的一个女孩伸了一个懒腰，姿势不再那么僵硬和矜持。这给我们对话提供了可能。凭着猜测，她是一个学生，又或者刚工作不到一年的试用生。

果然，经过短暂的猜测，她几乎是倾泻一般地描述了她的个人史：农业大学毕业，在北京一家外企做企划宣传，还在试用期，极不安定。上司好色，房东苛刻，城市太大，每天晚上躺在床上除了绝望还是绝望。

我问她快乐的来源在哪里,她一下子被我的问题击中,仿佛已经许久没有快乐过了。是啊,从她的表情可以看出,她快乐的来源极少。升职加薪均遥远得很,亲情在贫穷的物质世界变成一种虚无的牵念。爱情呢,她自己笑了一笑,陷入一段尴尬的往事,她的男人在她肚子大了的时候奔跑向一个富裕的女人,只留给她一句话:他是爱她的,但是,现实太残酷了,他需要钱搞他的绘画。

城市给一个年轻的大学生提供了太多的疑惑,尊严被压榨在温饱的边缘,她趁着四下无人,小声地说,若不是因为长得不好看,她才不愿意这样一步步打拼呢。她的同学从来都是直接和已婚男人上床,换来美好生活的各种票证。

她的观点一下打击到我了,刚才我侃侃而谈,所坚持和守卫的那些观点在她这里完全是奢侈的,一旦涉及生存层面,劝慰特别不道德。这个时候,在她面前我几乎失语。精神在物质面前的软弱就像一个固执的鸡蛋,如果非要碰向现实生活这块石头,那么,结局十分模糊。

个体的悲伤在时代进步的大河中显得极其微小,除了随波逐流,我找不到更好的方式给对面的女孩。

她的耳环很大,方形的,这仿佛是一个比喻,她需要方正的人生指向。然而现实却将她一步步打磨得圆润,我能感觉到她接受别人建议时的柔软。

每一个人在年轻的时候都需要向他者缴纳适量的学费,我这样安慰她。

她拼命认同我的话，她甚至也喜欢缴纳这学费，她说话语速快，仿佛是要为了节约时间，又仿佛是她固有的工作节奏养成的后遗症。总之，她用个体的生活节奏向我全方位展示了孤独。她的孤独无法被温暖，她将自己的体温用来缴纳学费，独自承受着现实的阴影和他人的凉薄。她需要一个男人的体温，相爱与否并不重要，重要的是相互取暖。

忘记是如何开头，我们说到了体温。她羞涩着。

城市生活的孤独一半靠男人的情话打发，这是她的原话。她还说了许多调皮的话，自然是懂得感情的，然而，却并不幸福。让她自己感觉困惑的是，她不能忠贞于一个男人的身体。那么多年乡村生活经验养育的她的身体，如今被城市驯化为欲望的出口。有一阵子，她喜欢上一个有妇之夫，觉得自己很贱，可是她根本摆脱不了那诱惑，一步步地将自己的身体当作礼品。尽管事后，她知道那个男人并不喜欢她，但她仍然乐此不疲地玩着游戏。

我们的对谈变得越来越私密，甚至模糊，双方猜测着对方的口型，将主语和宾语简化成空的，只有动词，或者名词。这样说下来，她的一段又一段感情不过是如下的词语：雨天、花裙子、蛋糕房、感冒、咳嗽声、陌生人、哭泣……

我自然懂得她的这些关键词，却找不到合适的理论来为她作支点。我必须要说到我们的历史感了。是的，在经济和物质层面，我们所处的城市已经很繁华了，可是在内心的意识形态上，我们仍然处在一个僵硬而死板的社会里。

道德的滑破和这些僵硬的思想关系巨大，我们活在一个参照混乱的现实中。在价值取向和价值判断上，我们每一个人所使用的工具均不统一。所以，孤独感自然而然地大面积生长，欲望沿着孤独的身体发芽，甚至生出更为深刻的根部，都是无法预设和改变的事情。

我只好鼓励她，忠于自己的本体感觉，只要我们真实、善良，孝顺自己的父母亲，这样我们便知道我们的来处，忠于朋友的友谊，这样，我们便有了融化在现实社会的基础。至于其他的层面，完全属于个体的隐私范畴。可以不必晾晒，可以完全密封在更为私密的空间里，等着这些隐秘的花朵开出属于自己的小天堂。

或者，我从另一个方面来补充她的疑惑。这个世界，有太多的事情都没有统一的标准。只要你做人有自己的底线，即可。

她咯咯地笑，像是某一把锁被打开，遇到了阳光一般。

四周的人都被舒缓的音乐催眠，寂静无声。他们或者仰着脖子喝水，将我们低声模糊的一些话语就着水吞下去，替我们保守着秘密。

更多的人微笑着听我如何从小女孩的讲述中总结出一个新颖的观点，并用更为细腻的例子将那观点融化，成为甜酥的点心，供他们食用。真是让他们失望，我只是即兴地发言，我并没有良好的知识储备。我在模糊的世事中抓不住那恒久不变的缰绳，又或者那缰绳果真折断了，我找不到合适的工具来抽打世事的庸俗，我只能眼看着灰尘覆盖世事，灰尘覆盖我们的眼界，直到黑夜来临，我们陷入虚无的疲倦里，陷入梦境。

在火车上,快节奏的铁轨声音像一曲味道特殊的音乐,我显然欢喜于融化在这节奏里,在这样陌生的情状里,我脱离了日常的自己,在内心里向深远的地方游去,越来越远。

流水湿透了我,在拧干衣服的时候,我被四周的风景激动,我怀揣着夜晚的秘密,急着想和大家分享,我怀揣植物,想种下春天的绿夏天的风。

一切都风清月明般清澈,然后,生活将我分成侧面,白天奔波时的所思所想跳跃在食物左右,晚上沉默时的选择多靠近安逸。

所以,一下火车,我便又回到日常的自己,我挤公交车,或者在夜深的时候排队候出租车,回到自己久违的家,接受日常不过的生活检阅。

相比较而言,我更喜欢日常的自己,内心安静在生活表面上,像一件实有的家具,仿佛随时可以触摸。火车上的自己像另起了一行的诗句,倔强、偏执,却也有着陌生的趣味。内心向遥远的方向流动,我看到了另外的自己。又或者,我只是一次谈话的参与者。这个时候,我必须打磨好自己,用箭一样的姿势蹲守在他们话语的村口,一有合适的机会,便发射进去。

那是一个绷紧的弓弦,我在内心里贮存了数以万计的箭镞等着向生活中的病区发射。

但也有发射失误的时候,我看到血液涌出的伤口,不知所措地停滞在时间的路口。我试着舔舐那流血的肢体,发现,对于一个庞大的伤口而言,任何小温暖和小甜蜜都于事无补。

我只好收回自己，回到日常的界面，将窗子打开，将堵塞在生活里的灰尘扫去，坐下来，听一听四周的人正在说些什么，我沿着他们的话语，一点一点找回自己。并在遇到自己的一瞬间，微微一笑。

　　除了与自己和解，我找不到更好的出路。我需要一张火车票，因为，我想好了，要到更遥远的地方去。

切片

之一

默生,一个从遥远的地方到来的朋友,粗壮,有力气,连说话的声音都很大,很属于运动型人才。然而,他第二天便进了医院,做了复杂而让人绝望的脑部手术,家属急急地乘飞机来,不知道什么原因。

细节是由众多的人一点点堆砌起来的,是一群人正在说笑间,默生突然倒下了,是跌落的姿势,声音呢,也是很杂乱的,伴着诸多人的失声惊呼,已经模糊成粥状,无法细述。

医院的诊断证明已经出来了,突发性脑溢血。

家属再来询问那天默生都讲了些什么内容,开始是沉默,后来大家从记忆里挤出有关默生的片断。不过是一些日常琐碎的事情,不是火爆的足球新闻,也没有讨论让人愤恨的校园伤害案,都没有的,说了些笑话,关于饮食的,大约也说了一些让我们误解的方言。方言,默生是有一些的,每一句话最后的一个字,他都带着浓重的东北口音,抒情的,像诗歌里的一些修饰词。

那么多人的描述,也不能完全拼贴出来默生倒下前的形象,在亲人的期待里,我们大家都发现,一向擅长描述的我们,针对具体的场景,我们这么无力。

默生的疾病给我们的日常观察出了一道难题,同时也让我们大家知道,我们所看到的事情都不过是一个细而窄的侧面,是一段时间的切片。

切片,固定在视觉上的一个形态,像照片一样可以来回欣赏。同时,又因为缺少变化可以参照,而变得单一、偏见。

不论我们多么熟悉一个人,包括自己的父母亲,我们无法彻底知晓他们对万物的判断,尤其是内心的深浅。有时候,我常常想,我们所有的描述、比喻甚至是滔滔不绝的讲述,差不多都接近猜测,它们像光线照耀在一个固体上,只能让一个侧面的细节凸现。然而,那一缕光选择固体的切片进行辨别的同时,也会对事物本身进行修饰,真相被光的色彩遮蔽。

这是生活里不可避开的悖论,要么我们在沉默的黑夜里消失,成为无法辨识的灰尘、庸常的大多数,或者被笼统描述的日常;要么我们在时间的某个瞬间被捕捉,被多次修饰,甚至谋杀掉,成为这个切片的俘虏。

切片,因为短促而有力量,因为细小而易辨识,又因为缺陷而被广泛传播。

是无意中看到的,一个行为艺术,表演者叫小野洋子,日本人,她漂亮,是那种知道自己漂亮并主动出示的女人,1964年,她在卡耐基朗诵厅表演了她的前卫艺术作品:《切片》。大致是这样的:她在舞台上随机挑选一些观众上台,让他们用剪刀将她身上的长裙剪成碎片,每一个人剪下一块,形状随意。直到最后,衣服被剪完,她全裸地站在舞台上。

可以想象小野洋子演出的过程,一定是会有人将小野洋子的阴部的那块布剪掉,羞耻被表演的同时也被修饰。又或者有人将两个乳房的切片剪下,月光一样美好的女性器官,这样碎片般地出现在舞台上,变形般地释放它们,显得诡异又未知。那么,整个演出的过程成为一篇形式变化多端的词赋。每一条布料被剪切下来之后,我们都只能猜测。于是,一个女人的身体被观众随意地排序,直到彻底赤裸。对一个漂亮女人身体的猜测比喻了一切,孤独感、赤裸的身体、卑劣的欲望、温暖而无序的日常生活、尖叫着的虚妄、停留在女人身体里的夜晚、高尚而光洁的人性、无耻而荒诞的堕落,所有丰富的人性切片都在那件妖娆的裙子上,一片一片被切割下来,成为一个又一个注释女人的名词。

小野洋子三十二岁那年,在英国表演《切片》时,打动了在台下坐着的著名歌手约翰·列侬。这位披头士乐队的主唱,被小野洋子的孤独感击中,他发现了切片里一个又一个孤独的小野洋子,他从座位上站起来,摇着手,让小野洋子看到。他是一个感性的人,他被音乐湿润久了,看到生活中的任何意象均会想到歌唱,粗糙的声音和光滑的声音,节制的和奔放的声音,音乐需要笼罩这些声音,让这些安静下来,融化。

显然,约翰·列侬被小野洋子融化了,他坐在椅子上泪流满面,他想到自己在舞台上歌唱时的模样,又或者漆黑的夜晚,舞台下面空无一人,而他突然觉得孤独,歌唱停止,弦断了。他声音嘶哑,想把昨天的甚至更为以往的美好都叫回来。总之,那些切片将小野洋子注释成爱情的诸多词语,让他心动,他开始追求小野洋子,他必须将她拥有。

切片,孤独而片面的见解,有时候,它直接注释我们的内心。当小野洋子的衣衫被完全剪掉,成为赤裸的身体。那么,切片消失。

让我们感觉惊讶的是,即使是将所有的切片都一一复原,我们也无法用切片还原出一件完整的衣衫。时间沾满了灰尘,有许多缝隙无法缝补。那么,被切片过后的小野洋子站在舞台上,除了孤独,还是孤独。只是,到底是哪一个切片击中了台下的约翰·列侬,这成为谜语。

日常里,我们所感知的世界,不过是一帧又一帧的切片,它们被时间运输到我们眼前,用灰尘黏合在一起,成为可以多重解释的景观。

有时候,这些切片又被时间打散了,像落叶,被风吹到路边,喜悦的角落里,或者正当事物的背后,像修饰语,不那么重要。也的确,并不是每一帧切片对于我们的打量都有意义。多数情况下,我们只需要一步,或者一句话,便跨过了数十个切片。它们连续、快速,每一帧单独挑选出来,显得刻意而无力。甚至,挑选出我们个体的一帧切片,你会发现,它背叛我们的初衷,完全误解我们,显得尴尬。

默生的个人史随着他家人的叙述,又添了许多切片。默生有爬山的爱好,唱歌时喜欢重金属,他喜欢伸缩着头唱歌,他的母亲找到一张他醉酒后唱歌的照片。最近两年,默生还嗜酒,尤其喜欢干红,说,是喜欢那血液一样的红,让他迷恋。我们又说到疾患的凶猛,以及人世无常的悲观。面对着躺在病床上的默生,所有的劝慰都像是解错了的方程式,让默生的父母亲厌倦。只好说些默生之前的事,默生做过一次手术,还是因为喝酒,胰腺炎。我们坐在下午的阳光里听默生的从前,觉得,无论如何,我们也不能将默生的切片缝合,相反的,我们所回忆的越多,那些切片越乱,直到找不到秩序,将正要清楚的世界模糊。

默生的亲人们喜欢我们的回忆,面对医生的质问,他们才发现,对自己的孩子并不了解。尤其是关于孩子的爱好和习惯。他们觉得内疚极了。

他们觉得,医生并不是在问病情,而是一个社会学调查者,在像他们夫妻两个调查,成年后的孩子和父母亲的疏远。所以,默生的母亲持一个笔记本,不停地记录,我在停顿的间隙看过一眼,她是如何记录我们的话。我发现,她简略极了,本来被我们打捞的记忆切片,又被她的笔切下大半,只剩下关键的字词。

他们坚信,只要他们一点点拼贴默生的情况,时间也好,物事也好,只要有逻辑严密的顺序,那么,他们便可以将这一帧一帧的切片连接起来,抵达默生倒地之前的现场。这样的话,他们便可以毫不愧疚地面对医生的质问。

然而，悲伤往前推移，却没有结构紧密的诱因。

切片所指向的内容过于分散了，甚至，有个别人的回忆，证明的是默生要去看一部电影，关于理想的，一切都生机盎然的。

下午的时间，在房间里，阳光被树遮挡了一些，成为隐约的暗影。阳光一旦被树挡着了，其实，阳光便停下来了。阳光像极了默生的经历，默生倒在地上了，便停下了。他穿不过倒地的这一瞬间的时间切片。

药水注入到默生的身体里，乳白色的，一瓶完了，又来一瓶，反复地，让人担心。我是一个唯心的人，我常常觉得，读书的人，读完书以后会变成另外的人，因为那些文字是另外一个人的。输液的人也是如此，输了药物的人醒来，他身体里的某些物质已经被药物置换，他还是他吗？至少，我认为，作为身体的个体，我们经常被现实中各种各样的小灰尘改变。

唯一不能改变的，是时光不能切掉的部分，比如情结、精神，或者暖意的信仰：向美好的东西靠近，并拥有它。

我有在电视台做嘉宾的经历，是要谈论鲁迅先生，那是我熟悉的一个人，我喜欢谈论他。但是，我被那种规范惊讶。陌生，在化妆间的镜子里看到自己，觉得异常陌生。我想到小野洋子的表演，当我的头发被发胶整齐地推向后面，我看到隐藏在表情间的孤独。陌生，是孤独的一种。找不到合适的词语，也是一种孤独。当时，我差不多丢了自己，当意识进入一个可以导演的层面，那么，自己究竟隐在了哪里?

节目录制得顺畅,鼓掌的观众投入,灯光照耀下的我们果然找到潜藏在内心里陌生的自己。我们进入话语的河流,河流由无数个切片组成,我说话的时候镜头指向我,主持人转向我,掌声朝向我。一旦说完,那么灯光转向他处。马上便有暗淡袭来,现实主义风格的镜头语言让我孤独。外在的温度变化,光线的变化,台下观众问题的变化,这些时间里的事物像剪刀一样,随时可以剪下我的话语切片。

我内在于一条话语的河流里。

嘉宾不止我一个,除我之外,还有另外的两个。主嘉宾的镜头要多一些,他是秩序的开始。像一条河里领头的鱼,它负责蜿蜒的路线设计。

节目录制的现场,有很多问题都是抛向我的。我能感觉到那种空气的流动,沿着秩序的画幅,他们大约被我的某句话吸引,跳过了另外两个人,直接指向我。回答,那是对自己个体阅读的一种挖掘,碰撞般的交流使得台下的观众掌声四起。那自然是一种有氧的交流。

然而,节目一周后播出,我看到了自己。

电视里的自己陌生极了,被光线照亮的局部是陌生的,声音在空气里遇到摩擦并显得滞后是陌生的,因为主持人的布置,坐在那里僵硬的姿势是陌生,因为剧情需要而摆出来的微笑的模样是陌生的,衣服上的某处褶皱是陌生的,我在里面喝水的姿势是陌生的,包括我说出来的某句话也都是陌生的……

看完节目以后,我惊讶了,觉得电视里面的那个自己过于平庸了。我事实上不是这样子的,我在录制节目的现场,话语充满了机锋,以至于主持人控制不住场面,不得不将提向我的问题转移给另外两位嘉宾们回答。

可是在播出的节目中,我几乎沉默寡言,即使偶尔地插话,也都像烫熨过的衣衫一样显得矫揉造作。只有我自己知道,这期节目,他们剪辑了大量的内容,因为录制了两个多小时,而只能用三十分钟的节目。必须有大量的对话需要删除。

于是,编导们便将我们的对话过程放在一个编辑机里,一帧一帧的图片进行编辑,张扬的修辞删除干净了,离题的内容要节制掉,即使是合乎情理的对话,也要因为广告的多少而备用在那里,随时可能会在播出之前删节。

我之所以觉得电视里的自己陌生,是因为被剪辑过的自己已经完全被误解。

当电视编导用他们熟悉的技巧将我切片成他们需要的内容时,我忽然觉得切片生活对主体的背叛。撕掉琐碎的戏妆,洗净夜晚的昏黄,我应该是另外的饱满的个体。

然而,不论是做电视节目,还是在一个热闹的饭局上交流,又或者是我们每天沉默地路过别人,那么,活在别人的眼中,不恰恰也是一个又一个时光的切片吗?

躺在病床上的默生,他很幸运,没有成为植物人。事后,他的母亲笑着喂他吃饭,又将没有笑完的内容分享给我们:送入医院的时间及时,又加上,他长时间喝红酒,对大脑的血管还是有些保护作用。

然而,醒过来之后的默生有了新的病症,他不记得前天发生的事情。

倒是识得所有的旧朋新友,但是,记忆力却丢失了。像是一台旧了的电脑,内存条锈掉了,只能用新的记忆覆盖旧的记忆。

我们看着默生吃苹果,看着他吃,他笑,我们也笑。他用水果刀,将苹果切成不同的形状,孩子气十足,他在练习自己对时间的敏感,两点钟的时候,吃方形的苹果块。三点钟的时候吃红桃心一样的苹果块,等吃到了第五块的时候,已经是傍晚了,他需要去一排桦树林里散步,那是他最为开心的。

苹果被切成一片一片的,他从中间挑出一块来,吃掉了。

我们叫他的名字,他答应着,他的苹果将他带到下午,带到晚上,带到一个又一个时光的切片里。然而,第二天一早,他又将昨天的全部记忆忘掉了。

难道是世事的剪刀,一片一片将他的全部记忆都剪下来了,只剩下赤裸在舞台上的默生。每一次看到他笑,我都觉得孤独。

现在,默生本人也成了一个时间的切片,他单薄、重复、孤独。顶好的,是,他并不完全背叛昨天,所以,他需要向内心的深处跋涉,找到被剪刀撕下的切片,一点一点缝合它们,穿在身上。

那样,就好了。

之二

疾病常常将感官全部打开。像谜语被识破,幕布拉开的瞬间,平时不易察觉的细琐被放大。灰尘般的暗喻,柳絮、污水、电锯划破铝质管材的声音,生活突然布满烦躁的理由。包括细小的温度变化,某段音乐的节奏突然加速,食物的色泽偏于暗淡,这些都像是情绪恶劣的按钮。这种对生活过度敏感的症状让我感觉孤独。

我听从药品盒上的文字说明,延长睡眠,减少说话和小悲喜,放缓脚步。除了睡眠饮食,几乎躲避日常生活的所有嘈杂,然而依旧不能驱走红肿的声音。

每一次吞咽食物都遇到挫折,疼痛让我想到童年,无力的很多细节。喝水,试图用温润的细节来补偿身体,但过程缓慢,一切都像是剧情起伏的连续剧,且中间还不停地夹着广告。这真让我感到厌倦。

我扁桃腺发炎了,低烧,身体绵软,懒惰,胃口丢失,眼睛里不愿意看到更多的事物。

疾病隐藏一个人的日常生活,差不多,它像个导演,将一个人隐藏的软弱的一面翻出来,晾晒在大家面前。

咳嗽声出卖了我,还有对辛辣食物的拒绝,不再参与激烈的争执,我节制一切参与的意识。这些都让身边的人感到惊讶。之前,我有储量丰富的形容词,负责形容一切,否定的,或者赞美的。几乎,我热爱在一切存在的事物面前贴上我个人的标签。我主观且强势的做派常常引起别人的厌恶,但我不能自已。那种把持了某个事物的快感让我觉得自己有很强大的力量。

然而，疾病像一块海绵一样，吸走了我的时间、力气和热烈的嗜好。我在具体的疼痛中看到隐藏着的自己，软弱、肮脏，甚至卑劣。

在一个人的空间里，我所能肯定的事物极少，包括对自己的身体的掌控能力，我极度怀疑，那些药物进入身体以后，会被我所储存的大量的词语击溃。

这自然是一种臆想，肉体的层面只涉及器官，那是物理的排序，而词语仅储存在意识里，是虚构的空间。

我被这出离平常的病态所唤醒，我一边厌倦着疾病所带来的懒惰，包括莫名的头痛，甚至对生活嘈杂的警惕。另一方面，我又喜欢自己这种陌生，我甚至用了整整一个上午，躺在床上看天花板上的吊灯，还有灰尘绘成的图案。意念的流动总能拖延时间，在灰尘里找到自己，又或者在昏昏欲睡的一瞬间丢失自己，都是陌生而新鲜的尝试。

一个被疾病包围的人，他所做的一切都是为了逃脱这包围，回到原本的生活里去。呼吸、臆想、挣扎、睡眠，甚至默念某些中药的名字（请不要笑，这是我经常做的小把戏，身体感觉不舒适的时候，我经常喜欢在日记里写下那些中药的名字，或者在睡眠前默念那些诗意的、生疏的中草药名字，以获得神一样的暗示），均不能摆脱那病痛的笼罩。

经历漫长的自我疗救，我终于屈服，决定去看病。

医院并不远,在寄居的学院的旁边,一个居民小区里。照例要遇到其他患者,照例,他们面孔呆滞,被药物的名字或者医生的叮嘱牵制着,走路时仍然未回到自己。有一个孩子,刚刚哭过,他很计较地走在前面,不让后面的奶奶碰他。我在挂号处填写病历,那个女孩子看我写名字,提醒我要写得清楚些。仿佛,她是一个银行职员,而我签下名字,便可以从她手上取走厚厚的一沓现金。我写完以后,她细细地看了一遍,确认我没有写得潦草,才坐下来填写病历本上其他的选项,一边填一边说,今天我总算是遇到一位写自己的名字不潦草的人了。

她真是个认真的人。

在诊室里,遇一女医生,她问了我几句话以后,便从抽屉里取出一个手电筒,她戴着大号的口罩,使得我完全看不懂她的示意。只好,她说话示意我,张开嘴。

我张开嘴,她便打开手电筒,照进喉咙里。我感觉到有一股凉意,流进来,像在安静的夜里听到有人叫我的名字,果然,我听到医生说,啊。

我没有从潜意识里走出来,我完全沉浸在这光束的凉意里。这是我已经长久未有的体验,张开嘴巴,不是饮食,不是朗诵动容的诗句,而是接受一束光。那光的凉像纸一样薄,靠近喉咙的底部,稍有些割痛感。我想到一个说着陌生语系的异域人,他找不到能听懂他说话的人;我想到花裙子被剪刀撕破,碎片一样的布条被扔在床上,零乱却又充满着艺术气息;我想到一个孩子缺少牙齿后说话的声音,他分三次说完本来一次就可以完成的表述;我想到春天的后半夜一只猫的叫声;我想到火车临时停下来,一个孩子突然哭了;我想到一本书的封面上的惊世的话,但想不出作者的名字;我想到电影幕布挂在冬天的树上,风吹过来时上面的人影有轻微的晃动的模样;我想到一碗面条打翻在地上,随后有母亲的叫骂声,夏天马上就要过去了;我想到时间如何穿过个人史,像牙齿一样一颗一颗长在我的嘴里。

我被一束光照耀,同时也被一丝疼痛提醒。

医生看着我病历本上的名字和地址,有了表情。是微笑着,用手指了一下自己的嘴,发出声音说:啊。

我这才听懂她的本意,十分配合地将口腔的形状打开得更圆,啊。啊。

我没有停顿,一口气啊了两次。她被我吓了一跳,她显然忽视了我是一个这么热爱抒情的人。她本能地向后面躲了一下,头偏着,又一点点地靠近我,笑了,说,不必这么用力气,轻声地啊一下。

我控制了一下,终于完成了她的作业:啊——

她将手电筒瞬间关上,放入手边的抽屉里,开始写病历。

我放轻松了神情,看到墙上贴着的通讯录,还有人体挂画,以及2009年的一张挂历,那上面写满了电话号码。

医生这个时候却伸着脖子和门外的一个病人说话,药吃完了吗,要继续巩固,注意运动量,要少运动。说着话,突然将一个冰块一样的听诊器的探头贴到了我的腹部。然后一点点往上,找到肺部,说,吸气。我便吸气。吸了长长的一口,像个即将下水游泳的孩子一般,然后又呼出来。反复几次,那探头的凉慢慢减半,又一点点地和我的体温接近，直到完全不感觉那探头的凉了，女医生才将听诊器收起来。她头也不抬地问我这两天的饮食情况，我想起前天和友人一起喝啤酒的情形，还有吃了十分辛辣的食物。

她有了更好的判断，一边问我有无药物过敏史，一边写下数字和药物的名字。她的生活一向是这样的规律，看病人的眼睛，喉咙，甚至还要用听诊器去仔细地辨听病人身体的季节和风向。吸一口气，那口气在身体里行走，像一场风在街道上行走一样，风向不同，便是不同的季节。如果现在是夏天，而我内心里的风却刮的是北风，恐怕疾病就要来了。

这是我的理解。

而她却不再问我疾病的情况，一边开药，一边说起我寄居的学院的情况。

她误以为我是学院的职工，有极强烈的倾诉欲望，和我说起我们学院五楼的大教室。学院五楼教室是一个很大的会议室，她们单位搞年终联欢的时候去过几次，她大约也是表演了的。所以，她很有感情地谈论那个教室。她谈得很具体，夹叙夹议地说明她们那次联欢会的成功，她大约是合唱队员，要穿着红色的套装，还要化很浓的妆，她不同意。坚决不同意。

正在描述中，她停下来问我的医疗是医保还是全部公费。我犹豫着，不知该如何答她，她似乎已经知道了答案，反问我，你们都是公费吧。

我重复她，帮助她来确定这件事情。这让她感觉兴奋，随手将一个药的数量改为了两盒，一边涂改一边说，多开一盒这个清感口服液吧,喝了好。

她说话的时候,眉毛会跳舞,来回地动。我看不出她的年纪,大约有四十几岁,也或者接近了五十岁吧。她是一个热情的人,她几乎要开始说起她身边的未嫁出的女孩子了,她的亲戚家的一个女孩子,但并没有说完,大概她自己觉察出并不合适。

总之,那天下午,她用手电筒照耀过我以后,我便成了她的朋友。我配合着她的提问,随时按照她的设想来确定自己的身份,我不再是一个学院的学员,而是她臆想中的教师。我有着公费医疗的美好处境。

话语的来往像极了一场戏剧的编排,我要预测到她接下来要问什么,我要事先在布置内心的舞台和好的台词。尽管我不想扮演一个我完全不熟悉的角色,但是我更疏懒于介绍自己真实身份的复杂。疾病让我轻易钻入她的猜测里,我不愿意再做任何身份的挣扎。

我想,如果她不问,我绝不会和她说一句话的。我最想做的是,闭上眼睛,默念中药的名字,或者喝温度合适的水,坐在那里等着时间切着我的皮肤过去。

只是她出乎我意料的健谈,她完全不知道,我的迟疑和犹豫是一种并未进入角色的扮演,或者是一个并非故意的虚构。

她和生活中的我们大致相似,在没有遇到利益或者偏好的领域里,我们每一个人都不会质疑正在发生的悖论,因为我们的精力有限,只能做极少的鉴别。

直到我去取药,她还友好地和我挥手,仿佛下次见到她,便可以像朋友一样继续这次未完成的话题。

疾病把我的感觉陌生化,懒惰、敏感,疾病将孤独感装入我的口袋里,咳嗽声里,甚至是睡眠前的冥想里。然而,这位戴着大口罩的女医生,将我往身份的陌生上推去,她用语速极快的问话搭建了一个舞台,她坐在下面,上面舞蹈的人,是我。

疾病只是外在于我身体的一个借口。一生中,我们一定有许多这样的借口,我们在这样的借口里逃离了自己,完全隐藏在另外的身份里,尴尬不已,或者赚取了并不属于自己的荣誉。

这真不幸。

夜晚几种

之一

夜晚多是先来到一些孩子的身体里，让他们饥饿、喧闹或者困乏。若是一群人聚会，夜晚通常会先抵达衣着鲜艳的女人身上。四周渐渐暗淡了，夜晚像大幕突然拉开，灯光照亮了舞台上的几个衣着鲜艳的人。

有一个孩子在我们的桌子上坐着，他有些智障，一语不发，却屡屡看着一位长相饱满的女孩子。他的手里拿着一个房间的钥匙，他不说话，向四周的人炫耀他的钥匙。仿佛，他拥有了一个可以储藏秘密的盒子，而只有他一人可以打开那门扉。

他自然看上了那个饱满的女孩子，然而，他年纪尚小，所有的流露都停留在孩子的单纯上，于是大家便善意地开着他的玩笑。

他的帽檐遮挡了他的微笑，有一个瞬间，我甚至以为他是一个智者，他把人生中循序渐进的过程省略了，他不需要努力地实现被世俗生活挤压过的目标，他不需要为身体里的欲望做任何掩饰，他不需要用洁净的精神来表达自己如何知书达礼，他甚至可以永远停在某个地方不往前走。他拥有这个世界上无限的宽容，做错了事情，会有人帮他补充。他的智力残障，却让他有了更多的时间来嘲笑我们。

在他面前，我们这些人，多喜欢梳理自己的智慧，喜欢挑选合适的字词来将自己区别于他人，显得可笑且幼稚。

我不喜欢在夜里言谈不止的人，因为他们多是寂寞的。可是，差不多，我也是这样的人。我有数不清的爱好，就像面对一桌宴席，我贪恋数不清的食物一般。那些爱好多是一些无法自述源头的磁场，有的深入得厉害，却因为不知节制而伤害了自己；有的只是浅尝，然后又因为未知和好奇而不愿意停止。

我常常在梳理自己的爱好时被自己纠缠在内心的矛盾打倒，我是好笑的。我爱好行走，却几乎天天窝在一台电脑前编造莫名其妙的爱情故事。我爱好喝红颜色的酒，却每每被酒水里的青涩引到陌生的场域里，不胜酒力后的晕眩常常让我自卑，让我丢失自己。生活常常逼迫我们做出一些荒唐的事情来，像夜晚的盛宴，没有食用之前，我们不知道哪道菜肴适合我们的口味。爱好也是如此，差不多，我的爱好都是对自己的一种挖掘。我希望自己的体力永远旺盛，能在自己的身体里采出丰富的矿产。

现在，我发现了一群和我雷同的人。在众多的话语里，我看到一条又一条通往他们内心的路径,那些路径和我自己的内心相似:粗糙、投机、聪颖、骄傲。若是再找一个词语,我会说出"浅薄"。这是我们的通病,我们不能容纳别人浅薄的观点,必须当即说出对方的轻浅,然后站在更高的一个位置上,对生活重新叙述。这种刻意的、用力的表达方式是不能让人原谅的,因为,我们多数人都不能善待自己的天分,一有小欢喜,便恨不能复印数千份沿街散发。我们活着最重要的一件事情不是去听别人的声音,而是去纠正别人,去批判别人,甚至去影响别人,强奸别人。我们的浅薄是不能容忍别人浅薄,我们喜欢奋力与浅薄搏斗,当我们拥抱在一起,那么,别人便再也无法分清我们。

我一直不知道那个孩子的名字,他的父亲是个热爱写诗的人。温和、安静。在我们聚会的人群中,他年纪较长。他在没有任何铺垫的情况下,将自己孩子的缺陷展示出来。这让我们有些猝不及防。他的个人史通过他的孩子的补充,显得更加完整,有残缺的遗憾,又有温润的暖意。

晚饭后,要去唱歌。这是在饭桌上便议论了的话题,仿佛是为了佐味。其间,我还领略了海南稀饭的含义。一个网络名字怪异的当地女孩教我说海南话:加呆乖。我学会了,虽然发音时稍稍觉得生疏,但依旧觉得好玩,不停地向着被夜色吞没的人说:加呆乖。

这句话是吃完饭以后说的,意思是"吃西瓜"。

我常常惊奇于话语的变化,它模仿万物自然的生长,一株树上所结的果实，因为阳光所生长的枝条的不同，而发生形状及味道上的变化。方言也和地域以及所食用的食物相关。

在夜晚，我听着他们时不时地用海南话说一些我朦胧中仿佛也听得懂的事情，突然有种难以言说的寂寞。

我又大声地向着他们说了一声"加呆乖"，他们正在说的话被打断，他们被我声音里掺杂的某种曲折的东西逗笑。在此之前，我从未想到，一个字的读音，也含有抵达的意思。

之二

小县城的夜晚是悠闲的，有些像油画，气息模糊。道路也多是窄细的，走在上面，总感觉有一股欢喜在内心里酝酿着，却始终不能顺畅地掏出来。差不多，这种欢喜像回到故乡一般，虽然很亲昵那素朴的自然风物，却时时又飘浮起一种没有来由的骄傲，仿佛缘于自己已经有了飞翔的现实，而忘记过去窘迫的年月一般。

小县城的夜，和一个女孩的少女时代相仿佛，那街上匆匆掠过的女人，总有股说不出的暧昧和羞涩。

我们吃完酒，便去唱歌。唱歌，这是个和表达相关的词语。唱歌，仿佛是一种自我介绍。是气息，也是内心的流露。有时候，一首乐曲几乎能把一个人击倒，那些和我们自身流向相同的曲子，是食物，是油彩浓郁的油画，是柔软适度的服饰，是气息暖热的呼吸，是一切可以触摸的柔情蜜意。而我却不大会唱。

不大会唱，却依旧喜欢听，我喜欢唱歌的人，觉得他们在声音里发现了自己,他们是有自我的人,而我们大多数人,在日常生活中,在物质及细小的利益里,轻易地就把自己丢失了。

活着,如果丢失了自己,那是一件不幸的事情。

我一直珍惜自己的存在,将自己分成不同的文字,存放在时间的柜子里。我写长短不一的文字,不过是要刻画自己的模样。我想将自己存在过的证据都梳理起来。

唱歌的地方不远,名字十分艳俗:天上人间。这大概缘于对京城顶级会所的模仿。这是一种词语的陋习,若不是幽默,便是内心的盲目随从。

到的时候已经有不少人在唱了。大约音响效果不好,那音乐的声音太大了,唱歌的人用了很大的力气,也较量不过背景音乐,听起来有些好笑,仿佛是有人在恶作剧地故意缩小了唱歌人的声音。

我自然是要坐在角落里的,有一个在吃饭时认识的年轻人,姓邢,教我玩那里的骰子游戏。一开始我不大懂,后来有些朦胧,再后来,便知晓了。于是,在他们纷纷歌唱和自我介绍的时候,我们在那里玩游戏。终于介绍到我的名字了,我的名字前,自然被加上许多光彩的形容词,我一时间不好意思活泼了。觉得,被别人介绍总是不大好,人家掌握着那些词语,给你安排了德高望重的一些修饰,连本来的面目也不得不掩饰起来,装模作样着庄重地向大家挥挥手,之后,我继续沉溺于这种无聊的游戏中。

音响不好,但并不妨碍唱歌的人,果然也有嗓音好听的男生。

他是个诗人，他斯文着，戴着眼镜，一直沉默，轮到他的曲目，是张国荣的一首曲子，陌生、冷漠、新鲜，粤语让歌曲的气息也有了与众不同的效果，一曲喝毕，掌声雷动。那是一曲忧伤的曲子，意想不到的是，在这样拥挤而喧闹的夜晚，无论唱多么细润的曲目，无论那曲目是粗犷还是忧伤，均不会得到应有的回应。

有一个小女生，唱一首失恋的歌曲，高音没有上去，她一时间愣在那里，等着歌词往前走，直到了低音区，她又接着唱。众人便不再注意听她的歌唱，她却坚持要把那首歌曲完整地唱完，又到了高音区，我仿佛感觉到了她提前做好了准备，深呼吸，胸部一紧一收，她把声音的梯子斜搭在夜晚的一缕虚无的灯光上，只听得一声犹豫未决的长吟，果然，她把自己的声音像扯棉花一样地，扯过了高音区，没有断，手里的棉絮虽然颤抖着，但的确没有断。

她之所以选择这样一首歌曲，大约是歌词里某些暗淡的词语描述了她的现状。唱完以后，她长时间把自己埋在座位上，有一个同伴和她说话，她也不看对方，仿佛知道，这个时间有不少人看她一样。其实，这个音乐包间里的人都隐藏着为数不少的矜持，各自在内心盘算着怎么样来表达自己的与众不同。自她开始唱歌，到她用棉絮一般的声音撕裂那首忧伤的曲子，并没有几个人注意她。她不是个漂亮的女孩。

主持人是一个网友，和其他一起前来唱歌的人一样，他们有着与自己相距很远的网络名字。为了照顾我们这群外地来的采风者，主持人让本土的女孩子分开来坐在我们旁边。我认识了一个叫小小的女孩。她的确小小的,她大约喜欢笑,脸上生出两个酒窝。

在一阵情歌对唱的背景音乐里,跳舞的人开始慢三慢四,慢三慢四,那是最好的交流方式。我不会跳舞,我对着别人说。我不会唱歌,不会跳舞,不会抽烟,不会喝酒。

那你会做什么? 这基本上是多数人的固定问题。

我会做什么? 我的答案不能告诉他们。我会太多的事情了,但均关于内心和身体。我不大喜欢与更多的人分享这些事情。

音乐突然变了。灯光全都关闭了。慢三慢四的音乐流到了田野里,或者各自的内心里。一个硕大的光亮打开了,音乐像雷声一样,突然炸开了。是舞曲。疯狂的那种,快节奏的舞曲让我看到遥远的剧情:麦子熟透了,苹果挂在枝头,我看到雨过天晴的院子,和拾柴的长裙女人,她忧伤地站在一幅油画里,等着合适的人来采摘。

小小也跳到人群里了,同去的朋友都在那灯光里开出姿势奇异的花朵来,我把身体往后靠了一下,想要藏起来。

节奏真是一个奇怪的东西,只需要快一些,我便想到一场性事。大汗淋漓的场景。夜晚也是奇怪的,那迷离的灯光把我们融化在一团气流里。音乐像一段被大雨淋湿的夏天,热烈、浓郁、湿腻,我闻到了这激烈节奏里传出来的气息,有些咸,像被汗水浸湿过的一本杂志的封面的味道,又或者像两条鱼在沙滩上跳动的气味。

我去卫生间里,关上门的时候,发现,那声音从门窗的缝隙里进来,比在大厅里显得干脆和直接。在大厅里,有着无数的身体吸收了这声音中的干脆和直接,显得模糊、沉闷。

向上摇动的手,向前扭动的肢体,向着夜晚深处寻觅的孤独的内心,都在音乐声里,它们交织成一杯味道奇特的鸡尾酒,每一层颜色都表达着一个寂寞。

啤酒杯子不知什么时候喝空了,身边的人也换成了一个陌生的小胡子。我听他们用方言谈论夜晚和女人,他们的笑声和刚才的音乐一般,炸开一小片夜晚。

跳舞的人又开始慢三慢四,水果掉落在地上,烟雾像缠绵的诗句。我看到诗人江非在另外的角落里发呆,他的眼睛眯着,像是被音乐击中,又像是在寻找合适他歌颂的女人。

在这样一个风清月明的夜晚,在这样一段疯狂的音乐里,我仿佛飞翔起来了。我在一段想念里飞翔,在一条陌生的道路上飞翔,在一段诗句里飞翔:

斑驳的马匹,姑娘

盐融化了,音乐停下了,姑娘

我的历史是一只鸟,姑娘

它,永远不愿意停下来

之三

"清补凉"是只属于海南岛的一个词语,不是词语,是一种食物的

270

名称。差不多,它是一个被名称完全分解的食物:清新,补益,凉爽。

它属于夜晚,固定的时间才会出现,几乎想早一些也不可能。它内容丰富得厉害,煮熟了的品类有玉米粒、绿豆、米皮、果冻、红枣、汤圆、麦仁、红豆、葡萄干、姜豆、薏米、黑米、莲子、山药段、花生米、西瓜、苹果片……不能一次列举出来,因为摊位大小不等,有些简易的角落里,一个老阿婆,也许只摆放那么五六种。

第一次吃清补凉便是在一个角落里,从一个书店出来以后,天已经暗了。走到一个曲折的小路上,被路边拥挤的小店铺惊讶,缝纫铺、小饭馆、理发店、小超市、修鞋店、河南中医按摩店、窗帘店、水果铺、美容店、健康食品店、熟食店、凉茶店、五金店、杂货店……路边的水果摊和蔬菜摊还没有退去,还有路对面的榨甘蔗汁的小摊、旧杂志摊,这个躲藏着的小巷弄像一个二十四小时不落幕的小剧场。我喜欢路过这些生活场景,琐碎而充满暖意,那些或喜悦或暗淡的表情像食物一般,能喂养我饥饿的视线。正是在这样一个小巷弄的尽头,我看到一个灰白打扮的阿婆的摊位,玻璃罩着的一个柜子上有电脑打印出的三个黑体字:清补凉。旁边的两张桌子上摆着还没有来得及清理的两个椰子,有一个少妇模样的人在和阿婆说话,海南话,我总觉得海南话是一种语言的舞蹈,讲话人的舌头的活动概率非常大。我坐在那里很久,阿婆并不招呼我,我大声叫了一声:一碗清补凉。阿婆才从谈话里退出来,站起来忙活。

所有的品种都放里面了,只有八种,我细细地数了,绿豆若干,绿豆太小了,我不愿意数出它们。玉米粒有九粒。煮好的小汤圆一枚。葡萄干七枚。红豆五枚。花生米四个。海南米皮筒六枚。红颜色和蓝颜色的果冻各一块。然后用糖水或者椰奶汁来冲,糖水便宜一些。

椰奶的味道浓郁一些,椰奶的甜味常常把孤单覆盖,喝一口觉得欢喜,再喝一口,仍然是欢喜的。灯光也隐约得很,摊位对面是一个小夜市,也是海南本土的特点,吃饭的人小声说话,也有不说话的人,两个人坐在对面,不停地吃。

我是一个不大喜欢改变的人,认准了这个小摊点,便多吃了几次。也有的时候,老阿婆不在,大约是她的女儿或者儿媳模样的少妇,说话声音很小,说话前总是笑着,但每一次都是因为我听得不清楚,她重复一次。

下雨的晚上总是找不到清补凉的摊位,因为只是在晚上出来摆摊,下了雨,他们便需要麻烦很多,譬如食客的桌子上也需要撑上雨伞。所以,下雨了,出售者便不再出摊,我在街上路过那些地点的时候,会有些失落。像是去约会,而遇不到合适的人。有一天晚上下小雨,我以为那个老阿婆会出摊的,结果没有,那一小片空地像一个苍白的表情,空白着。有一只小狗在我常常吃清补凉的拐角处叫,像是那个老阿婆的留言。果然,后来,那个阿婆便再也没有出现过。是阿婆的女儿一直在那里卖清补凉,还兼卖椰子,再后来,还出售冰冻的西瓜,生意还挺好。终有一次,说了什么话,才知道那位阿婆去世了,也没有生病,像往常一样收拾东西,找一个放在高处的东西时,一抬脚摔倒在地上,便去了,突然得很。

后来,终于找了其他的地方吃清补凉,有一家干净的店铺,在一条色情服务严重的小巷子里,白天出售一些甜品:绿豆粥、薏米粥、莲子银耳粥、黑米粥,全是冰的,晚上便出售清补凉。她那里的品类很多,我查了下摆放在柜台上的食物筐,竟然有十八种,每一个客人来了,都可以点其中的几种。多数熟客便会不声不响地坐在那里,只有一些陌生的客人才会站在女主人的旁边认真地点餐,这个多放一些,那个少放一些。放得少了不行,放得多了也不行。

比起那个老阿婆的摊位,这家店铺里的清补凉好吃了许多。玉米粒的甜味经过糖水的浸泡一下子显得清晰起来,异常的好吃。

在其他摊位里吃清补凉,从来没有吃到过如此清晰的味道。以前最好的感觉是觉得夜晚被甜的味道覆盖了,又或者孤独被一种食物击溃。后来,我发现,只有在这个店铺才能吃出各种豆类的原味的。那种清晰的味道像是对夜晚的注释,玉米粒是夏天的味道,有淡淡的风吹来野花的清香,又或者风吹来人行道上情侣的悄悄话,每一个字词都是软软的,像棉花糖。绿豆粒是春天的味道,绿草青青的气息,又或者像刚刚萌芽的希望和爱情。

我常常品尝几种清补凉中的红豆或绿豆便将白天的烦心事忘记了,夜晚渐渐被风吹凉,内心里填充满这带着甜意的食物,觉得活着的滋味如此曲折和延续。

在夜里,多数前来吃清补凉的人都是情侣。他们坐下来,静静地吃,也不大说话,又或者所说的话都在这些甜蜜的食物里了。

两个人吃完了,又在那里发了一会儿呆,走了。我也走,跟在他们后面,他们一直静静地,并不说话,原来是两个哑巴,两个人站在一棵树下,要分开,一直比划着。我看不大懂,觉得,他们一定是在说刚才清补凉的味道,甜蜜的,能够覆盖夜晚的,能让内心里的忧伤一下子翻页过去的食物。

给外地的一个朋友介绍清补凉,他听了以后,笑了,说,这是他们小时候吃过的一种冰粥,只不过是品种没有海南的多,也没有用椰奶或者糖水来冲。仔细一想,这的确是属于孩子的食物,品种的驳杂像是一个食物的积木,甜蜜的糖水像是母亲的乳汁。

在夜晚,在一碗清补凉面前,总能想到童年。远在万里之外的童年,饥饿的童年正沿着食物的月光而来,在一味青豆的往事里,或忧伤不已,或柔软若唇。